Jenny Völker

Die Weltenfalten
In Eisen verewigt

Jenny Völker

DIE WELTEN FALTEN

In Eisen verewigt

Band 3 der

Weltenfalten - Trilogie

Impressum

Copyright © 2020 Jenny Völker – Alle Rechte vorbehalten

Jenny Völker, Firma Tasso Kahl, Friedberger Anlage 14,

60316 Frankfurt am Main, info@jennyvoelker.com

www.jennyvoelker.com

Herstellung und Verlag: BoD – Books on Demand, Norderstedt

Lektorat und Korrektorat: Christoph Stephan

Cover: Juliane Buser – Grafikdesign

unter Verwendung von Bildern von @SWEviL @briddy @DianaFinch @Pavel Chagochkin @TobyG alle von Shutterstock und @stillfix @digiselector @SergeyNivens @geo-grafika @Olegusk alle von Depositphotos und @quickshooting @Herrymage alle von Adobe Stock

ISBN: 978-3752-648942

Bibliografische Information der Deutschen Nationalbibliothek:

Die Deutsche Nationalbibliothek verzeichnet diese Publikation in der Deutschen Nationalbibliografie; detaillierte bibliografische Daten sind im Internet über dnb.dnb.de abrufbar.

Seid ihr bereit für das Finale?

Prolog

ca. 30 Jahre zuvor

Valerius rannte durch die düstere Vorhalle des alten Landsitzes. Hinter ihm her lief Karla, sein Seelentier, das ihn überall hin begleitete. Seine kleinen Schritte hallten durch den großen Raum. Morgen war sein fünfter Geburtstag und er war sehr aufgeregt deswegen.

Würde seine Nanna die vielen Ballons aufblasen, wie es die Kinderfrau vom letzten Jahr getan hatte? Würde sie Glitzer über den Geburtstagstisch fliegen und seine Kuscheltiere ein Ständchen singen lassen? Es wäre tröstlich, wenn die Stimmen seiner flauschigen Freunde die Einsamkeit in diesen Hallen zurückdrängten, denn leider durfte er auch in diesem Jahr keine Kinder einladen.

»Die Anderen verstehen uns nicht. Und sie mögen uns nicht. Wir sind eine Familie und die anderen Leute sind egal«, waren die Erklärungen seines Vaters, die er sich schon angehört hatte, als er kaum sprechen konnte.

Auf der Suche nach seiner diesjährigen Nanna rannte er gefühlt schon ewig durch den Garten und das große Anwesen, das nur durch sein Lachen seine Düsternis einbüßte. Sein Vater und die wenigen Hausangestellten dachten, er bemerke es nicht, diese Dunkelheit und dieses Böse. Doch er nahm es wahr und gerade deshalb lachte er noch öfter, um es zu vertreiben. Es sollte ihn nicht kriegen, ihn nicht beim Spielen überraschen und einfangen. Ihn nicht von hinten überwältigen und für immer verschlingen. Abends, wenn er die Augen schloss und nicht mehr lachen konnte, kringelte sich Karla neben ihm ein und schickte ihm so viele schöne Gedanken und zärtliche Gefühle, dass er sich sicher fühlte.

Doch egal wo er überall suchte, er entdeckte seine Nanna nirgends. Gestern Abend, als er lange Zeit wach gelegen hatte, war ein Schrei durch das Anwesen geschallt. Doch als er genauer hingehorcht hatte, war es so still wie jede Nacht gewesen. Hatte ihr Verschwinden etwas damit zu tun?

Schließlich lief er seinem Vater über die Füße, der aus dem Raum kam, den er niemals betreten durfte.

»Papi, hast du Nanna irgendwo gesehen?«

»Sie ist fort, Kind.«

»Kauft sie noch etwas für meinen Geburtstag?«

»Nein, sie ist nicht mehr da.«

»So wie die Nanna davor?«

»So in der Art, ja.«

»Aber warum hat sie sich nicht verabschiedet?« Eine Träne schoss ihm in die Augen, doch er wischte sie schnell weg, weil er wusste, sein Vater wollte ihn niemals weinen sehen. »Wer weint, ist schwach!«, wiederholte der immer und immer wieder, und Valerius gab sein Bestes, Wohlgefallen bei ihm auszulösen.

Nachdenklich blickte sein Vater auf ihn herab. »Habe ich dir eigentlich schon mal erzählt, weshalb wir so zurückgezogen leben?«

»Weil die anderen Leute behaupten, wir wären böse, obwohl wir das gar nicht sind!«

»Genau, aber ich meine, wieso sie denken, wir seien böse. Weißt du schon davon?«

Mit ernstem Gesicht schüttelte Valerius den Kopf und blickte seinen Vater aufmerksam an. Der bückte sich, um ihn an die Hand zu nehmen, und zog ihn mit sich in das Zimmer, das Valerius noch nie hatte betreten dürfen. Mit klopfendem Herzen überschritt er die Schwelle und blickte sich ängstlich um.

Der Raum schien noch düsterer als der Landsitz selbst. Ein großer breiter Tisch in der Mitte dominierte das Zimmer und an den Wänden stand ein Regal neben dem anderen. Darin entdeckte Valerius so viele Bücher, die er sein Leben lang nicht würde zählen können. Sie sahen alt aus und nicht so, als wären sonderlich viele Bilder darin.

In einer Ecke befand sich ein Tisch, auf dem ein großes altes Buch lag. Beinahe schien es nach Valerius zu rufen, doch sein Vater schob ihn zu einer kleinen Sitzgruppe in der Ecke.

»Komm, setz dich. Es wird Zeit, dass du die Wahrheit erfährst.«

Artig krabbelte der Junge auf die dunkle Couch, die so kalt war, dass er am liebsten sofort wieder weggesprungen wäre. Doch das hätte seinem Vater nicht gefallen, weshalb er ohne ein Widerwort sitzen blieb.

»Vor vielen, vielen Jahren schon gab es Hexen und Hexer. Sie alle einte dieselbe Kraft, und doch gab es fünf Familien, die am stärksten waren.«

»Gehörte unsere Familie dazu?«

»Natürlich, Kind, wir waren die stärksten.«

»Wer waren die anderen Familien?«

»Die de Rochat, die Montgomerys, die De Fonte und die von Flammensteins.«

Valerius Augen glänzten. Es war das erste Mal, dass sein Vater sich die Zeit nahm, ihm eine Geschichte zu erzählen. »Was ist dann passiert?«

»Es ist immer wichtig, dass es einen Anführer gibt, der dafür sorgt, dass es allen gutgeht. Und die Familien stritten darum, wer der stärkste sei und wer das Recht habe, die Vorherrschaft über die Welt der Magie zu führen.«

»Und wir haben auch gestritten?«

»Unsere Vorfahren haben es für uns getan. Unser Stammvater, Melchior von Eisenfels, hat damals gelebt. Als die Kämpfe immer schlimmer und blutiger wurden, hat er sich dafür ausgesprochen, die Welt der Hexen durch fünf Zirkel zu ordnen.«

»Den Feuerzirkel, den Erdzirkel, den Wasserzirkel, den Luftzirkel und den Metallzirkel«, leierte Valerius begeistert herunter, was ihm sein Hauslehrer beigebracht hatte, als er gerade drei Jahre alt gewesen war. Ein klein wenig war er stolz darauf, etwas von der Geschichte zu wissen, die sein Vater für so ungemein wichtig hielt.

»Ja, das waren die fünf Zirkel. So sollte es sein. Doch Melchior und damit unsere ganze Familie wurde betrogen. Obwohl die anderen Hexen zugesagt haben, dass wir einen Zirkel bekommen, haben sie uns hintergangen und die Zeremonie der Teilung der alten Magie ohne uns vollzogen.«

»Das war aber nicht nett!«

»Richtig, das war es ganz und gar nicht! Melchior kam dazu, als es schon beinahe zu spät war, und so gab es nur noch einen kaum merklichen Rest der alten Magie, der übrig war. Vom schlechten Gewissen geplagt stimmten alle Hexen sofort zu, dass Melchior dieses Überbleibsel zustand.«

»Aber das war nicht gerecht, oder Papa?«

»Nein, mein Sohn, das hast du richtig begriffen. Und was glaubst du, weshalb werden trotzdem wir als die Bösen bezeichnet?«

Valerius zuckte mit den schmächtigen Schultern. »Ich weiß es nicht.«

»Ich auch nicht. Aber wir dürfen uns das nicht gefallen lassen. Unsere Familie wurde beleidigt und ungerecht behandelt. Und deshalb müssen wir es den anderen heimzahlen.«

»Heimzahlen? Aber ist das nicht auch wieder gemein?«

Die Augen seines Vaters wurden dunkler und sofort wusste er, dass er etwas Falsches gesagt hatte. Unter dem drohenden Blick machte er sich ganz klein.

»Uns wurde ein Unrecht zugefügt und das muss endlich aus der Welt geschafft werden. Es ist nicht rechtens gewesen, was sie mit uns gemacht haben. Sie waren gemein. Und darf man sich das gefallen lassen?«

»Niemals!«, entgegnete der Kleine sofort, denn er wusste, das war es, was sein Vater hören wollte.

»Ganz genau. Und deshalb muss ich heute Abend fortgehen, um diese Sache ein für alle Mal zu bereinigen. Aber wenn alles gutgeht – und davon gehe ich aus, denn dein Vater ist einer der stärksten Hexer dieser Tage –, dann werde ich rechtzeitig zu deinem Geburtstag zurück sein.«

Der Junge schluckte schwer. »Du gehst auch weg?«

Eine goldene Taschenuhr zog er aus seiner Hosentasche hervor, die an einer langen feingliedrigen Kette befestigt war. »Nimm.«

Valerius Augen wurden groß. Mit seinen kleinen Händen umfasste er das Erbstück. »Du gibst sie mir? Aber du hast immer gesagt, ich darf sie nicht anfassen. Sie gehört dem Oberhaupt der Familie und das schon seit vielen Generationen.«

»Pass auf sie auf, bis ich zurück bin.«

Aus traurigen Augen sah Valerius zu seinem Vater auf. »Wann bist du wieder bei mir, Papa?«

»Wenn du morgen aufwachst und der kleine Zeiger auf der drei steht und der große auf der zwölf, werde ich zurück sein.«

»Aber wer feiert dann mit mir?«

»Hast du nicht gehört, Junge? Ich werde rechtzeitig zurück sein. Und dann wird dein Geburtstag in die Geschichte eingehen als der Tag, an dem die Familie von Eisenfels endlich zu ihrem wohlverdienten Recht an der Spitze der Hexenwelt kam.«

»Aber ich dachte, wir teilen uns die Macht mit den anderen vier starken Familien.«

»Nein, das werden wir nicht. Die Zeit ist gekommen, da wir zeigen müssen, was in uns steckt.«

Valerius nickte brav. »Okay, Papi. Und du wirst ganz sicher morgen zurück sein?«

»Das werde ich. Und dann werden wie feiern, mein Sohn, dann werden wir feiern!«

Kapitel 1

Es war später Nachmittag und die Sonne warf ihre leuchtenden Strahlen auf den Garten von Burg Donnersberg. Efeu und Rosen rankten an den dicken Mauern empor, die Zweige der üppig blühenden Fliederbüsche wiegten sich im lauen Wind und eine Amsel saß auf einem Zweig in einer der hohen Eichen und zwitscherte ihr Lied. Dazwischen auf dem gemähten Rasen stand Mayla, das Gesicht blass und die schweißnassen Hände um einen viel zu schmalen Besenstiel geklammert.

»Bist du sicher, Oma, dass dieses klapprige Exemplar geeignet ist zum Fliegen?«

»Absolut sicher und jetzt auf. Wer zögert, hat verloren.«

»Die Ungeduld scheint in der Familie zu liegen«, raunte Georg Violett zu, die gemeinsam im Schatten des Burgturms standen und in einer Mischung aus Bangen und Belustigung Maylas erste Flugstunde beobachteten.

Melinda von Flammenstein trat einen Schritt von ihrer Enkelin zurück und stemmte die kleinen Hände in die Hüften. Wer sie nicht kannte, würde niemals vermuten, dass diese alte, zierliche Frau mit den schlohweißen Locken und dem roten Umhang eine der mächtigsten Hexen der vergangenen Jahrhunderte war.

»Konzentrier dich, Mayla, damit steht und fällt alles. Denk daran. Und jetzt auf, wir haben heute noch andere Pläne.«

»Ich weiß, aber ein stabileres Fabrikat wäre mir lieber gewesen.« Skeptisch betrachtete sie den schmächtigen Stiel und die knorrigen Zweige, die mit einem einfachen Bindfaden um das Ende gebunden waren. Einen soliden Eindruck machte das Stück nicht gerade.

»Sei froh, dass dir Angelika ihren alten Reisigbesen ausleiht. Sonst hätten wir erst noch in den Wald gehen und dir einen anfertigen müssen. Das hätte noch länger gedauert.«

»Wie? Gibt es keine Geschäfte?«

»Natürlich nicht. Hexenbesen wie auch Zauberstäbe sind persönliche Gegenstände, die man sich von der Natur erbitten und die Magie darin erwecken muss.«

»Funktioniert das dann überhaupt, wenn das nicht mein Besen ist?«

»Für diese Flugstunde reicht es aus. Aber über kurz oder lang musst du dir einen eigenen anfertigen. Genug geschwätzt, Mayla, schwing endlich deinen Hintern in die Höhe.«

»Ist ja gut.« Sie schloss die Augen. Klar, sie hatte darauf gedrängt, endlich das Fliegen auf dem Besen zu lernen, aber nun, da es soweit war, brach ihr der Angstschweiß aus. Himmel, wer traute schon einem so dürren, schmächtigen und absolut klapprigen Besenstiel, wenn er mehrere Meter über dem Erdboden durch die Luft sauste?

Ruhig Blut, Mayla, ruhig Blut. Schließlich bist du eine von Flammenstein!

In Gedanken sah sie sich vom Boden abheben und gelassen durch die Luft gleiten. Je länger sie wartete, desto schwieriger wurde es. Da half nur eins: Augen zu und durch!

»Vola!« Sogleich schoss sie auf ihrem Besen in die Höhe und das Gras, der Garten, ihre Oma, Georg und Violett wurden so schnell kleiner unter ihr, dass sie entsetzt die Augen aufriss. Doch bevor sie aufschreien konnte, rauschte durch ihren Bauch ein Gefühl, als säße sie in der Achterbahn, und sie juchzte laut auf. »Ich fliege!« Lachend streckte sie ihr Gesicht in die Höhe, ließ sich den Flugwind um die spitze Nase blasen und spürte unzählige Strähnen aus ihrer Klammer am Hinterkopf entfliehen. Wie wunderbar fühlte sich dieser Flug an!

Ihre Oma hatte erklärt, wie sie über sanften Druck den Besen lenken konnte. Mayla beugte sich ein Stückchen vor, sodass sie schneller wurde, und flog zweimal um die hohen Eichen. Mit den Pumps streifte sie ein Blatt, das daraufhin gemächlich zu Boden segelte. Berauscht zog sie drei Kreise um den Turm und wagte eine kurze Runde über das Gelände der Burg hinaus über die tiefe Schlucht und die naturbelassene Landschaft, durch die der Rhein floss. Anschließend schoss sie wieder zurück und flog der grinsenden Violett entgegen. Neben der rothaarigen Hexe stand Georg, der sie anstrahlte. Er klatschte in die Hände und feuerte sie an.

»Super, Mayla! Noch eine Runde!«

Behutsam löste sie eine Hand vom Besenstiel und winkte den beiden zu, bevor sie erneut um die Eichen schoss und auf die hohen, mächtigen Gipfel zuflog, die Burg Donnersberg einrahmten. Sie umrundete die alten Tannen, die am Berghang wuchsen, und zischte zurück zur Burg.

Ewig könnte sie so weiterfliegen, doch wenn sie den Gesichtsausdruck ihrer Oma von hier oben aus richtig deutete, befand sie sich bereits länger als geplant in der Luft. Nur noch eine Runde. Sie sauste an den Eichen vorbei erneut über die tiefe Schlucht und genoss den wohligen Schauer, der ihr angesichts der schwindelerregenden Höhen über den Rücken fuhr. Der Wind pfiff in ihren Ohren und ihr kurzes Jäckchen peitschte um die Taille, als sie zu einem Sturzflug ansetzte, um wieder im Burggarten zu landen.

»Langsam, langsam!«, schrien Melinda, Violett und Georg im Chor und wedelten aufgeregt mit den Armen.

Überrascht zerrte Mayla am Besenstiel und drosselte so gut es ging das Tempo, doch sie war schon zu nah am Boden. Mit ihren Absätzen grub sie lange Furchen in den gepflegten Rasen, bevor sie sich kopfüber einmal überschlug und auf dem Hosenboden landete – unter sich begraben den Reisigbesen. Benommen hielt sie sich den Kopf.

Georg beugte sich besorgt über sie und legte einen Arm um ihre Schultern. »Hast du dich verletzt?«

»Nein, das wird nur ein paar blaue Flecken geben. Was habe ich falsch gemacht?«

»Anfängerfehler«, kommentierte Violett. »Fliegen ist so berauschend, dass man die Geschwindigkeiten anders wahrnimmt.«

»Das habe ich bemerkt. Wieso hast du mich nicht vorgewarnt?«, fragte sie ihre Oma, die nur mit den Schultern zuckte.

»Ich vergesse manchmal, welche Grundlagen dir fehlen. Normalerweise lernen das die Kinder schon im Kindergarten.« Auf einen Wink ihrer Hand war der Rasen wieder tadellos.

»Bis auf die Landung war es auch nicht schwer.« Ächzend erhob sie sich und hielt sich den Rücken. »Trotzdem denke ich, das war's erst mal für heute.«

»Dann sammle deine Kräfte«, ordnete Melinda an, »und wir treffen uns in einer halben Stunde in der Bibliothek.« Bevor Mayla fragen konnte, wo sie hinging, verschwand

Melinda durch einen Seiteneingang in die Burg. Das letzte, das sie von ihr sahen, war der rote Umhang, der hinter ihr herwehte.

»Taffe Frau, deine Oma.« Georg schmunzelte. »Die Unterrichtsstunden mit ihr sind bestimmt kein Vergnügen, oder?«

»Da sehnt man sich doch eine gewisse liebreizende Hexe als Lehrerin zurück, die einem die ersten Zauber beigebracht hat, hab ich recht?« Verschmitzt zwinkerte ihr Violett zu.

»Die Stunden mit dir waren toll, Violett, aber die Lektionen meiner Oma sind eine Offenbarung. Klar, sie ist sehr streng und ungeduldig, aber was ich bei ihr in den letzten vier Tagen gelernt habe, hätte ich nicht für möglich gehalten.«

Seit sie ihre Oma von dem Landsitz der von Eisenfels befreit hatten, wohnten alle Mitglieder des Inneren Kreises sowie Georg auf der Burg. Vom ersten Tag an, keine zehn Stunden nachdem Melinda aus ihrem komatösen Zustand erwacht war, hatte die alte Hexe angefangen, Mayla zu unterrichten.

»Wir haben schon viel zu viel Zeit verloren!«, hatte Melinda betont, als Mayla versucht hatte, sie zum Ausruhen zu bewegen. Keine Stunde später hatten sie sich in der Bibliothek befunden.

»Oma, hier kann jede Menge kaputtgehen«, hatte Mayla gemahnt und einen unheilschweren Blick auf die Marmorbüsten, die Bronzestatue und all die kostbaren Bücher geworfen. »Mir passiert es immer noch, dass ich unbedarft die Hände hebe und alles Mögliche in die Luft jage.«

»Dann wird es höchste Zeit, dass du diese Schluderei hinter dir lässt. Mehr Anreiz, deine Magie im Zaum zu halten und nur in beabsichtigte Bahnen zu lenken, als diese Biblio-thek wird es kaum geben. Und jetzt auf.«

Den ersten Tag hatten sie darauf verwendet, dass Mayla zeigte, welche Zauber sie bereits beherrschte. Ihre Oma hatte ihr ein paar Hilfestellungen gegeben, um ihr Potential besser auszuschöpfen. Klar, wie man die starken Kräfte einer von Flammenstein beherrschte, konnte ihr am besten ein anderes Mitglied der Familie, die den Feuerzirkel gegründet hatte, beibringen.

»Du musst dir immer vergegenwärtigen, dass die Magie in allen Lebewesen wohnt. In den Tieren, in den Pflanzen, selbst in den Menschen verbirgt sich ein Bruchteil davon. Alles Leben wird von dieser Energie gespeist. Wenn du die Augen schließt und nicht nur dich, sondern auch die Dinge um dich herum erspürst, kannst du es fühlen. Nimm diese Präsenz wahr und deine Energie fließt freier. Wenn deine Gedanken mit dem Strom der Magie verschmelzen, strömt nicht nur deine eigene Kraft durch dich, sondern auch die Fülle des Lebens.«

So spirituell diese Erklärung im ersten Moment in Maylas Ohren klang, öffnete sie sich dennoch Melindas Vorschlägen und schon bald fühlte sie, was ihre Oma meinte. Und je mehr Übung sie bekam, desto leichter fand sie Zugang zu ihrem eigenen Potential.

Von da an fiel es ihr wesentlich leichter, an der Seite ihrer Oma all die Kniffe zu lernen, die Konzentration zu halten und ihre Magie zu kontrollieren. In manchen Momenten glaubte sie tief in ihrem Herzen einen Muskel zu spüren, der sich immer leichter ihrem Willen beugte.

Darüber hinaus lehrte Melinda sie viel über die Feuer-zauber. Kerze oder Kamin anblasen waren regelrechte

Kindertricks im Gegensatz zu den Zaubern, die ihre Oma mit ihr teilte. Sie zeigte ihr, wie sie Flammenwände an- und wieder ausblies, wie sie Blitze erzeugen und Dinge schmelzen konnte. Es war ein Intensivkurs im wahrsten Sinne des Wortes, denn innerhalb kürzester Zeit lernte sie so viel, wie sie es sich nicht hatte vorstellen können.

Auf die Flugstunde hatte Mayla selbst bestanden. Seit sie davon erfahren hatte, dass Hexen tatsächlich auf Besen durch den Himmel reiten konnten, hatte es ihr unter den Fingernägeln gebrannt, das auszuprobieren. Nun, da ihre Oma vor Ort war, hielten sich Angelika und Artus von Donnersberg zurück und Melinda ermunterte Mayla, jede Frage zu stellen und jeden Zauber zu lernen, der ihr nützlich erschien. Dass sie mit mehr oder weniger schwerwiegenden Blessuren die erste Flugstunde hinter sich bringen würde, hatte Mayla gekonnt ausgeblendet.

Den schmerzenden Hintern haltend lief sie neben Georg und Violett in die Burg. »Und was macht ihr den ganzen Tag, während ich lerne, lerne und lerne? Herumlungern?«

Violett schwang ihre schlanken Arme in die Luft, dabei klimperten ihre vielen Armreife aneinander. »Von wegen. Artus zitiert uns jeden Tag vor acht Uhr in den Burgsaal und nach einem viel zu kargen Frühstück wird geplant und diskutiert, gerätselt und gegrübelt.«

»Ich würde auch gerne dabei sein«, betonte Mayla. »Es geht immerhin darum, Vincent von Eisenfels aufzuhalten.«

»Deshalb musst du mit aller Intensität deine Kräfte schulen«, wiederholte Violett von Donnersbergs Phrase.

»Ich weiß, ich weiß. Wie gesagt, macht das Lernen unheimlich viel Spaß. Aber eure Planung ist auch enorm wichtig.«

»Im Übrigen wäre es mir ebenfalls lieber, ich könnte zu Erkundungstouren losziehen, wie es Anna, Manuel und Susana machen – auch wenn ich ehrlich gesagt Angst habe, wenn ich höre, wie viele Hexen und Hexer verschwunden sind, seit Vincent wieder auf freiem Fuß ist. Die Zahl der Vermissten hat sich bald verzehnfacht! Wir müssen unbedingt etwas unternehmen!«

»Haben die drei schon herausgefunden, wo die Vermissten festgehalten werden?«, wollte Mayla wissen.

»Nicht, seit du das letzte Mal heute Morgen gefragt hast«, erwiderte Georg betrübt.

»Und hat jemand von euch inzwischen von Andrew Montgomery gehört?«

»Nein.« Violett schüttelte den Kopf, wobei ihre roten langen Haare um die Schultern tanzten, die sie sich seit ein paar Tagen zu großen Wellen föhnte. Es war nicht nötig, Mayla fand sie auch so ausgesprochen hübsch. »Seit er vor drei Tagen zum Hauptquartier seines Zirkels aufgebrochen ist, haben wir nichts mehr von Andrew gehört oder gesehen.«

Georg krempelte die Ärmel seines karierten Hemdes herunter. »Wahrscheinlich muss er eine Weile dort bleiben, um in dem Zirkel Ordnung zu schaffen und diejenigen von dem Rat auszuschließen, die mit Vincent von Eisenfels gemeinsame Sache machen.«

»Das kann gut sein. Und was machst du den ganzen Tag? Planst du mit den anderen, wie wir von Eisenfels aufhalten können?«

»Vielmehr überlege ich gemeinsam mit ihnen, wie wir meine ehemalige Position als Kriminaloberkommissar nutzen können, um die Verräter in den Reihen der Polizei zu entlarven. Außerdem sollen diejenigen, die rechtschaffen sind, davon überzeugt werden, dass die Verstoßenen nicht verantwortlich für die Gräueltaten der Jäger sind. Ich muss ihnen die Augen öffnen.«

»Und seid ihr schon weitergekommen?«

Er nickte. »Heute Abend werde ich mich inkognito zu meiner Stammkneipe begeben, wo viele meiner Kollegen ihr Feierabendbier genießen. Du kennst die Wirtschaft. Wir sind dort essen gegangen, als wir uns kennengelernt haben. Kannst du mir dafür bitte deinen Amulettschlüssel borgen?«

Mayla sah ihn mindestens so besorgt an wie Violett. »Klar, aber ist das nicht zu gefährlich? Immerhin bist du ein Polizist auf der Flucht!« Sie nestelte an der dicken Kette, die sich unter dem Kragen ihrer Bluse verbarg, und zog sie über den Kopf. Das goldene Schutzamulett, das daran hing, funkelte im Licht der Sonne.

Dankend nahm Georg es entgegen, legte die Kette um den Hals und verbarg den wertvollen Anhänger unter seinem blauen Hemd.

»Wenn es nach mir ginge, hätte ich mich schon vor vier Tagen auf den Weg gemacht. Aber mir ist bewusst, dass ich hier der Neue bin und nicht sofort alles nach meiner Vorstellung ablaufen kann.«

»Hört, hört!« Mayla lachte.

Georg schubste sie scherzhaft an der Schulter. »Im Gegensatz zu dir bin ich nur ein einfacher Wasserhexer, der sich keine Allüren erlauben kann.«

»Unterschätze nicht die Möglichkeiten, die sich uns durch dein Insiderwissen ergeben«, bemerkte Violett von der Seite, während sie den Blick ungewohnt schüchtern auf die Spitzen ihrer Stiefel richtete.

»Das stimmt. Du hast schon viele wertvolle Informationen geliefert. Ich bin froh, dass du der Gruppe endlich vorbehaltlos vertraust.«

»Es fällt mir wesentlich leichter, den guten Zweck und die Aufrichtigkeit der Mitglieder zu erkennen, seit der Herumtreiber nicht mehr Teil dieser Gruppe ist.«

Ein Stoß durchfuhr Maylas Herz, als ramme ihr jemand einen Dolch hinein. Georg fuhr sich mit der Hand vor den Mund, denn wie Mayla hatte er Tom seit Tagen nicht mehr erwähnt. Doch nun war der Name gefallen und es war nicht das erste Mal, dass Mayla an ihn denken musste.

Tom. Er war Vincent von Eisenfels Sohn. Sein richtiger Name lautete Valerius und er war angeblich übergelaufen zu den Jägern. Eduardo und Matthew behaupteten, er hätte sie nur ausspioniert und belauscht. Aber sein Tipp bezüglich ihrer Oma war richtig gewesen. Ohne seine eindringliche Warnung hätten sie Melinda vielleicht nicht an demselben Abend befreit, als Vincent aus seinem Gefängnis ausgebrochen war, und dann wäre sie für alle Zeit verloren gewesen.

Seit Tom ihnen den Hinweis mithilfe des Botschafts-Zaubers hatte zukommen lassen, war er weder aufgetaucht noch hatte er sonst irgendwie von sich reden gemacht. Nichts hatten sie von ihm gehört.

Nichts …

Schmerzhaft zog sich Maylas Magen zusammen und erinnerte sie daran, dass sie seit Tagen kaum gegessen hatte. Normalerweise pflegte sie ihren Kummer in Pralinen zu ertränken. Doch da die drei Packungen, die auf ihrem Zimmer lagen, von ihrem gemeinsamen Ausflug nach Ulmenstadt stammten, hatte sie die Schachteln nicht mehr anrühren können. Ein Blick darauf genügte und sie erinnerte sich an den gemeinsamen Morgen in der Confiserie, die Küsse und vor allem an die leidenschaftliche Nacht davor. Wie nah waren sie sich gewesen …

»Glaubst du, es geht ihm gut?«, fragte Violett. Auf ihrem Gesicht waren die Sorgen zu lesen, die Mayla das Herzen zusammenschnürten.

»Das braucht uns nicht mehr zu interessieren«, entgegnete Georg heftig.

Scheinbar gleichgültig zuckte Mayla mit den Schultern, doch in Wahrheit hinderte sie der dicke Kloß im Hals am Sprechen.

»Ich frage mich, ob er wirklich hier war, um uns auszukundschaften«, sinnierte Violett. »Er war immer extrem verschlossen und wortkarg, aber irgendwie sah er weder gemein noch hinterhältig aus. Ich kann mir kaum vorstellen, dass …«

»Können wir bitte das Thema wechseln?«, bat Mayla, bevor ihr die Luft zum Atmen schwand. Betretenes Schweigen folgte, während sie in den großen Burgsaal marschierten. Sie dachte genauso wie Violett, aber dieses Grübeln half nichts und brachte sie nicht näher an die Wahrheit, nein. Es verstärkte vielmehr den Druck auf ihr Herz, der ihr mit jeder Stunde ohne ihn mehr zu schaffen machte.

Im Burgsaal an der großen Tafel saßen Pierre, Nora, Artus von Donnersberg und Eduardo, den wie immer ein Geruch von Pfefferminz umgab.

»Du siehst schon wieder viel besser aus«, betonte Mayla an Nora gewandt, die wie Thomas und Pierre bei der Befreiungsaktion mit dem Pressa-Fluch getroffen worden war und beinahe daran erstickt wäre.

»Danke, ich fühle mich wie neugeboren.« Die Schwedin strahlte sie an und strich sich über ihren langen blonden

Zopf, aus dem sich kein einziges Härchen hinauswagte. Ein Blick darauf genügte Mayla und sie erinnerte sich an ihren schwungvollen Flug. Mit geübten Handgriffen löste sie die Klammer am Hinterkopf, kämmte sich mit den Fingern das verstrubbelte Haar, wickelte die dunkelbraunen Strähnen zusammen und steckte sie ordentlich hoch.

Pierre war noch etwas blass um die große Nase, doch er saß bereits aufrecht am Tisch – im Gegensatz zu Thomas, der noch immer auf seinem Zimmer lag und mit dem Heiltrank gepflegt werden musste. Auch hier zeigte sich, dass Frauen die stärkeren Hexen waren, denn keiner der beiden Männer war so schnell wieder auf den Beinen wie Nora.

Wenn Mayla daran dachte, wie rasch Tom sich von diesem Fluch erholt hatte, als die Polizisten ihn damit niedergestreckt hatten, wunderte sie sich, dass sie nicht früher stutzig geworden war wegen seiner enormen Kräfte. Aber sie hatte sich schlicht und ergreifend noch nicht ausgekannt, weshalb ihr das gar nicht weiter aufgefallen war.

»Wie war die erste Flugstunde?«, fragte Pierre.

»Phänomenal – nur die Landung könnte noch etwas ausgereifter werden.«

»Zu schwungvoll?«

Violett lachte. »Das trifft es ganz gut.«

Mit einem schiefen Grinsen verabschiedete sich Mayla von den Freunden, um ihre Oma in der Bibliothek im ersten Stock zu treffen – gespannt darauf, was sie heute Faszinierendes lernen würde.

Kapitel 2

H eute widmen wir die letzte Stunde den Verteidigungszaubern«, eröffnete ihr Melinda wenig später, als sie sich in der ehrwürdigen Bibliothek auf der Burg trafen.

»Das brauche ich wirklich nicht mehr zu üben. Schau!« Mayla dachte: »Tutare«, und sogleich baute sich ein bläulich schimmernder Schutzschild um sie herum auf. »Das habe ich so viele Stunden mit Violett geübt, dass es mir zu den Ohren rausgekommen ist.«

»Den Zauber meine ich nicht. Ich will dir heute einen Trick zeigen, den nur wir beherrschen.«

Maylas schokoladenbraunen Augen wurden groß und gespannt lauschte sie ihrer Oma. »Welchen?«

»Ohne viel Kraft aufwenden zu müssen, kannst du einen Schutzring aus Flammen um dich herum lodern lassen, durch den kaum ein Fluch dringt.«

»Du meinst, er ist stärker als der Tutare-Hexspruch?«

»Er ist nicht nur stärker, sondern du brauchst quasi keine Energie, um ihn zu bilden und aufrechtzuhalten. In den bevorstehenden Kämpfen ist dieser Zauber für dich unverzichtbar!«

»Das klingt fabelhaft. Aber wieso haben mir Violett oder die anderen Feuerhexen den Trick nicht längst gezeigt? Oder ihn angewendet?«

»Weil nur wir von Flammensteins ihn beherrschen.«

Bei den Worten wanderte Mayla Gänsehaut über den Rücken. Alles, was mit ihrer Familie und der besonderen Magie zu tun hatte, bereitete ihr eine Mischung aus Spannung und Bauchkribbeln.

»Worauf muss ich achten?«

»Ich zeige es dir. Ähnlich wie beim Tutare-Zauber stellst du dir eine schützende Wand vor und während du dich im Kreis drehst, bläst du den Ring aus Flammen. Sieh zu.« Melinda holte Luft und während sie sich wie eine Tänzerin einmal um die eigene Achse drehte, blies sie sachte, worauf binnen Sekunden eine hohe Feuerwand um sie herum loderte.

»Pass auf die Bücher auf!«

»Keine Sorge. Die Flammen zu kontrollieren, ist für uns keine Kunst.« Sie pustete erneut und die Feuerzungen verschwanden ebenso schnell, wie sie gekommen waren. »Je mehr Übung du hast, desto rascher gelingt es dir, den Schutz aufzubauen. Jetzt du!«

»In Ordnung.« Sie neigte den Kopf zu den Seiten, dehnte ihre Finger und Hände, schüttelte die Schultern aus und stellte sich einen Schutz aus Flammen vor. Hoffentlich fing ihr Haar kein Feuer! Auch wenn die anderen, allen voran ihre Oma und Angelika, mehrmals betont hatten, dass es als Feuerhexe quasi unmöglich war, sich zu verbrennen, konnte sie das nicht so recht glauben. Immerhin waren bei ihren ersten Hexversuchen ein paar versengte Haarsträhnen dabei herausgekommen.

Sie konzentrierte sich auf die Magie, drehte sich im Kreis und blies. Sogleich loderten Flammen vor ihr in die Höhe. Einen Blitz sah sie auf sich zurasen, der an dem Feuerkreis abprallte.

»Siehst du?«, rief ihre Oma. »Ein einfacher Fluch kommt da nicht durch.«

»Wie praktisch.« Begeistert blies Mayla die Flammen aus, bevor eines der kostbaren Bücher oder die dunklen Holzregale Feuer fangen konnten. »Und würde dieser Feuerschutz auch einen Angriff von Vincent von Eisenfels abwehren?«

»Wie immer in der Magie steht und fällt alles mit deiner Konzentration und den Machtverhältnissen. Deine Kräfte sind noch lange nicht auf ihrem Höhepunkt angekommen, aber rasant am Wachsen – ich beobachte es jeden Tag mit Freuden. Nicht mehr lange und du wirst auch von ihnen einen Angriff abwehren können.«

Von ihnen. Damit meinte ihre Oma Vincent und Tom. Mayla entgegnete nichts darauf. Sie konnte sich nicht vorstellen, dass Tom sie angreifen würde. Oder wollte sie es sich schlicht und ergreifend nicht vorstellen? Hatte er nur ein Spiel mit ihr getrieben? War er für seinen Vater und seine Familie spionieren gegangen? Oder hatte er sich von ihnen abgewandt und seinen Namen nur deshalb niemandem verraten, weil keiner ihm je geglaubt hätte, dass er nicht auf Macht aus war? Mayla wollte an ihn glauben, an das Gute in ihm, aber sogleich drängten sich die Stimmen der anderen auf, wie naiv sie sei, ihm zu vertrauen.

»Ich hatte auch keine Ahnung, wer er war«, bemerkte unvermittelt ihre Oma in einem unerwartet sanften Tonfall.

Überrascht sah Mayla auf und las das Mitgefühl in ihrer Mimik. »Glaubst du auch, dass er uns ausspioniert hat?«

Entgegen ihrer Art, ließ sich Melinda betrübt auf einem Stuhl nieder. »Ich mag Tom und zu keiner Zeit habe ich etwas Verräterisches in seinem Herzen gelesen. Deshalb will ich betonen, dass ich nicht davon ausgehe, dass er uns aus-spioniert hat! Aber die Ereignisse sind nicht so verlaufen, wie er es geplant hat. Dass sein Vater wieder frei kommt, wird ihn aus dem Konzept bringen ... und an seine Grenzen. Ich bin mir nicht sicher, wie er nun, da sein Vater auf freiem Fuß ist und wir wissen, wer er ist, handeln wird.«

»Du hattest zu keiner Zeit auch nur den Verdacht, dass er nicht ...«

» ... Tom war? Nun, ich wusste, er verschweigt mir etwas, das mit seiner Vergangenheit zu tun hat, und ich habe ge-ahnt, dass Tom Carlos nicht sein richtiger Name ist. Aber es ist eines meiner obersten Prinzipien, meinem Instinkt zu vertrauen – so wie du es offenbar auch tust –, und ich bin der Überzeugung, ich habe mich nicht in ihm getäuscht. Ich weiß nicht, wohin ihn die unerwarteten Wendungen getrieben haben oder treiben werden. Ich weiß auch nicht, wie ihn das zwangsläufige Wiedersehen mit seinem Vater beeinflussen wird – sofern es nicht längst stattgefunden hat. Aber ich bin felsenfest davon überzeugt, dass sein ursprünglicher Plan nicht vorsah, mich zu betrügen. Dennoch würde ich lügen, wenn ich behauptete, sein mangelndes Vertrauen enttäusche mich nicht.«

»Aber vertraust du ihm immer noch?«

Ratlos wiegte Melinda den Kopf hin und her. »Wir müssen vorsichtig sein. Durch Vincents Ausbruch sind die Karten neu gemischt. Und es wird Zeit, dass wir heraus-finden, wer in unserem Team mitspielt!«

Stirnrunzelnd sah Mayla auf. »Was hast du vor?«

»Morgen werden wir zum Rat des Feuerzirkels gehen.«

Ihre Augen leuchteten begeistert auf. »Ins Hauptquartier? Das ist ja wunderbar! Schon ewig will ich wissen, wie es da aussieht und wer den Rat führt. Die Ratsmitglieder hatte ich lange Zeit in Verdacht, etwas mit deinem Verschwinden zu tun zu haben.«

»Ich auch!« Voller Tatendrang ballte ihre Oma die kleinen Hände zu Fäusten. »Wir müssen aufräumen und uns jedes Mitglied genau ansehen. Jeder Verräter muss entlarvt werden, sonst sind wir nicht mehr sicher.«

Nachdenklich tippte sich Mayla mit dem Zeigefinger an die Nasenspitze. »Sie wissen noch nicht von mir und meiner Existenz – ich bin gespannt, wie sie reagieren werden.«

»Wir müssen achtgeben, denn die Verräter könnten bereits von dir gehört haben. Wenn wir dort hingehen, müssen wir die Reaktionen auf unser beider Ankunft haargenau beobachten. Ich will verdammt sein, wenn ich es nicht einmal schaffe, in meinem eigenen Zirkel aufzuräumen!«

Sie übten noch eine Weile und in gleichem Maße zufrieden und erschöpft wollte Mayla gegen sieben Uhr die Bibliothek verlassen, als sie sah, welchen Wälzer ihre Oma aus dem Regal zog: »Tatjana von Flammenstein, Die Gründung der vier Zirkel«. Interessiert spähte sie ihr über die Schulter. »Tatjana von Flammenstein? Wer ist das?«

»Sie ist deine Ururur-, ach, das dauert zu lange. Sie lebte von 1617 bis 1701.«

Voller Ehrfurcht betrachtete Mayla das in rotem Leder eingebundene Werk. »Und sie hat ein Buch geschrieben über die Gründungszeit der Hexenzirkel?«

»Unter anderem, ja. Sie war Historikerin und Spezialistin für diese Epoche.«

»Wann genau wurden die vier Zirkel gegründet?«

»Es war im Jahre 1402.«

»Wow, also ist es über sechshundert Jahre her.«

Sie setzte sich zu ihrer Oma an einen der Arbeitstische und sah sie erwartungsvoll an. »Ich würde gerne deine Meinung dazu hören, was damals mit der Familie von Eisenfels geschehen ist.«

»Du möchtest noch eine Geschichtsstunde?« Melinda linste auf die große Standuhr. »Die Zeit reicht nur für eine grobe Zusammenfassung. Was weißt du bislang? Und woher?«

Maylas Hals wurde trocken und ihr Puls beschleunigte sich, während sie an den Tag dachte, an dem Tom sie auf Burg Donnersberg gebracht hatte. Das war ungefähr fünf Wochen her. Gemeinsam waren sie den Rhein entlangspaziert und er hatte ihr zum ersten Mal die Zirkel erklärt und von der Gründungszeit erzählt.

Er hatte ihr offenbart, dass Vincent von Eisenfels ihre richtigen Eltern getötet hatte – nur dass er es unterließ zu erwähnen, dass es sich dabei um seinen eigenen Vater handelte. Fairerweise musste sie zugestehen, dass er sie aufgefordert hatte, selbst nachzulesen, was damals geschehen war, und sich eine eigene Meinung zu bilden. Doch dafür hatte die Zeit bislang nicht ausgereicht. Aber war diese Aussage nicht eine Bestätigung, dass ihr Vertrauen in ihn keinesfalls naiv, sondern begründet war?

Tief durchatmend drängte sie die Überlegung zurück und erinnerte sich an seine Worte. »Tom hat mir davon erzählt, nachdem ich erfahren habe, dass ich deine Enkelin bin. Zur Gründungszeit hat er nur kurz erwähnt, dass die de Rochat den Erdzirkel gegründet haben, die De Fonte den Wasserzirkel, die Montgomerys den Luftzirkel und unsere Familie, die von Flammensteins, den Feuerzirkel. Doch die von Eisenfels waren ebenso mächtig wie die vier Gründerfamilien,

30

weshalb sie einen fünften Zirkel gründen wollten. Laut Tom war es eine demokratische Entscheidung, dass den von Eisenfels kein eigener Zirkel zugesprochen wurde. Seither gab es Reibereien und Kriege deswegen.«

»Eine sehr geraffte Darstellung der damaligen Ereignisse …« Melinda schlug das Buch auf und deutete auf eine Zeichnung. Darauf dargestellt war ein großer Kreis, in dessen Innerem sich vier kleinere Kreise befanden, die den äußeren beinahe komplett ausfüllten. Mit dem Zeigefinger fuhr Melinda ihn nach.

»Dieser äußere Kreis symbolisiert die ursprüngliche Kraft, die jede Hexe und jeder Hexer in sich trug, bevor die Zirkel gegründet wurden. Aus den verschiedensten Gründen haben die mächtigen Familien Anfang des vierzehnten Jahrhunderts entschieden, die vereinte Magie aufzuteilen. Schau!« Sie zeigte erneut auf die Zeichnung und auf die vier kleineren, gleich großen Kreise. »Das sind die vier Elemente, auf denen die ursprüngliche Magie basiert.«

Mit glänzenden Augen hörte Mayla zu. »Feuer, Wasser, Erde und Luft.«

»Exakt. Es ist kein Element übrig. Die Magie wurde separiert und gleichermaßen auf die vier Familien aufgeteilt. Deshalb wurde von Eisenfels ein eigener Zirkel verwehrt. Zu seinem Charakter lesen wir keine schönen Dinge, weshalb man der Entscheidung Beifall klatschen möchte. Doch dürfen wir nicht vergessen, dass diese Bücher, die wir hier haben, von Menschen geschrieben wurden, die diese Entscheidung mitgetragen haben. Ich habe kein einziges Buch oder ein anderes Dokument gelesen von Melchior von Eisenfels, dem damaligen Oberhaupt der Familie. War er wirklich so ein Monster oder haben ihn die Geschichtsschreiber dazu gemacht, um die Entscheidung zu rechtfertigen?« Ihre Oma zuckte mit den schmalen Schultern.

»Ich verstehe, was du meinst. Aber was ist nun mit dem geheimen Zirkel, den er oder Vincent von Eisenfels gegründet hat? Und woher haben sie ihre Kraft, mit der sie über Metall herrschen können?«

»Schau, hier.« Sie zeigte auf den Kern des äußeren Kreises und malte mit dem Finger einen kleinen Punkt in die Mitte. »Es gab einen kleinen Rest der ursprünglichen Magie, der sich nicht auf die vier Zirkel verteilen ließ. Die Kraft des Metalls. Die Gründungsfamilien entschieden, diesen kleinen Teil der Familie von Eisenfels zuzugestehen. Damit blieb ihre Sonderstellung den anderen Hexenfamilien gegenüber bestehen, aber die Kraft reichte nicht aus für einen eigenen Zirkel.«

»Offenbar hat sie es doch ... Und irgendwoher hat die Familie das Wissen erhalten, wie der Hexspruch lautet, um einen zu gründen.«

»Schon seit einer Weile hatte ich den Verdacht, dass die Jäger eine Verbindung miteinander teilen, die über bloßen Übereifer hinausgeht. Als ich vor fünf Wochen aufgebrochen bin, um die verborgene Weltenfalte zu erforschen – in der ich entgegen jeder Vorstellungskraft überfallen und gefangen genommen wurde –, wollte ich dieser Vermutung auf den Grund gehen. Und ich hatte recht. Die Familie von Eisenfels hat einen eigenen Zirkel gegründet, womöglich schon vor hunderten von Jahren. Vielleicht sogar schon damals, als die anderen Zirkel erweckt wurden.«

»Wie wurdest du in Südengland eigentlich überwältigt? Vincent war doch gar nicht vor Ort und die Jäger können es lange nicht mit deinen Kräften aufnehmen.«

Ein zarter Hauch von rosa überflog Melindas Wangen. »Zu meiner Schande muss ich gestehen, dass ich es nicht so genau weiß. Ich wurde von den Jägern überrascht und angegriffen und während ich mich verteidigt habe, wurde ich von hinten attackiert. Ich kann bis heute nicht nachvollziehen, wie ihnen das gelungen ist. Aber das lasse ich nicht auf mir sitzen, das kannst du mir glauben!«

Nachdenklich nickte Mayla und betrachtete die Zeichnung im Buch. Ihre Gedanken kehrten zurück zu den Machtverhältnissen und der Gründungszeit. »Vincent hat es offenbar nicht mehr gereicht, seinen Zirkel im Verborgenen zu führen …«

»Das denke ich auch. Er will die Anerkennung dieses fünften Zirkels, notfalls mit Gewalt.«

»Aber wieso raubt er dann anderen Hexen die Zauberkräfte? Und wieso will er die Gründerfamilien auslöschen?«

»Das Motiv ist immer dasselbe: Macht und Rache.«

Unwillkürlich schlang Mayla die Arme um den Körper. »Wir müssen ihn aufhalten! Georg und Violett haben mir erzählt, dass er sich seit seiner Befreiung verborgen hält. Hast du schon etwas von ihm gehört?«

»Nein.« Melinda strich sich eine ihrer weißen Locken aus dem Gesicht. »Aber ich bin mir sicher, viel Geduld werden wir nicht mehr haben müssen.«

Kapitel 3

Wenig später verließ Mayla die Bibliothek in Richtung ihres Zimmers. Sie wollte sich kurz etwas frisch machen für das Abendessen und brauchte ein paar Minuten Ruhe.

Die Unterrichtsstunden mit ihrer Oma waren jedes Mal sehr intensiv, sodass sie danach immer eine Weile für sich sein musste. Heute kamen zusätzlich Melindas Erzählungen dazu, die Mayla beunruhigten.

Sie wusste, dass die Auseinandersetzung mit der Familie von Eisenfels unmittelbar bevorstand, und sie wusste um die Gefahr, in der alle schwebten, die sich nicht auf Burg Donnersberg aufhielten. Ihre Oma und Angelika hatten gemeinsam einen starken Schutzzauber über das alte Gemäuer gelegt, sodass niemand hineinkam, dem es nicht erlaubt war. Dennoch sorgten sie sich um jeden, der auf der Burg keinen Schutz finden konnte, und um diejenigen, die auf Erkundungstouren gingen – meist Anna, Susana und Manuel.

Ausgelaugt betrat Mayla ihr Zimmer und schloss die Tür hinter sich. Schwungvoll wollte sie sich aufs Bett fallen lassen, als ihr ein kleiner Jemand auffiel, der darauf saß. Als sie den kleinen schwarzen Kater erkannte, der ihr Seelentier war, strahlte sie beinahe von einem Ohr zum anderen.

»Karli!«

Es war das erste Mal seit seiner Geburt, dass er bei ihr war. Sie hatte ihn nicht mehr gesehen, seit sie Toms Hütte in den Pyrenäen verlassen hatte. Ungläubig registrierte sie, wie stabil der kleine Kater sich bereits auf den Beinen hielt und wie robust er wirkte, obwohl er doch erst wenige Tage alt war. Vermutlich lag es an der starken Magie, die ihn erfüllte. Aber dennoch musste er doch sicherlich noch bei seiner Mama bleiben, oder?

»Mein Süßer, geht's dir gut? Bist du auch wirklich schon stark genug, dass du so weit von Kitty entfernt sein kannst?«

Karli maunzte mit seinem hohen Stimmchen und sprang ihr entgegen. Überglücklich hob sie ihn hoch und streichelte ihm über das winzige Köpfchen. Er war noch immer so klein, dass er auf ihrer Handfläche Platz fand. Ein warmes, aufrichtiges Gefühl von Liebe strömte durch ihren Brustkorb und hüllte sie ein.

»Mein Schatz, ich habe dich mindestens genauso lieb.«

Einen Moment verharrten sie kuschelnd, bis Karli aufgeregt zu fiepsen begann und zurück auf das Bett sprang. Mit seinem schwarzen Näschen stupste er an etwas Kleines, Braunes, das auf der Decke lag, und kringelte die Spitze seines kurzen Schwanzes ein.

»Was hast du denn da? Hast du das mitgebracht?« Sie setzte sich neben ihn auf das Bett und noch bevor sie es aufhob, wusste sie, was dort auf ihrer Decke wartete.

Es war eine Praline. Aber keine echte, das roch sie sofort, sondern eine, die einen Botschaftszauber enthalten musste.

Es gab nur einen, der infrage kam, ihr diese Nachricht geschickt zu haben. Und da er wegen des Schutzzaubers nicht mehr auf die Burg springen konnte, hatte er einen anderen Weg finden müssen, mit ihr Kontakt aufzunehmen.

Endlich …

Ihr Herz sank ihr in die Hose.

Aschfahl saß sie still und starrte auf die falsche Praline. Was wollte er? Wieso schickte er ihr eine Botschaft? Wie konnte er es wagen, sich über einen so dämlichen Zauber bei ihr zu melden? Andererseits – wie zum Teufel hatte er es wagen können, sich in den vergangenen Tagen nicht ein einziges Mal bei ihr zu melden?

»Miau, miau«, maunzte Karli und durchbrach die Stille. Er spürte, was in ihr vorging. Aufgeregt tippelte er auf ihren Schoß und schmiegte seine Stirn an ihre Hände, die kraftlos auf ihren Beinen lagen. Nur langsam kämpfte sie sich aus ihrer Trance und strich dem kleinen Kater über das samtig weiche Fell.

»Keine Sorge, mein Schatz, ich habe mich nur erschreckt.« Obwohl sie die Antwort schon kannte, fragte sie: »Von wem hast du die Praline bekommen?«

Ein Bild schwebte durch ihre Gedanken und sie sah, wie Karli an Kittys Bauch gekuschelt in einem Körbchen lag. Ein großer Schatten kam auf sie zu, aus dem sich eine sehnige Hand schälte, die Karli die Praline entgegenhielt. »Bring die zu ihr«, raunte eine tiefe Stimme, die es nicht gewohnt war, benutzt zu werden. Dann verschwanden das Bild und die Stimme wie eine flüchtige Erinnerung.

Tom. Gleichzeitig wurde ihr heiß und kalt, als überfiele sie Schüttelfrost, während sie die falsche Praline nahm und unendlich langsam an die Lippen führte. Gleich würde sie wissen, was er ihr zu sagen hatte. Aber konnte sie irgendetwas von dem, was er ihr erzählte, für bare Münze nehmen?

Ja, ja, ja, schrie alles in ihr, worauf sie die Praline schneller als gedacht an die Lippen führte und flüsterte: »Aperi!«

Die Praline schwebte von ihr fort über den Steinboden und schwoll an. Eine dunkle Gestalt regte sich in ihrer Mitte, die größer und größer wurde, bis Tom vor ihr stand. Obwohl seine Erscheinung leicht durchscheinend war, zuckte Mayla unwillkürlich zusammen. War er noch größer geworden? Sein dunkles, beinahe schwarzes Haar hing ihm in kurzen Strähnen in die Stirn, die Wangen waren eingefallen und blass, und seine schwarzen Bartstoppeln und die grünen Augen waren das einzig Farbige in seinem Gesicht. Es war, als läge der Mantel der Traurigkeit über ihm, der Schrecken der vergangenen Tage. Hatte er seinem Vater bereits gegenübergestanden?

Wie immer war sein Blick ernst und entschlossen. Er sah sie so direkt an, als stünde er in Wahrheit vor ihr, und verschränkte die langen Arme vor der Brust. Beinahe hörte sie seine Lederjacke bei der Geste knirschen.

»Mayla …« Er räusperte sich. Fiel es ihm schwer, ihr seine Nachricht mitzuteilen? Vermisste er sie? Tat es ihm leid, wie die Dinge gekommen waren? Oder war alles geplant gewesen? »Ich muss dich unbedingt sprechen. Bitte komm morgen Abend um zehn Uhr zu unserem Treffpunkt. Wenn du mir noch irgendwie vertrauen kannst, komm alleine. Falls nicht, bring nur deine Großmutter mit – sonst niemanden. Ich verspreche dir, du hast von mir nichts zu befürchten. Ich … Bis morgen.«

Mit den Worten ploppte die Praline laut und löste sich in Luft auf. Entsetzt sprang Mayla vom Bett und versuchte sie festzuhalten, doch es war zu spät. Nichts war übrig von seiner Botschaft, nichts von seiner Erscheinung. So eine kurze Nachricht – und sie konnte nicht einmal auf irgendeine Wiederholungstaste drücken, verdammt. Seine Gestalt war verschwunden, die Worte gelöscht für alle Zeit.

Verdammt. Verdammt.

Tom.

Was war sein ursprünglicher Plan gewesen? Hatte er versucht, seiner Familie zu entkommen? Oder hatte er spioniert, um zu helfen, seinen Vater zu befreien, wie Eduardo und Matthew tagtäglich, ja nahezu stündlich betonten? Nein, sie musste sich auf ihren Instinkt verlassen, wie sie es schon immer getan hatte. Tom war nicht der Feind – auch wenn Georg und viele im Inneren Kreis ihn als solchen betitelten.

Morgen Abend um zehn Uhr sah sie ihn wieder – denn dass sie zu dem Treffen gehen würde, war längst entschieden. Ihr Herz wollte bereits aufgeregt und voller Hoffnung schlagen, doch sie unterdrückte das frohe Gefühl aus Angst, enttäuscht zu werden. Gleichzeitig drängte sich ihr die Frage auf, wie sie die Zeit in Gottes Namen bis dahin abwarten sollte …

∞

Eine halbe Stunde später betrat sie mit gemischten Gefühlen den großen Saal. Niemandem würde sie von dieser Botschaft erzählen, das hatte sie sich vorgenommen. Der … Termin lag so spät abends – mühelos konnte sie sich vorher auf ihr Zimmer begeben und mit ihrem Amulettschlüssel unbemerkt zu dem Treffpunkt springen.

Womöglich hatte Tom das bedacht, als er den Zeitpunkt ausgewählt hatte. Sie musste sich unbedingt ruhig verhalten, möglichst unauffällig, damit ihr niemand auf die Schliche kam. Vor allem Georg sah es ihr immer sofort an, wenn sie etwas beschäftigte.

Die Schultern straffend setzte sie ein möglichst unbekümmertes Lächeln auf und ging zu Violett an die große Tafel.

»Na, wie war der Unterricht?«

»Toll. Zusätzlich hatte ich heute noch eine Geschichtsstunde.«

Violett zog die roten Brauen in die Höhe und blickte sie fragend an.

»Meine Oma hat mir von der Gründungszeit der Zirkel erzählt und dem Drama um die von Eisenfels.«

»Ja, ja, die ewig missverstandenen, armen, unterdrückten von Eisenfels. Ich hoffe, sie hat dir auch erzählt, was Melchior von Eisenfels und seine Vorfahren so alles getrieben haben, weshalb ihnen ein eigener Zirkel versagt wurde.«

»Nein, aber sie meinte, wir haben die Dinge noch nie aus ihrer Sicht erfahren. Nun denn, ich bin gespannt, wie es weitergehen wird mit der Familie. Wo ist Georg?«

»Er ist längst aufgebrochen.«

»Er ist schon weg? Etwa in die Kneipe, um seine ehemaligen Kollegen zu treffen? Aber ich dachte, er will seine Kollegen nach Feierabend dort treffen und jetzt haben wir doch erst …« Sie sah auf die große Standuhr mit dem langen, schwingenden Pendel, die an der Seite stand, und riss ungläubig die Augen auf. »Wir haben gleich halb neun?«

Violett lachte. »Na, der Unterricht muss ja spitzenmäßig sein, wenn du nicht mal bemerkst, wie die Zeit vergeht.« Eine tiefe Sorgenfalte zog sich über ihre Stirn. »Ich hoffe, er ist vorsichtig.«

»Mach dir keine Gedanken«, versuchte Mayla sie zu trösten. »Ich habe ihm von den Polizisten erzählt, die damals, als ich die Polizeiwache mit …« Sie schluckte bei der Erinnerung an Tom. »Ich habe Georg das Äußere der Polizisten beschrieben, die damals möglicherweise in der Mittagspause die Jäger empfangen haben. Bestimmt hält er sich von denen fern.« Sie hakte sich bei ihrer Freundin unter und zog sie zum Tisch, denn natürlich grummelte Violetts Magen längst lautstark.

Gemeinsam mit den anderen aßen sie zu Abend und begaben sich anschließend vor den Kamin. In stiller Übereinkunft warteten sie Georgs Rückkehr ab, der eine ganze Weile auf sich warten ließ. Nur Angelika und Melinda saßen noch in einer Sitzecke beisammen und Manuel brütete in seinem Stammsessel über seinen philosophischen Texten, als Georg endlich in die Halle gesprungen kam. Als er zu ihnen humpelte und den einen Arm auffällig mit der anderen Hand abstützte, stürmten ihm Mayla und Violett sogleich entgegen.

»Georg, endlich bist du zurück!«

Er schmunzelte ob der Sorge, die in Maylas Mimik zu lesen war, doch beim nächsten Schritt verzog er schmerzhaft das Gesicht, worauf Melinda augenblicklich neben ihm stand.

»Was ist geschehen?«

»Ich habe mich eigentlich ganz angeregt mit ein paar Kollegen unterhalten, als von Wickert und Thomsen aufgetaucht sind.«

»Von Wickert?« Angewidert verzog Mayla das Gesicht. »War ja klar, dass der dir Ärger macht. Immerhin bist du aus seinem Gewahrsam geflohen. Und wer ist der andere?«

»Thomsen hat dich zusammen mit von Wickert damals im Wald verhaftet, als du das erste Mal in der Weltenfalte gelandet bist, und er war dabei, als sie dich zu mir auf die Wache geflogen haben. Du erinnerst dich? Er war einer der Polizisten, die du verdächtigt hast.«

»Als könnte ich das vergessen! So ungehobelte, unverschämte …«

Georg zuckte zusammen und konnte einen erstickten Schmerzenslaut nicht unterdrücken.

»Georg!« Gleichzeitig mit Violett legte sie ihm die Arme um den Rücken, um ihn zu stützen.

»Mit welchem Fluch haben sie dich erwischt?«, wollte Melinda wissen.

»Sie haben ihn zu leise gesprochen. Ich weiß es nicht.«

»Wo tut es weh? Nur der Arm?«

»Nein, auch mein Herz.«

Herrisch kommandierte Melinda ihn auf ein Sofa, wo er sich hinlegen sollte. Er versuchte zu widersprechen, doch die alte Hexe ließ ihn gar nicht zu Wort kommen. Mayla und Violett halfen ihm bis zu dem Ruhepolster und erneut wollte er protestieren, als ihn Melinda mit dem Zeigefinger auf seiner Brust in die Horizontale drückte.

»Ruhe, ich muss mich konzentrieren!« Mit ihren kurzen Fingern wanderte sie über seinen Brustkorb und seinen Arm, bis sie fachmännisch nickte.

Hoffnungsvoll sah Mayla ihre Oma an. »Du weißt, was ihm fehlt?«

»Selbstverständlich. Der Fluch, den ich nicht erkenne, muss erst noch erfunden werden. Vola!« Wenig später kam ihr Weidenkorb in den Burgsaal geflogen und landete zu ihren Füßen. Während Georg immer häufiger dumpf stöhnte, griff sie gezielt nach einer kleinen Flasche, in der eine grünliche Flüssigkeit hin und her schwappte. Mit einem leisen Plopp zog sie den Korken heraus. Angelika reichte ihr einen Löffel, auf den Melinda ein paar Tropfen zählte und Georg in den Mund schob. Sogleich entspannten sich seine Züge.

Violett drückte sich an Mayla und betrachtete Georg besorgt. Aufmunternd legte Mayla einen Arm um die Schultern ihrer Freundin. »Er wird schon wieder«, flüsterte sie, denn wenn jemand alles heilen konnte, so war es ihre Großmutter. »Was ist das für ein Heiltrank?«

»Das ist ein Sud aus Holunder, Alant und Löwenzahn. Das beste Mittel gegen den Debilitor-Fluch.«

»Debilitor?« In Gedanken ging Mayla alle Wörter durch, die sie bislang auf Latein gelernt hatte. »Das heißt schwächen, oder?«

»Genau. Durch diesen Zauber wird man mit jeder Minute kraftloser, bis man sich nicht mehr bewegen kann und bewusstlos liegen bleibt.«

»Kann man daran sterben?«

»Ist schon vorgekommen, aber es dauert sehr lange. Und es passiert natürlich nur, wenn man nicht rechtzeitig den Heiltrunk einnimmt, den eigentlich jeder in seiner Hausapotheke vorrätig hat. Es ist ein gebräuchlicher Zauber, wenn man sein Gegenüber nicht ernsthaft verletzen, aber schwächen will, um ihn unschädlich zu machen. Zum Beispiel Verdächtige oder Straftäter.«

»Verdächtige und Straftäter!« Georg räusperte sich und stützte sich auf seine Unterarme. »Wenn die mir morgen wieder begegnen …!«

»Morgen wirst du schön hier bleiben!«, befahl Mayla. Zumal sie selbst ihren Amulettschlüssel brauchte, um Tom zu treffen. Vorsorglich zog sie ihm die Kette mit dem wertvollen Amulett über den Kopf und legte sie selbst an.

»So leicht lasse ich mich von meiner Mission nicht abbringen. Ein paar meiner Kollegen haben mir zugehört und geglaubt. Die Belegschaft der Wache, haben sie mir erzählt, spaltet sich so langsam in zwei Lager. Die einen, die endlich den Jägern Einhalt gebieten wollen, und die anderen, die behaupten, man müsse nur die Verstoßenen unschädlich machen und damit seien die Probleme gelöst. Wie viele von denen wirklich zu den Jägern gehören oder einfach nur zu faul und blauäugig sind, konnten sie nicht sagen.«

»Das sind gute Neuigkeiten.« Unbemerkt war Artus von Donnersberg zu ihnen getreten. »Wenn womöglich die Hälfte von ihnen die Notwendigkeit erkannt hat, dass dem brutalen Wüten der Jäger endlich Einhalt geboten werden muss …«

»… dann werden sie über kurz oder lang verstehen, dass wir dasselbe Ziel verfolgen«, beendete Manuel den Satz. Unauffällig war er zu ihnen getreten und legte grüblerisch das Kinn in die Kuhle zwischen Daumen und Zeigefinger.

Von Donnersberg fuhr sich durch den weißen Backenbart. »Die Frage ist nur, wie wir es schaffen, gemeinsam an einem Strang zu ziehen. Haben deine Kollegen etwas von Vincent gehört?«

Georg hatte sich mittlerweile aufgesetzt. Der Trank wirkte und er fühlte sich sichtlich wohler. Ein wenig Farbe kehrte in sein Gesicht zurück und er musste keinen Schmerzenslaut mehr unterdrücken. »Nein, nichts. Ich habe ihnen erzählt, dass die Falte geöffnet wurde, aber sie wollten es mir nicht glauben. Wenn er frei wäre, haben sie gesagt, hätten sie längst etwas davon erfahren.«

»Wir sollten ihnen die Falte zeigen«, schlug Manuel vor, »in der Vincent gefangen gehalten wurde. Wenn sie den verlassenen Ort sehen, können sie die Tatsache, dass er frei ist, nicht mehr abstreiten, oder?«

»Das könnte funktionieren. Gleich morgen werde ich mit ihnen reden.«

Mayla sah ihn streng an. »Georg, du solltest dich erst mal ausruhen. Du bist geschwächt!«

Energisch erhob sich Melinda vom Sofa. »Nein, Mayla, der Fluch ist bis morgen früh überwunden. Georg sollte die Zeit nutzen. Wenn einige seiner Kollegen ihm zugehört haben, ist das die Gelegenheit. Uns rennt die Zeit davon und wir müssen jede kostbare Minute nutzen.«

Das sagte ihre Oma so leicht – ihr lag ja auch nichts an ihm. Aber Georg ging ohne Begleitung und wer wusste schon, was ihm als nächstes passieren konnte.

Georg war sichtlich erfreut über ihre Sorge und nutzte die Gelegenheit, ihr über die Hand zu streichen. »Ich pass schon auf mich auf. Außerdem wäre es mir eine Ehre, das Haus zu sehen, in dem du geboren wurdest.« Galant zwinkerte er ihr zu. Sofort trat sie einen demonstrativen Schritt von ihm zurück. Nur weil Tom nicht mehr hier war, sollte er nicht auf die Idee kommen, sich Hoffnungen machen zu können.

»Ihr wollt sie dort hinführen, wo ich geboren wurde?« Fremde sollten in das Haus gehen, in dem sie die einzigen zwei Wochen ihres Lebens, die sie mit ihren Eltern zusammen war, verbracht hatte? Das Heim, das sie selbst noch nie betreten hatte – seit damals?

Sie sah die anderen der Reihe nach an. »Vorher möchte ich das Haus sehen. Ich wurde da geboren, meine Eltern haben dort gelebt, bevor sie getötet wurden. Nur weil Vincent für Jahrzehnte darin gehaust hat, ist und bleibt es für mich eine Art ... Heim. Ich will nachsehen, ob noch irgendetwas übrig ist.«

»Das kann ich verstehen.« Georg nickte ihr aufmunternd zu.

Melinda packte ihren Weidenkorb wieder zusammen. »Einverstanden. Bevor wir morgen zum Rat unseres Zirkels aufbrechen, werden wir dort vorbeigehen. Gute Nacht.« Mit wehendem Umhang verließ sie die Halle, und Artus und Angelika folgten wenig später. Manuel und sein Stammsessel verschwanden ebenfalls. Violett, Mayla und Georg schlenderten zur Halle und zu den Treppen, um ihre Zimmer aufzusuchen.

»Gut, dass dir nichts passiert ist«, bemerkte Violett, bevor sie sich verabschiedete, da ihr Zimmer in einer anderen Richtung lag. Winkend lief sie davon.

Gemeinsam spazierten Georg und Mayla durch den engen Gang, der zu ihren Zimmern führte. »Wie hoch schätzt du die Chancen ein, dass deine Kollegen an unserer Seite kämpfen werden?«

Er zuckte mit den breiten Schultern. »Immer wieder geschehen Dinge, die man zuvor nicht für möglich gehalten hat. Wir sollten optimistisch bleiben. Ich war bis vor kurzem ebenso gutgläubig wie sie.«

»So einsichtig kenne ich dich ja gar nicht.«

»Na hör mal, Fräulein von Flammenstein! Immerhin lebe ich hier mitten unter euch Gesetzlosen.«

Lachend setzten sie ihren Weg fort.

»Und jetzt gib mir bitte den Amulettschlüssel. Morgen Abend werde ich wieder springen – du hast deine Oma gehört. Wir dürfen keine Zeit verlieren.«

O je, was konnte sie sagen, das ihn nicht hellhörig werden ließ? Sie brauchte den Schlüssel selbst morgen Abend. Niemals würde sie es riskieren, dass Georg nicht rechtzeitig zurückkam und sie ihre Verabredung mit Tom verpasste.

Tom … Ihre Brust krampfte sich zusammen. Er stellte ihr keine Falle, davon war sie überzeugt. Auch wenn sie nicht wusste, was sein Plan war, so vertraute sie ihm – obwohl er von Anfang an gewarnt hatte, dass sie das niemals tun sollte.

Aber mehrmals hatte er ihr das Leben gerettet. Er war nicht böse und hinterhältig, davon war sie überzeugt. Die Frage war nur, ob ihm das selbst klar war. Wie er sich von der Brandmarkung als Sohn des brutalsten Hexers der Zeitgeschichte lösen sollte, wusste sie bedauerlicherweise auch nicht. Auf jeden Fall musste sie ihn morgen treffen – und deshalb würde Georg ihren Amulettschlüssel nicht bekommen.

»Morgen früh habe ich einige Pläne mit meiner Oma und dafür brauche ich ihn selbst. Ich weiß nicht, wann wir zurück sein werden. Vielleicht können dir die von Donnersbergs ihren leihen?«

»Ihr wollt zu deinem ehemaligen Heim und zum Rat des Feuerzirkels, richtig? Das müsste doch zeitlich locker klappen. Wenn du ihn mir bis achtzehn Uhr geben könntest, wäre super.«

Verdammt. Wie kam sie da nur raus?

Mittlerweile waren sie vor Maylas Zimmertür angekommen und sie legte die Hand auf die Klinke. »Zur Sicherheit solltest du dir besser eine Alternative überlegen. Gute Nacht, Georg.«

»Gute Nacht, Erbin der mächtigen Feuerhexen.« Er sagte es mit einer solchen Hingabe und Ehrfurcht, dass ihr Gänsehaut über den Rücken wanderte.

Erbin der mächtigen Feuerhexen ... das war sie. Jeden Tag wurde sie stärker und sie übte unablässig, um ihr Wissen zu erweitern. Abends paukte sie Latein und studierte Bücher über Hexensprüche, damit sie noch mehr und schneller lernte. Aber ob sie ihrem Erbe gerecht wurde, wusste sie nicht.

Rasch verschwand sie in ihrem Zimmer. Wie jeden Abend vermied sie es, auf seine Versuche, mehr Zeit mit ihr alleine zu verbringen, einzugehen. Außerdem versprach der nächste Tag mehr als spannend zu werden und sie wollte versuchen trotz der Aufregung noch ein paar Stunden zu schlafen.

Kapitel 4

Am nächsten Morgen nach dem Frühstück brachen Mayla und Melinda sogleich auf. Es war der erste gemeinsame Ausflug, und das erste Mal, dass sie Burg Donnersberg verließen, seit Vincent von Eisenfels wieder auf freiem Fuß war. Obwohl Mayla der Gedanke mehr als beunruhigte, fühlte sie sich an der Seite ihrer Oma sicher. Immerhin war sie mit der mächtigsten Hexe der letzten Jahrhunderte unterwegs – ganz zu schweigen von all den Tricks, die sie in den vergangenen Tagen selbst gelernt hatte.

Nichtsdestotrotz würde sie den Teufel tun und Vincent von Eisenfels unterschätzen. Immerhin hatte er ihre Eltern getötet, als sie ungefähr in Maylas Alter gewesen waren. Insbesondere ihre Mutter Emma hatte eine weitaus bessere und umfassendere Ausbildung als Hexe erhalten als Mayla und trotzdem hatte sie gegen ihn keine Chance gehabt.

Georg begleitete sie in die Halle und zwinkerte ihr zu. Doch sie konnte die Sorge in seinen grauen Augen lesen.

»Komm in einem Stück zurück, okay?«

Am liebsten hätte er sie begleitet, aber als Wasserhexer durfte er das Hauptquartier der Feuerhexen nicht betreten. Außerdem war es eine familiäre Angelegenheit, das Haus ihrer verstorbenen Eltern zu besuchen. Das musste und das wollte sie ohne ihn erledigen. »Um uns brauchst du dir keine Sorgen zu machen«, entgegnete ihre Oma entschieden und hakte sich bei ihrer Enkelin unter. »Bereit?«

»Absolut. Bis später, Georg!« Sie winkte ihm zu, bevor sein Gesicht gemeinsam mit dem grauen Gemäuer in einem Strudel aus Farben verschwand.

Im nächsten Augenblick landeten sie auf einer Wiese vor einem kleinen Einfamilienhaus, das sich inmitten eines kleinen Wohngebiets befand. Die Haustür war eingetreten und stand weit offen, die Fenster waren zersprungen und die Fensterläden lagen zertrümmert auf der Wiese. Mayla spürte ihre Oma neben sich versteifen, als erinnere sie der Anblick an den schrecklichen Tag, an dem sie ihre tote Tochter und deren Ehemann in dem Haus vorgefunden hatte. Teilnehmend drückte Mayla ihre Hand, bis sie beobachten konnte, wie sich die Anspannung ihrer Oma ein wenig löste.

Es war ein beklemmendes Gefühl, das zerstörte Gebäude zu sehen, dennoch straffte sie die Schultern und lief darauf zu. Sie hatte herkommen wollen, wenigstens einmal, und nun würde sie keinen Rückzieher machen.

Als sie den Flur betrat, war es, als greife eine dunkle Kraft nach ihr. Zorn und Hass drängten ihr entgegen, als wäre Vincents Geist noch immer hier gefangen.

Entschieden drängte sie das Gefühl beiseite und lief in das Wohnzimmer und in die Wohnküche. Eine weiße Stoffcouch lag umgekippt mitten im Raum, die Bezüge waren zerfetzt und die Kissen zerrissen. Der gläserne Beistelltisch wies einen so tiefen Sprung auf – es kam einem Wunder gleich, dass die Glasplatte nicht zu Boden fiel. Und auf dem Fliesenboden verteilt war alles voller Scherben, als hätte Vincent sämtliches Geschirr zertrümmert.

Melinda schlich an ihr vorbei, nur ein Schatten ihrer selbst, kniete sich in der Nähe des Ofens hin und strich mit der Hand über die hellen Fliesen. »Hier lag sie …« Ihre

Stimme war leiser als gewöhnlich, ein Zittern verbarg sich darin, das für diese starke Frau mehr als ungewöhnlich war.

Mitfühlend trat Mayla zu ihrer Oma, hockte sich neben sie und legte einen Arm um ihre Schultern. Für sie war es leichter, hatte sie doch keinerlei Erinnerungen an Emma und Markus. Natürlich war es furchtbar, dass sie sie niemals kennenlernen konnte, aber sie hatte dafür andere Eltern gehabt, wunderbare Menschen, die sie großgezogen hatten wie ihr eigenes Kind. Nun, dank ihrer Oma hatten sie Mayla auch dafür gehalten. »Bestimmt ruht sie in Frieden, gemeinsam mit meinem Vater.« Es war das, womit sie sich selbst tröstete und was sie sich immer wieder aufsagte, wenn diese Tragödie auf ihrem Herzen lastete.

Ein bitteres Lächeln stahl sich auf das Gesicht ihrer Oma. Sie ballte die Hände zu Fäusten und starrte auf die Fliesen, als könnte sie noch immer ihre Tochter dort liegen sehen, den Schrecken auf dem leblosen Gesicht. »Dafür wird er büßen! Das schwöre ich heute nicht zum ersten Mal!« Gefasst stand sie auf, als hätte sie alles gesehen, was sie hatte sehen wollen. Auf andere Leute hätte sie in diesem Moment gewirkt wie immer. Aber Mayla wusste, dass die Trauer ungebremst in ihr brannte. »Willst du noch in dein Kinderzimmer, oder können wir weiter?«

Ihr Kinderzimmer … Sie hatte ein wundervolles, liebevoll eingerichtetes Zimmer bei Anneliese und Peter Falk gehabt. Dennoch musste sie einen Blick in den Raum werfen, in dem ihr Leben begonnen und in dem sie ihre Kindheit verbracht hätte, wenn diese schreckliche Tragödie niemals geschehen wäre.

»Falls es dir nichts ausmacht, würde ich es gerne sehen. Du brauchst mich nicht zu begleiten. Ist es oben?«

»Natürlich komme ich mit, ich zeige es dir.« Melinda nahm sie bei der Hand. Ob sie glaubte, Mayla bräuchte emotionale Unterstützung, oder ob sie selbst sie benötigte, war nicht klar. Aber Hand in Hand liefen die letzten beiden Feuerhexen der Familie von Flammenstein die Treppe hinauf in den ersten Stock, hin zu dem Zimmer, in dem Maylas Leben beinahe beendet worden wäre, bevor es richtig angefangen hatte.

Stockend blieb Mayla im Türrahmen stehen. Das Zimmer war nicht verwüstet, sondern regelrecht penibel aufgeräumt. Offenbar hatte Vincent hier keine Sekunde seiner Gefangenschaft verbracht. Hatte ihn irgendein Zauber abgehalten, das Zimmer zu betreten?

Die Wände waren mit Sternen und Eulen bemalt und die langen Vorhänge vor den beiden Fenstern waren weiß mit rosa Wölkchen. Ein Regal, das mit Kinderbüchern und Stofftieren bestückt war, befand sich neben einem Schaukelstuhl. Hatte ihre Mutter mit ihr darin gesessen? Hatte Mayla dort auf ihrem Arm geschlafen, während ihre Mama im Licht der Sterne sie betrachtet und gewogen hatte?

Daneben lag ein flauschiger Teppich und in der Mitte stand eine hölzerne Wiege mit einem rosafarbenen Betthimmel. Langsam ging sie zu dem Bettchen, in das ihre Eltern sie zum Schlafen gelegt hatten, bevor Vincent ihr die beiden für alle Zeit geraubt hatte. Davor blieb sie still und stellte sich vor, wie sie dort gelegen und in die strahlenden Gesichter ihrer Eltern geblickt hatte.

Ein Duft drängte in ihre Nase. War es der Geruch nach Rosen oder etwas anderes? Er kam ihr seltsam vertraut vor und beinahe meinte sie zu sehen, wie ihre Mutter, deren feuerrote Locken ihr Gesicht einrahmten wie Flammen, lachend die Hände nach ihr ausstreckte. War das nur Einbildung?

Mit den Augen durchstreifte sie den kleinen, aber heimeligen Raum. Er war liebevoll eingerichtet. Jedes kleine Detail, von der mondförmigen Wandlampe über das Schaukelpferd bis hin zu einem großen weißen Teddybär mit roter Schleife, der auf einer Kommode saß, bezeugte, wie sehr sich ihre Eltern über sie gefreut hatten. Ein warmes Gefühl wanderte durch sie hindurch und zauberte ein Lächeln auf ihr Gesicht. Es war schön, all das zu sehen, und es schenkte ihr so etwas wie Frieden.

»Bist du soweit? Dann lass uns endlich zum Feuerzirkel aufbrechen«, drängte ihre Großmutter.

»Bin ich.« Doch bevor sie den Raum verließ, lief sie kurzerhand zu der Kommode und schnappte sich den großen Teddy. Natürlich war sie längst aus dem Alter heraus, dennoch war es tröstlich, etwas zu besitzen, das ihre Eltern für sie gekauft hatten. Das sie ihr geschenkt hatten.

Während sie den Bären an sich nahm, machte ihre Oma große Augen.

»Was hast du da?«

Stirnrunzelnd sah sie von Melinda zu dem Kuscheltier. »Ich wollte ihn mitnehmen. Er war doch bestimmt ohnehin für mich gedacht, oder?«

»Aber ich bin mir sicher …«« Voller Misstrauen betrachtete ihre Oma den weißen Bären.

»Was ist denn los?«

»Der stand damals noch nicht hier!«

»Was? Aber wer soll …?«

Ein Blitz erhellte das Zimmer, sodass Mayla für einen Moment glaubte zu erblinden. Pfeilschnell wirbelte ihre Oma im Kreis und hatte einen Ring aus Flammen um sie geblasen, sodass der Lichtstrahl an dem lodernden Feuer abprallte.

»Was soll das?« Mayla hob abwehrbereit die Hände, doch es dauerte, bis sie durch das blendend helle Licht etwas erkennen konnte.

»Ich wusste, ihr würdet kommen.« Aus dem Flur trat ein hagerer Mann zu ihnen herein, der so groß war, dass er sich unter dem Türrahmen bücken musste. Obwohl der Ring aus Flammen sie schützte, drohte seine dunkle Aura den Raum auszufüllen, die er mit jeder Faser seines sehnigen Körpers ausstrahlte. Sein Anblick war zum Fürchten, beinahe schwarze Augen loderten ihnen entgegen. Doch am schlimmsten war für Mayla die Ähnlichkeit zu Tom. Die schwungvollen, sinnlichen Lippen, die gerade Nase, die rundliche Form seiner Augen – nur das breite, herrische Kinn hatte sie an Tom nie gesehen. Sein Haar war ergraut, und die silbernen Strähnen hingen ihm in die hohe Stirn. Er sah beinahe so gut aus wie Tom, dennoch verströmte er eine gefährliche Ausstrahlung, die es unmöglich machte, ihn als schön zu bezeichnen.

Vincent von Eisenfels hob die Hände, als wolle er zeigen, dass er unbewaffnet war – was ein Witz war angesichts dessen, dass diese Hände mitsamt seiner Gedanken seine schärfste Waffe waren. Doch ihre Oma zielte unbeeindruckt mit den Fingerspitzen auf ihn.

»Mit zwei von Flammensteins wirst du es nicht aufnehmen, Vincent, also lass es bleiben. Oder soll ich dich erneut hier einsperren?«

»Ich habe den Bann um diese Weltenfalte einmal gebrochen und deshalb würde es dir nicht wieder gelingen, altes Mütterchen. Aber keine Sorge, ich bin nicht gekommen, um euch zu vernichten. Noch nicht. Ich wollte nur auf die Frau einen Blick werfen, an deren Seite mein Sohn gelebt hat, von der er mir so viel zu berichten wusste und die du so viele Jahre versteckt hast vor mir und meinen Getreuen.« Aus seinen dunklen Augen stierte er Mayla an, als könnte er in ihr Innerstes sehen.

Ein Grauen wanderte über Maylas Arme, fraß sich in sie hinein, als versuche er sie zu vereinnahmen. Doch entschieden dachte sie an den Ring aus Feuer, der sie und ihre Oma umgab, und der sie schützte vor seinen Zaubern. Sie drängte das dunkle Gefühl zurück, bis sie sich wieder eins mit sich selbst fühlte. Entschieden sah sie ihm entgegen.

»Scher dich zum Teufel, du elender Verräter!« Ihre Oma blies den Feuerring nicht aus, um Vincent anzugreifen, sondern beobachtete ihn wachsam.

Mayla hielt die Hände bereit und konzentrierte sich auf einen Feuerzauber, sollte er versuchen durch den Schutz zu dringen. Ihr Herz klopfte ihr bis in den Hals, während sie diesen berühmt-berüchtigten Hexer nicht eine Sekunde aus den Augen ließ.

Hatte er eben gesagt, Tom habe ihm von ihr erzählt? Sollte das heißen, die zwei hatten sich bereits getroffen? Wenn er »erzählt« sagte, klang das so persönlich, so vertraut, als hätten sie Stunden gemeinsam auf der Couch verbracht, um sich sämtliche Neuigkeiten zu berichten. Die Frage nach Tom brannte ihr auf der Zunge, aber Vincent würde ihr ohnehin nur das sagen, was sie hören sollte. Ob es der Wahrheit entsprach, würde sie nicht wissen, bevor sie nicht mit Tom selbst geredet hatte. Nein, sie würde ihm nicht die Genugtuung geben, darauf hereinzufallen!

»Normalerweise bist du zu feige, um dich zwei von uns entgegenzustellen«, polterte ihre Oma los. »Scher dich endlich fort, bevor ich dich für das büßen lasse, was du meiner Familie angetan hast.«

»Folgen auf deine drohenden Worte auch irgendwelche Taten, altes Mütterchen?«

Ihre Oma wurde hochrot vor Zorn und hob drohend die Hände, doch er packte bereits das Schutzamulett, das um seinen Hals an einer Kette hing und lachte laut und hässlich.

»Schon bald sehen wir uns wieder. Sieh zu, Kleine von Flammenstein, dass dir deine Oma noch ein paar Sachen beibringt. Ich möchte es nicht all zu langweilig mit dir haben!« Im nächsten Moment verschwand er und zurück blieb nur ein feines Glitzern, das angesichts seiner bedrohlichen Dunkelheit völlig fehl am Platz schien.

Stocksteif starrte Mayla auf die Stelle, an der der Mörder ihrer Eltern eben verschwunden war, bereit dafür, falls er wiederkommen und ihnen einen erneuten Fluch entgegenschleudern würde. Es dauerte eine Weile, bis sie nicht mehr damit rechnete, dass er zurückkam, und sie blickte zu Melinda, die ihr die Hand entgegenstreckte.

»Alles in Ordnung, Oma?«

»Selbstverständlich!«

Doch Mayla konnte noch einen letzten Rest des unverhohlenen Hasses in ihren Augen lodern sehen.

»Meine Güte, hast du gute Reflexe. So schnell, wie der aufgetaucht ist, habe ich gar nicht mit ihm gerechnet, zum Teufel.«

»Ab jetzt musst du jede Sekunde mit einem Angriff rechnen, Mayla. Du darfst niemals in deiner Aufmerksamkeit nachlassen, bis dieses Scheusal seine gerechte Strafe erhalten hat. Versprichst du mir das? Ich könnte es nicht ertragen, wenn dir etwas geschieht …«

»Keine Sorge, ab jetzt bin ich wachsam wie ein Luchs.« Hoffte sie zumindest. Ihre Reflexe waren nie die besten gewesen – womöglich hing das damit zusammen, dass sie extrem unsportlich war. Aber sie würde den Teufel tun und zulassen, dass dieser Hexer auch ihr Leben und das ihrer Oma auslöschte. »Wieso hat er seinen Angriff nicht fortgesetzt, nachdem du den Schutzring gezaubert hast?«

»Das wüsste ich auch gerne. Womöglich wollte er wirklich nur einen Blick auf dich werfen.«

»Wieso hat er uns dann überhaupt attackiert?«

Melinda blies die Flammen aus. »Vielleicht wollte er unsere Reflexe testen. Aber wir sollten uns an einem anderen Ort unterhalten. Komm, wir springen weiter. Und lass diesen verfluchten Bären hier!«

Erst jetzt wurde ihr das Kuscheltier, das noch immer unter ihrem Arm klemmte, bewusst und sie ließ ihn fallen, blickte ihm hinterher, während er wie in Zeitlupe auf den Teppich fiel und dort liegen blieb. Hatte Vincent durch ihn erfahren, dass sie hier waren?

»Ist in ihm eine Art … Überwachungskamera?«

»Ein Zauber, ja, davon müssen wir ausgehen. Auf jeden Fall haben ihn nicht deine Eltern für dich gekauft.«

Ungläubig betrachtete sie den Teddy, der verlassen auf dem gelben Teppich lag und so unschuldig lächelte, während ihre Oma sie mithilfe des Schutzamulettes weit fort hexte.

Kapitel 5

Sie landeten nicht in einem Hauptquartier, wie Mayla sich das vorgestellt hatte, mit verschlossenen Türen irgendwo tief unter der Erde, sondern mitten in einem düsteren Tannenwald. Kein einziger Sonnenstrahl drang durch die dicken, dicht benadelten Äste.

Tief atmete ihre Oma ein – ob sie erleichtert aufatmete oder die Waldluft ihr guttat, ließ sich nicht beurteilen. Anschließend packte sie Mayla an den Schultern, drehte sie zu sich und sah sie prüfend an. »Jetzt hast du ihn gesehen.«

In den Wald blickend nickte Mayla, noch immer das Antlitz des Mörders ihrer Eltern vor sich, das dem von Tom so ähnlich war … »Wie konntest du die Ähnlichkeit zwischen ihm und Tom all die Jahre nicht erkennen?«

Ihre Oma schüttelte den Kopf, dass die weißen Locken um ihr rundliches Gesicht wippten. »Das habe ich mich eben auch gefragt. Um ehrlich zu sein, habe ich mit einer solchen Möglichkeit nie gerechnet – ich denke, das war der Grund. Lass es dir eine Lehre sein, Mayla. Und schenk Tom vorerst nicht mehr dein Vertrauen. Wir müssen vorsichtig sein. Sein Vater weiß, dass ihr beisammen wart. Vielleicht hat Vincent eben gelogen und Tom hat nichts von dir erzählt, aber wir dürfen kein Risiko eingehen. Wer weiß, was in der letzten Zeit geschehen ist.«

»Aber du hast gesagt, ich soll mich auf meinen Instinkt verlassen und …«

»Mayla, es ist zu gefährlich. Wir wissen nichts von Toms Vorgeschichte. Wir dürfen die Möglichkeit nicht außer Betracht lassen, dass sie zusammenarbeiten und er ihm tatsächlich von dir erzählt hat.«

Entschieden schüttelte Mayla den Kopf. »Das glaube ich nicht. Bestimmt meinte Vincent, dass er durch seine dämliche Krähe, die mir überall hin gefolgt ist, so viel erfahren hat. Tom würde niemals …«

»Genug. Die oberste Priorität ist der Schutz der Opposition und die Erhaltung der Hexenordnung. Für Liebesgeschichten bleibt keine Zeit!«

Ungläubig sah sie ihre Oma an. »Wo ist die entspannte, selbstbewusste Frau hin, die mir geraten hat, auf meinen Instinkt zu hören? Liegt es daran, dass du Vincent gesehen hast?«

»Ich habe dir gesagt, die Karten sind jetzt neu gemischt! Wir sind ein Team, wir alle auf Burg Donnersberg, und durch Alleingänge würden wir uns gegenseitig in Gefahr bringen. Tu einfach nichts, was wir nicht zuvor in der Gruppe besprochen haben.« Skeptisch betrachtete ihre Oma sie von Kopf bis Fuß. »Seit wann verteidigst du Tom eigentlich so energisch? Hat er sich etwa bei dir gemeldet? Habt ihr euch getroffen?«

»Nein!« Zu schnell, zu heftig. Verdammt. »Hat er nicht«, versuchte sie es noch mal gelassener. Dem misstrauischen Blick ihrer Oma nach zu urteilen, war es jedoch höchste Zeit für einen Themenwechsel!

»Wo sind wir hier eigentlich? Ich dachte, wir springen in das Hauptquartier des Feuerzirkels.« Wild fuchtelte sie mit ihren Armen herum und zeigte auf den dichten Wald.

»Das sind wir auch. Lass uns losgehen.«

»Das Hauptquartier befindet sich im Wald? Kein imposantes Gebäude? Kein geheimer Zugang mit Code und Symbolen? Wo ist all die Magie, das Feuer, der Zauber?«

Ihre Oma breitete ihre Arme aus, als wolle sie den Wald umarmen. »Mehr Magie als in der Natur kannst du nirgends finden. Denk an die Lektionen, die ich dir erteilt habe. Öffne deine Augen und dein Herz, und spüre die Energie des Lebens. Du musst lernen, den Blick von weltlichen Dingen wegzulenken und die Magie in ihrem ursprünglichen Zustand zu erkennen.«

Schmunzelnd betrachtete Mayla die von Hand gearbeiteten Schuhe ihrer Oma. »Sagt die Frau mit den schicken Lederstiefeln.«

Ein verschmitztes Grinsen stahl sich auf das faltige Gesicht ihrer Oma. »Da ich die magischen Dinge sehe, kann ich mir durchaus ein paar weltliche Dinge gönnen. Nur weil ich eine alte weise Hexe bin, heißt das nicht, dass ich den Blick für schöne Kleidung verloren habe.« Sie schlang ihren roten Umhang um sich und stapfte tiefer in den Wald.

Der Boden war übersät mit Moos. Jeder Baumstumpf, jede Wurzel war bedeckt mit der weichen, grünen Schicht, sodass sie bei jedem Schritt leicht einsackten und wie auf weichen Kissen liefen. »Wo befinden wir uns?«

«Im Reinhardswald.«

»Dem Märchenwald im Norden von Hessen?«

»Ganz genau. Was meinst du, woher all die Sagen und Märchen stammen? Über die Jahrhunderte haben die Menschen das ein oder andere aufgeschnappt.« Verschmitzt zwinkerte ihre Oma ihr zu.

»Befinden sich die Hauptquartiere der vier Zirkel alle in einem Wald?«

»Die Frage kann ich dir nicht beantworten. Dadurch, dass unserer Familie nur die Magie des Feuers in den Genen liegt, können wir die anderen nicht betreten. Und die Mitglieder der jeweiligen Zirkel hüten ihre Geheimnisse ebenso streng wie wir.«

»Das hat etwas mit der Aufspaltung der alten Magie zu tun, oder? Heißt das, Vincent von Eisenfels kann kein Hauptquartier betreten?«

»Ganz genau, allerdings können seine Jäger, die noch immer unseren Siegelring tragen, durchaus hineingelangen. Das ist eine Gefahr, die wir zu keiner Zeit aus den Augen verlieren dürfen.«

Nachdenklich lief sie neben ihrer Oma her. Wo befand sich die Zentrale? Und all die anderen Hexen? Sie betrachtete die schmalen Stämme der hochgewachsenen Tannen, suchte nach Erdlöchern und Höhlen, die geheime Eingänge aufzeigen könnten, und sah neugierig hoch, als sie eine Eule über ihnen rufen hörte. Melinda hob den Blick und zwinkerte dem Tier zu. »Das ist Merlin, mein Seelentier.«

»Ich kenne ihn. Er hat mich gewarnt, als uns die Polizisten in deinem Versteck aufgelauert haben.«

Lächelnd hob Melinda den Blick und Mayla meinte die Wärme und Dankbarkeit zu spüren, die ihre Oma mit ihm teilte.

»Hast du auch schon ein Seelentier?«

»Ja, Karli, der süßeste kleine Kater der Welt. Er war aber erst einmal bei mir. Vor nicht einmal einer Woche wurde er geboren, deshalb braucht er noch seine Mama.«

»Dann wird es aber nicht mehr lange dauern, bis er bei dir ist. Seelentiere lösen sich schneller von ihrer Mutter, erst recht wenn ihre Seelenpartner sie brauchen.«

»Das hat mir Georg auch schon gesagt. Also, wo ist nun das Hauptquartier? Ich sehe nur Bäume und Sträucher, jede Menge kleine Tannen und überall liegen Zapfen herum.«

»Dann solltest du lernen, deine Augen für die Magie zu öffnen.« Unvermittelt blieb Melinda stehen, hob die Arme und raunte: »Te aperi, caput ignis!«

Senkrecht durch die Luft schoss ein heller Blitz, der den Wald teilte. Vor ihren Augen schoben sich die Tannen nach links und nach rechts, das Moos wanderte mit und dazwischen platzte der Blitz auf und offenbarte eine andere Welt.

»Eine Falte in einer Falte?«, raunte Mayla, während sie den Blick nicht eine Sekunde lang abwendete.

Mehrere Gebäude erschienen innerhalb des Waldes, allesamt sahen sie aus wie Hexenhäuser aus alten Bilderbüchern. Sie waren windschief und besaßen rauchende Schornsteine, spitze Dächer und klappernde Fensterläden. Neben den Häusern standen unzählige Öfen, in einigen loderten Feuer, und der Duft nach frisch gebackenem Brot waberte Mayla entgegen, der eben noch nicht da gewesen war. Eine Frau holte mit einem großen Backschuber einen dunklen Laib aus dem Ofen und befühlte ihn fachmännisch. An ihr vorbei stürmte eine Schar Hexenkinder durch die Straßen auf einen großen Bau zu, offenbar die Schule. Es war ein würfelförmiger Komplex, einstöckig und komplett aus Holz. In der breiten Tür stand eine streng aussehende Frau und läutete eine Glocke, doch das Funkeln ihrer Augen und das fröhliche Lachen der Kinder zeigte, dass es eine Freude sein musste, von ihr unterrichtet zu werden.

Als die Falte sich in Gänze geöffnet hatte, stand ein ausgewachsenes Dorf vor ihnen. Merkwürdige Glitzerfäden rahmten es anstelle einer Pfahlmauer ein und bekräftigten den Zauber, der es nicht nur vor den normalen Menschen, sondern auch vor so vielen anderen Hexen verbarg, die keine Mitglieder waren.

»Das ist das Hauptquartier des Feuerzirkels?«

»Ist es nicht wunderschön?« Melindas Blick wurde weich, während sie mit beschwingten Schritten durch das funkelnde Tor trat, das mehr Schein als Sein war und hell aufflammte, während ihre Oma hindurchging. Als Mayla ihr nicht folgte, drehte sich Melinda um und lächelte ihr entgegen. »Komm, Erbin der von Flammenstein.«

Mit aufgeregt schlagendem Herzen durchschritt Mayla das magische Tor, das erneut aufleuchtete, und setzte bedeutungsschwer einen Fuß auf den Erdboden. Wen würde sie nun kennenlernen? Wie würden die Leute auf ihre Ankunft reagieren? Und auf ihre schlichte Existenz?

Sie folgte den lachenden Hexenkindern mit den Augen, die unter dem gütigen Blick ihrer Lehrerin die Schule betraten, blickte weiter zu den urigen Häusern und den Leuten, die vereinzelt auf den einfachen Straßen entlang spazierten.

»Wer sind die Leute, die in den Häusern leben? Allesamt Feuerhexen, das ist mir klar, aber wieso wohnen sie hier? Darf jeder in diesem Dorf ansässig werden oder bedarf es einer Erlaubnis durch …«, stirnrunzelnd schaute sie ihre Oma an, »… durch dich?«

»Ja, es bedarf einer Erlaubnis durch unsere Familie Wir haben nicht nur den Zirkel, sondern auch diese Siedlung vor über sechshundert Jahren gegründet. Aber es sind seit Jahrhunderten dieselben Familien, die sich für ein Leben an diesem Ort entschieden haben.«

Mayla sah sich weiter um. »Sind es die Mitglieder des Rates, die hier leben?«

»Nein, die werden auf fünf Jahre gewählt und ihre Amtszeit kann nicht verlängert werden. Damals waren es die besten Freunde unserer Familie, die wir an unserer Seite haben wollten und die ihre Häuser neben unserem bauten. Noch heute sind viele Nachkommen dieser Familien übrig und wir leben in Freundschaft eng beieinander.«

»Moment, heißt das, du wohnst auch hier?«

Melinda zeigte auf eines der windschiefen Häuser, an dessen Front sich eine rot gestrichene Veranda befand und daneben ein großer Kräutergarten. Es war ein schlichter Bau, der durch nichts als das Heim der Oberhexe zu erkennen war. »Dort lebt unsere Familie seit vielen Generationen.«

Lächelnd lief Mayla darauf zu. »Ich möchte es gerne von innen anschauen. Haben wir die Zeit dafür?«

»Selbstverständlich. Ich will ohnehin nach dem Rechten sehen.« Fröhlich hielten sie auf das Haus zu, auf dessen gemauertem Schornstein die Eule Merlin saß, und Melinda hob die Hände und richtete sie auf den Türknauf.

»Moment, gibt es keine Schlüssel?«

»Schlüssel? Die verliert man doch nur. Nein, wir verschließen unsere Häuser mit einem persönlichen Zauber. Unserer heißt«, sie beugte sich näher und flüsterte ihr ins Ohr, »te aperi, amata domus familia ignei lapidis.«

»Öffne dich, geliebtes Hexenhaus der von Flammensteins«, übersetzte Mayla rasch in Gedanken und wieder einmal war sie froh darüber, dass Georg mit ihr so viel Latein paukte. Okay, er wollte sie kaum aus den Augen lassen, weil er sich um sie sorgte, aber dafür half er auch entschieden dabei mit, dass sie stärker und unabhängiger wurde. Er war ein Gentleman, ein Ritter, ein Mann, der Frauen gerne beschützte. Aber so langsam musste sie das klärende Gespräch mit ihm führen, vor dem sie sich seit Wochen sträubte. Innerlich seufzte sie auf.

Noch bevor Melinda die Hand auf die Klinke legte, um die Tür zu öffnen, rief jemand hinter ihnen: »Melinda?«, und holte Mayla aus ihren Gedanken zurück in die Gegenwart. Die beiden drehten sich um und eine blonde Frau in den Fünfzigern schaute sie ungläubig an, dabei kräuselte sie ihre krumme Nase. »Du bist es. Melinda, na endlich!« Aus voller Kehle rief sie: »Melinda ist wieder da!«, worauf unzählige Köpfe aus den Fenstern herausragten und ungläubig zu ihnen herüberblickten. Als sie Melinda erkannten, hellten sich ihre Mienen auf und sie stürzten aus den Häusern zu ihnen, während die blonde Frau halb lachend, halb weinend auf sie zustürzte. »Wir haben uns solche Sorgen gemacht. Du warst entführt, richtig?« Sie fiel Melinda um den Hals und die Oberhexe drückte sie lächelnd.

»Keine Sorge, mir geht es gut, Viola. Mayla hier hat geholfen, mich zu befreien.«

Die Hexe sah sie interessiert an und kräuselte ihre schiefe Nase, als wollte sie über ihren Geruch erfahren, ob sie miteinander bekannt waren. »Mayla? Ich kenne dich noch gar nicht, aber ich danke dir von Herzen, dass du die letzte lebende von Flammenstein gerettet hast.«

Grinsend sahen sich Mayla und ihre Oma an, während über zehn weitere Hexen schwatzend auf sie zustürmten.

»Die letzte von Flammenstein ist hinfällig, meine Lieben«, verkündete Melinda, als die anderen bei ihnen ankamen, worauf alle Gespräche verstummten. »Mayla ist meine Enkelin. Die Familie von Flammenstein hat eine Erbin.«

Nach dieser Aussage war es so still, dass man selbst den Flug einer Eule gehört hätte. Nur langsam, als könnten sie es kaum glauben, veränderten sich die verblüfften Gesichter der Anwesenden in ein Strahlen und nacheinander drückten und herzten sie Melinda und auch Mayla, als wären sie seit Jahren bekannt. »Mayla? Du bist eine von Flammenstein? Aber das heißt, du bist die Tochter von …«

»… von Emma und Markus«, beendete eine andere den Satz, die Mayla an sich drückte, als wäre sie ihre verschollene Tochter. »Ach, was bin ich froh. Wo hast du nur all die Jahre gesteckt, mein Schatz?«

»Du hast sie versteckt, Melinda«, schlussfolgerte eine andere, deren langes graues Haar im Licht der Vormittagssonne silbern glänzte. »Aber wieso hast du uns nicht vertraut und uns von ihr erzählt?«

»Emilia …« Traurig lächelnd nahm Melinda die Hexe bei den Händen. »Ihr wisst doch, einer hat mich und meine Familie damals verraten. Jemand, dem ich vertraut habe, hat Vincent von Eisenfels von Emmas Versteck erzählt. Bei Mayla durfte ich mir keinen Fehler leisten. Deshalb habe ich niemandem gegenüber erwähnt, dass ich eine Enkelin habe.«

»Du hättest sie hier in unserem Hauptquartier verstecken können. Hier sind doch alle loyal.«

»Aber ihr seid nicht die einzigen, die in diesem Dorf verkehren. Es gibt zu viele von außerhalb, denen schon bald das kleine Mädchen aufgefallen wäre, das Emma wie aus dem Gesicht geschnitten ist.«

»Ich finde eher, sie hat Markus Augen«, kommentierte eine andere und sogleich ging das Geschnatter wieder los.

»Markus Haarfarbe auch, aber Emmas spitze Nase.«

»Ihr Lachen erinnert mich an Emma.«

»Ich verstehe das, Melinda«, entgegnete Emilia und warf ihr silbern glänzendes Haar über die Schulter. »Auch wenn es mich traurig und wehmütig stimmt, habe ich für deine Entscheidung Verständnis. Hauptsache, die Zukunft unserer Oberhexen und damit unseres Zirkels ist gesichert.«

»Danke, Emilia.«

»Seid ihr hier, um im Rat für Ordnung zu sorgen?«

»Auf jeden Fall. Mayla wollte nur zuerst das Zuhause unserer Familie sehen.«

»Wunderbar. Ich komme mit zur Ratsversammlung. Ich warte am Brunnen auf euch.« Mit diesen Worten wandte sie ihnen ihren breiten Rücken zu und verschwand zwischen den anderen Hexen.

Melinda legte einen Arm um sie und führte sie fort von den fröhlich schnatternden Frauen zum Haus. Aufgeregt lief Mayla neben ihr her, gespannt, wie das Haus ihrer Ahnen von innen aussah.

Zuerst betraten sie einen engen Flur. Er war klein und dunkel, doch nur auf den ersten Blick, denn kaum hatten sie die Schwelle überschritten, flammten dicke rote Kerzen in goldenen Wandhalterungen auf und erhellten den Gang. Vier Türen und eine Treppe zweigten ab und Melinda zeigte auf eine nach der anderen. »Dort geht es ins Badezimmer, da entlang in die Küche, hier ist das Gästezimmer, oben die Schlafräume und ein zusätzliches Bad, und dort befindet sich das Wohnzimmer, das ich dir unbedingt zeigen will, bevor wir zum Rat gehen.«

Sie durchschritten den Türrahmen, der so niedrig war, als wären alle von Flammensteins schon immer und für immer kleine Leute, und betraten das Wohnzimmer. Mehrere Berg-kristalle, die an den Scheiben großer Fenster hingen, zau-berten regenbogenfarbene Lichtreflexe in den Raum, der durch eine einfache, urgemütliche Möblierung bestach. Zwei bequeme Sessel und eine dazu passende Couch waren auf die Fenster ausgerichtet, durch die man den Wald außerhalb der Weltenfalte sehen konnte. Nur das helle Glitzern der Pfahlmauer waberte dazwischen herum und vermittelte ein Gefühl von Sicherheit. In den Regalen stapelten sich Bücher und Kerzen und auf einer Kommode standen Mörser und Schalen bereit.

Doch am meisten zog Maylas Blick ein kleiner, viereckiger Tisch an, der an der Seite stand und dennoch den Raum zu dominieren schien. Ein dreiarmiger Kerzenständer befand sich darauf und davor lag ein großes dickes Buch. Es war in Leder gebunden und so dick, dass es bestimmt weit über tausend Seiten hatte. Rief es nach ihr? Konnte das überhaupt sein?

Bedächtig lief sie näher, auf seltsame Weise magisch angezogen von diesem dicken Wälzer. Als sie vor dem Tisch angelangte, entflammten die Kerzen, obwohl sie sie nicht angeblasen hatte, und warfen einen flackernden Schein auf den Titel, der in großen goldenen Lettern auf dem Buchdeckel prangte. »Grimoire.«

Gänsehaut wanderte über ihre Arme, während sie ehrfürchtig mit dem Finger die großen Buchstaben nachfuhr. »Ist das wirklich ein altes Hexenbuch?«

Melinda trat neben sie und strich zärtlich über den gepflegten Buchdeckel. »Ja, das ist unser Familienzauberbuch. Es ist über tausend Jahre alt. Kannst du dir das vorstellen?«

»Tausend Jahre? Durch welchen Zauber kannst du es so lange vor dem Verfall schützen?«

»Es gelingt mithilfe des Conserva-Spruchs. Er konserviert Gegenstände.«

»Muss man ihn regelmäßig erneuen?«

»Jede Nachfahrin, die das Buch in Empfang nimmt, erneuert ihn, korrekt. Das Wissen in diesem Buch ist zu kostbar, als dass wir riskieren könnten, es zu verlieren.«

Mayla streckte die Hand aus, um das Buch aufzuschlagen. Für einen Moment hielt sie inne, dann klappte sie mit der gebotenen Vorsicht den Buchdeckel zur Seite. Altdeutsche Lettern sprangen ihr entgegen. »Grimoire der Familie von Flammenstein, begonnen von Lore von Flammenstein im Jahre 714 nach Christus.«

»Wow, es ist ja wirklich über tausend Jahre alt. Lore von Flammenstein? Ist das unsere ... Stammhexe?«

»Sozusagen. Von ihr ist dieses Buch und sie ist die älteste in unserem Stammbaum.«

Ehrfürchtig blätterte Mayla weiter und der Titel über dem ersten Eintrag lautete: »Unsere Familiengeschichte«. Wie aufregend. Neugierig begann sie zu lesen.

Die Familie von Flammenstein ist eines der ältesten und mächtigsten Hexengeschlechter. Ihre Magie reicht bis in die alte Zeit zurück.

Ein feines Kribbeln breitete sich in ihren Fingerspitzen aus, als würde die Magie des Buches an ihren Händen knistern. »Die alte Zeit? Was ist damit gemeint?«

»Die Zeit vor der Gründung der Hexenzirkel.«

Lore von Flammenstein wurde im Jahre 683 geboren. Wer ihre Eltern waren, ist unbekannt.

»Wenn das Buch von Lore begonnen wurde, wie können ihre Eltern dann unbekannt sein? Sie muss doch wissen, von wem sie abstammt.«

Melinda zeigte auf die schwungvolle Signatur unter dem Eintrag. Zu lesen war »Tatjana von Flammenstein«. »Du erinnerst dich, sie war die Historikerin in unserer Familie.

Tatjana hat ungefähr tausend Jahre später diesen Eintrag über unsere Familiengeschichte geschrieben.«

»Aber es sind die ersten Seiten in dem Buch – gibt es einen Zauber, mit dem wir zusätzliche Blätter dazwischenschieben können?«

»Ja, mithilfe des Insere-Zaubers fügen wir an jeder beliebigen Stelle in dem Buch Seiten und Hexensprüche ein. Auf diese Weise ist es immer gut sortiert.«

»Verstehe. Wie praktisch.« Sie beugte sich wieder über die Familiengeschichte und las weiter.

Ihre Kräfte müssen herausragend gewesen sein, da sie überall in der Hexenwelt von sich Reden gemacht hat. Mit jeder Generation wuchs die Magie an, bis die Familie von Flammenstein zur Jahrtausendwende als eine der fünf mächtigsten Hexenfamilien bekannt war.

Mit der Herausbildung der fünf führenden Hexengeschlechter gab es immer mehr Kriege zwischen den Familien. Bündnisse wurden geschlossen und wieder gebrochen, nur um eine vermeintliche Vorherrschaft zu erlangen. Es ist unserer Urahnin Mechthild von Flammenstein zu verdanken, dass dieses Wüten ein Ende fand. Sie war die erste, die darauf gedrängt hat, die Magie aufzuteilen und die Hexenwelt durch fünf Zirkel zu ordnen.

»Damals waren also noch fünf Zirkel geplant. Ich muss ja zugeben, dass ich in manchen Punkten die Wut der von Eisenfels verstehen kann.«

»Es ist eine schwierige Frage. Wir alle waren damals nicht dabei, aber man hätte die Dinge sicherlich diplomatischer lösen können. Welche Beweggründe unsere Vorfahren hatten, können wir nicht mehr nachvollziehen. Möglicherweise hatten sie recht, die Familie zurückzudrängen. Vielleicht stimmen die Erzählungen über die Gräueltaten von Melchior von Eisenfels. Wir können nicht in der Zeit reisen und werden die Wahrheit niemals erfahren.«

»Ich wette, wenn wir die Familienbücher der von Eisenfels lesen, waren unsere Vorfahren Verräter.«

»Davon müssen wir ausgehen – und das ist die Geschichte, die Vincent von Eisenfels dazu gedrängt hat, derart brutal gegen die anderen Gründerfamilien vorzugehen. Leider.«

Mayla nickte und widmete sich wieder den verschnörkelten Zeilen.

Erst unter ihrer Tochter, Alrun von Flammenstein, wurden die Hexenzirkel gegründet. Sie ist die Uroberhexe des Feuerzirkels.

Alrun von Flammenstein. Ein Lächeln erschien auf ihrem Gesicht, während sie sich eine rothaarige Frau, ebenso klein gewachsen wie sie und ihre Oma es waren, mit einer spitzen Nase und einer Vorliebe für Naschereien vorstellte.

Seither gab es immer wieder bedeutende Hexen unter den von Flammensteins. Zu erwähnen sind Myrthe von Flammenstein, die unzählige Feuerzauber entwickelt hat, Regina von Flammenstein, die im Krieg von 1453 verhindert hat, dass die einzige Erbin unserer Familie von dem Erdzirkel ausgeschaltet wurde …

»Moment. Was war das für ein Krieg? Und wieso haben unsere Vorfahren gegen den Erdzirkel gekämpft?«

Melinda seufzte auf. »Durch die Gründung der vier Zirkel ist nicht die ersehnte Ruhe eingekehrt. Zum einen haben Melchior von Eisenfels und seine Nachfahren immer wieder versucht, Zwietracht zu säen und einzelne Zirkelmitglieder auf ihre Seite zu ziehen. Es gab aber auch andere Gründe – ein typisches Machtgerangel.

Mitte des fünfzehnten Jahrhunderts herrschte der bis dato größte Krieg, in dem der Luftzirkel an unserer Seite kämpfte, der Erdzirkel an der Seite der von Eisenfels und der Wasserzirkel hat versucht, sich herauszuhalten, ist dann aber kurzfristig auf unsere Seite gekommen. Regina von Flammenstein war damals die Oberhexe und ihre zwei Töchter wurden in dem Krieg getötet. Einzig ihre Enkelin war noch am Leben, und die hat Regina bei Freunden versteckt. Doch jemand hat sie dabei beobachtet und es an den Erdzirkel verraten. Es muss verdammt knapp gewesen sein, ähnlich wie bei …« Melindas Mimik wurde ernst.

» … ähnlich wie bei mir?« Mayla sah ihre Oma nicken. »Verstehe. Aber zum Glück hat es damals wie heute geklappt.« Sie fasste ihre Oma bei der Hand. »Danke, dass du rechtzeitig gekommen bist, um mich zu retten.«

»Ich bitte dich, du bist meine Enkelin. Da bedarf es keiner Dankesrede. Jetzt musst du dich aber von unserem Grimoire lösen. Du kannst nachher weiterlesen. Was hältst du davon, wenn wir bis morgen bleiben?«

»Eine schöne Idee. Dann kann ich mich in dem Dorf umsehen.«

»Fabelhaft. Aber jetzt auf zum Rat, wir wollen endlich in unserem Zirkel aufräumen.«

»Eine Frage habe ich vorher noch. Wie kommt es, dass du so stark bist?«

»Unsere ganze Familie ist stark.«

»Das meine ich nicht. Wieso giltst du als die stärkste Hexe der vergangenen Jahrhunderte? Wie hast du das geschafft? Immerhin muss ich irgendwann in deine Fußstapfen treten …«

Melinda lächelte sie zärtlich an. »Und du wirst das gewiss ausgesprochen würdevoll machen. Zu deiner Frage: Ich fühle mich eins mit der Welt, mit der Natur, mit allen Lebewesen. Ich spüre die Magie pulsieren – nicht nur in mir, sondern in allem, das mich umgibt. Ich fühle sie in meinem Herzen. Lausche, Mayla, lerne nicht nur. Natürlich ist es von großer Bedeutung, dass du viele Zauber kennst, aber ebenso wichtig ist es, eins zu werden mit dem Kreislauf des Lebens, dem eigentlichen Zirkel der Magie.«

Auf einen Wink von Melindas Hand öffnete sich eines der Fenster. »Schließe die Augen und fühle, was dich umgibt. Lausche, rieche, aber vor allem spüre dem nach, das sich dem Gefühl der Magie in dir ähnelt.«

Mayla schloss die Lider und atmete tief durch. Sie hörte Kinderlachen und eine fluchende Hexe, roch frisch gebackenes Brot und fühlte … Da. War da nicht etwas gewesen? Sie konzentrierte sich auf die hohen Bäume, die nah am Haus wuchsen, hörte, wie sie im Wind rauschten und Vögel von ihren Zweigen zwitscherten, und wieder drängte ein hauchfeines Gefühl zu ihr hin, das der Energie, die durch sie strömte, ähnelte.

Lächelnd öffnete sie wieder die Augen. »Ich glaube, da war etwas.«

Melinda nickte zufrieden. »Siehst du? Versuche dieser Kraft immer deine Aufmerksamkeit zu widmen, vergiss sie niemals, und du wirst ein Teil von ihr und sie von dir sein.«

Ein warmes Gefühl strömte durch Mayla hindurch. Sie spürte die Energie, sie wusste, was ihre Oma meinte, und das fühlte sich wunderbar an.

Kapitel 6

Als sie das Haus verließen, kam die Sonne hinter den dicken Wolken hervor, die über den Wald zogen, und beschien das malerische Hexendorf, in dem unzählige Bewohner ihrem Alltag nachgingen. Einige liefen mit Körben über den Armen in den Wald, andere backten etwas in ihren rauchenden Öfen und wieder andere schwatzten über dies und das. Zwischen all dem Gewimmel kreisten über den krummen Dächern der Häuser Krähen und Eulen und an den Hauswänden stromerten Katzen entlang.

Mayla und Melinda schlenderten durch die Siedlung und immer wieder traten Dorfbewohner an sie heran, um Melinda zu begrüßen und sich Mayla vorzustellen. Die Kunde, wer Mayla war und dass sich die Oberhexe im Dorf befand, hatte sich herumgesprochen wie ein Lauffeuer. Mayla kam kaum dazu, sich in aller Ruhe umzusehen, denn unablässig wurde sie angesprochen, geherzt und gedrückt und nach ihrem Befinden gefragt. Und das schönste war: Sie spürte, dass es die Leute ernst meinten.

Zwischendurch schaffte sie es immer mal sich umzuschauen und einen Blick auf das Dorf und seine Bewohner zu werfen, die sich in ihrem Alltagstrott befanden. Sie beobachtete eine Frau in ihrem Alter, die auf einem umgekippten Baumstamm saß und einen Reisigbesen band, sah einen Mann mit einem Strohhut auf dem Kopf in seinem Garten stehen und den Kräutern ein liebliches Ständchen singen, und hörte eine andere Frau laut fluchen, deren kleines Kind einen Apfelbaum mit seinem Atem versehentlich in Brand gesetzt hatte. Ein altbekanntes Stechen zog durch ihren Magen, als sie wieder einmal daran erinnert wurde, dass sie keine Kinder bekommen konnte. Wie würden die Leute in diesem Dorf reagieren, wenn sie es ihnen erzählte? Oder ihre Oma? Zwar war sie, Mayla, gerettet worden, aber dennoch würde mit ihr die Familie von Flammenstein aussterben …

Den traurigen Gedanken auf später verschiebend, ignorierte sie all das Familientreiben und wandte ihren Blick geradeaus. Sie erreichten einen kleinen Platz, in dessen Mitte sich ein gemauerter Brunnen befand, an dem munteres Treiben herrschte. Emilia, deren langer Rock beinahe bis auf den staubigen Boden reichte, stand daneben, strich sich durch ihr langes, silbern glänzendes Haar und unterhielt sich mit einem jungen Mädchen, das keine fünfzehn Jahre alt sein konnte. Sie hatte die gebräunten Arme vor der Brust verschränkt und als sie sie kommen sah, verabschiedete sie sich und trat auf sie zu.

»Der Rat ist bereits versammelt. Ich bin auf ihre Gesichter gespannt, wenn sie dich sehen, Melinda, und begreifen, wer Mayla ist.«

Mayla strich sich sogleich ihre Frisur glatt und steckte einzelne lose Strähnen hinters Ohr. »Das bin ich auch.«

»Warst du mal dort, seit ich fort war?«, erkundigte sich Melinda.

»Mehrmals, aber mit jeder Woche, die du länger verschwunden warst, haben sie uns zunehmend von ihren Besprechungen ausgegrenzt – bis sie vor vier Tagen das Gesetz erlassen haben, das ausschließlich Ratsmitglieder den Feuerkreis betreten und den Sitzungen beiwohnen dürfen.«

»Sie haben was? Aber die Besprechungen finden draußen statt!«

Ungläubig runzelte Mayla die Stirn. »Draußen?«

»Seht selbst.« Emilia zeigte auf einen Platz, auf den sie zuliefen, über den – ähnlich wie bei der magischen Mauer um das Dorf – eine glitzernde Kuppel gespannt war. Nur dass diese Kuppel undurchsichtig war, sodass niemand sehen konnte, was darunter geschah. Nicht ein Geräusch drang nach außen, kein Gesprächsfetzen, kein einzelnes Wort.

Melindas Gesicht verfinsterte sich. Zwei tiefe, senkrechte Zornesfalten erschienen zwischen ihren Brauen, während sie auf den Platz zumarschierte, die Hände hob und »rumpe!« rief. Sofort flossen die glitzernden Partikel wie Regen von der Kuppel ab und ließen den Blick frei auf sechs Hexer. Die Männer saßen auf glänzenden, prächtigen Stühlen im Kreis und zwischen ihnen loderten Flammen, die farbenfrohe Funken sprühten. War das ein magisches Feuer?

Als die Männer bemerkten, dass der Schutz um die Kuppel gebrochen war, sprangen sie erbost auf und schimpften laut. Doch als sie Melinda erkannten, verstummten ihre Proteste. »Melinda?«

Einer von ihnen kam auf sie zu. Er rieb sich über den kräftigen Schnurrbart und betrachtete sie ungläubig. »Melinda, wir dachten, du seist tot.«

Die Oberhexe sah sie der Reihe nach streng an. »Was fällt euch ein, die Mitglieder unseres Zirkels auszuschließen? Besagt nicht die oberste Regel, dass jeder, der Interesse hat, den Ratssitzungen beiwohnen darf?«

»Wir waren unsicher«, fing sogleich der mit dem Schnauzer an, die neuen Umstände zu rechtfertigen. »Wir wussten nicht, wer oder was für dein Verschwinden verantwortlich war. Es geschah nur zu deinem Schutz, dass wir unsere Pläne, wie wir dich finden und befreien können, unter uns besprochen haben.«

»Strapaziere nicht meine Geduld, Björn Frederiksen. Du konntest es doch kaum erwarten, den Zirkel in deine Hände zu bekommen.«

Mayla hörte zu und beobachtete die anderen Männer, jede ihrer Regungen und die unsicheren Blicke, die sie einander zuwarfen. Es waren jüngere und ältere unter ihnen, doch keiner unter dreißig, schätzte sie. Die meisten duckten sich beinahe vor Melinda und schienen sich regelrecht vor ihrer Reaktion zu fürchten. Nur einer belauerte sie, als würde er sie jeden Moment anfallen.

»Was macht diese Verstoßene hier?«, spie er plötzlich aus und zeigte auf Maylas siegelringlose Hand.

»Sie ist keine Verstoßene.« Melinda sah Mayla auffordernd an, worauf sie ihre Hände hob und einen mehr als nur lauen Wind durch die Versammlung gleiten ließ.

»Mein Name ist Mayla von Flammenstein, ich bin die Tochter von Emma und die Enkelin von Melinda und somit keine Verstoßene, sondern die zukünftige Oberhexe des Feuerzirkels.«

»Tochter? Emma hatte keine Tochter, bevor von Eisenfels sie ermordet hat«, ging Björn Frederiksen dazwischen.

»Doch, das hatte sie. Mayla war nur bis vor wenigen Wochen versteckt.«

Jede Regung in den Gesichtern der Räte verfolgend, traten Melinda und Mayla auf sie zu. Hinter ihnen zischte Emilia: »Wird Zeit, dass hier wieder Ordnung herrscht!«

Björn Frederiksen schien zwar alles andere als begeistert, dass Melinda mitsamt einer Erbin aufgetaucht war, doch in seinem Blick las Mayla ehrliche Verblüffung. Der Hexer, der gerufen hatte, dass sie eine Verstoßene wäre, blickte nicht minder überrascht. Doch die vier Männer, die sich bislang im Hintergrund gehalten hatten, tauschten verstohlene Blicke. Ihre freundlichen Mienen waren ebenso gestellt wie das Lächeln, das sie zur Schau trugen – das spürte Mayla, obwohl sie sie noch niemals zuvor gesehen hatte.

»Dann können wir unsere Sitzungen ja endlich wieder im Freien abhalten und unser Schicksal getrost in die Hände der Familie von Flammenstein legen«, tönte einer von ihnen und setzte zu einer übertriebenen Verbeugung an.

Ein anderer bemerkte: »Dann sollten wir dich schleunigst in den Zirkel aufnehmen, damit du einen Siegelring bekommst und wir dich im Zuge unserer Möglichkeiten zu jeder Zeit beschützen können. Nicht, dass die Jäger dich für eine Verstoßene halten und dir etwas antun.«

Vor allem wollt ihr mich und meine Wege überwachen, schoss es Mayla durch den Kopf.

»Als eine von Flammenstein ist kein offizielles Ritual nötig«, ging Melinda sogleich dazwischen. Sie trat in den Kreis und auf einen Wink verschwanden die prächtigen Stühle der Ratsmitglieder. Stattdessen erschienen mehrere Kissen auf dem Boden und auf einem davon ließ sie sich schwungvoll nieder. »Ich erkläre die heutige Sitzung für eröffnet.«

Mayla setzte sich sogleich neben ihre Oma, und nach und nach ließen sich auch die Ratsmitglieder auf den Kissen um das Feuer herum nieder. Emilia machte es sich in der zweiten Reihe bequem und ihr folgten weitere Dorfbewohner, die die Räte skeptisch beäugten.

Der Reihe nach deutete Melinda auf die Männer und stellte sie Mayla vor. »Björn Frederiksen«, das war der mit

77

dem Schnurrbart, »Alexander Wolf«, dabei handelte es sich um denjenigen, der sofort aufgeschrien hatte, als er bemerkt hatte, dass Mayla keinen Siegelring trug, »Salvatore Russo«, ein blonder Italiener mit sonnengebräunter Haut, »Lars Willems«, das war der, der sich beinahe spöttisch in ihre Richtung verbeugt hatte, »Manuel Brenner«, ein etwas dicklicher Hexer, »und Marc Jones«, der Engländer trug als einziger eine Krawatte.

»Freut mich.« Einem nach dem anderen nickte Mayla zu und beobachtete sie gespannt. Marc Jones musterte sie sehr direkt, als würde er ihre Kräfte und ihre innere Stärke abschätzen wollen. Mayla blickte ihm unerschrocken ins Gesicht. Zum Glück war ihre Oma an ihrem ersten Tag im Hauptquartier dabei. Die tiefe Verbindung spürend, schenkte sie ihr Kraft, den kritischen Blicken kühn zu begegnen, auch wenn sie selbst noch nicht wusste, ob ihre Kräfte der einer von Flammenstein würdig waren.

Das erste Mal seit Tagen überkam sie die Lust auf eine Praline. Verdammt, wieso nur war sie ohne eine Notration aufgebrochen?

Lars Willems lächelte sie als einziger freundlich an, doch sein Blick hatte etwas Verschlagenes. Reserviert lächelte sie zurück. Den würde sie in der nächsten Zeit genauer beobachten! Wer von ihnen steckte mit von Eisenfels unter einer Decke? Ob Tom darauf die Antwort kannte?

Heute Abend plante sie ihn zu treffen – hoffentlich kam nichts dazwischen. Die kommende Nacht würden sie und ihre Oma hier verbringen, also fiel das Problem schon mal weg, dass Georg ihren Amulettschlüssel borgen wollte. Kurz vor zehn plante sie vorzugeben müde zu sein und sich auf ihr Zimmer zu begeben.

Ihr Herz klopfte aufgeregt, während sie an die bevorstehende Begegnung dachte, doch das Räuspern ihrer Oma brachte sie zurück in die Gegenwart und den Kreis des Feuerzirkels.

»Ich denke, es gibt viele Themen, die wir zu besprechen haben. Doch wir müssen sie alle auf später verschieben. Vincent von Eisenfels ist aus der verborgenen Weltenfalte ausgebrochen und wieder auf freiem Fuß. Offenbar hat er oder einer seiner Vorfahren bereits vor Jahren einen eigenen verbotenen Zirkel gegründet, und ihre Mitglieder sind die Jäger. Sie stellen eine große Gefahr für die öffentliche Ordnung dar, weswegen wir überlegen müssen, wie wir mit der Lage umgehen. Einige von ihnen sind auch Mitglieder in unserem Zirkel, weshalb sie theoretisch unter uns sitzen und uns belauschen könnten, ohne dass wir etwas davon mitbekommen. Vorschläge?«

Erneut beobachtete Mayla die Ratsmitglieder, deren Gesichter keine Verblüffung ausdrückten. Waren sie etwa alle auf Vincent von Eisenfels Seite? Das konnte doch nicht wahr sein.

Die Dorfbewohner, die sich in die hinteren Reihen dazugesetzt hatten, blickten sich entsetzt an. Emilia erhob sogleich das Wort. »Kein Wunder, dass es noch mehr verschwundene Hexen in letzter Zeit gab. Er muss dahinterstecken! Wenn er wieder auf freiem Fuß ist, sind wir dann in unserem Dorf überhaupt noch sicher?«

»Keine Sorge, ich werde den Bann gemeinsam mit Mayla noch heute erneuern. Normalerweise dürftet ihr hier vor ihm sicher sein. Doch vergesst nicht, dass jedes Mitglied des Feuerzirkels unser Hauptquartier betreten darf. Wir können sie mit dem Schutz nicht ausschließen.«

»Ich bin dafür, als erstes die Räte abzusetzen«, forderte Emilia und ihre silbernen Strähnen funkelten mit ihren grauen Augen um die Wette. »Während deiner Abwesenheit haben sie durch Amtsmissbrauch und eine völlig fehlgeleitete Führung unseres Zirkels geglänzt. Durch ihr Verhalten haben sie ihre Chance vertan.«

»Dem stimme ich zu!«, rief ein älterer Herr neben ihr.

»Ich würde ihnen noch eine Möglichkeit geben, uns zu beweisen, was in ihnen steckt«, kommentierte ein anderer. »Es war eine Ausnahmesituation.«

Mayla und Melinda wechselten einen Blick. Wenn die Ratsmitglieder abgesetzt waren, gestaltete es sich schwieriger herauszufinden, wer von ihnen für und wer gegen sie arbeitete. Nur weil sie machthungrig waren, mussten sie nicht unbedingt auf von Eisenfels Seite stehen. Dennoch war es notwendig, dass sie den Mitgliedern des Rates vertrauten. Nur auf diese Weise konnten sie den Feuerzirkel durch die bevorstehende Krise führen. Folglich war es unvermeidlich, sie ihres Amtes zu entheben.

Als könnte Melinda ihre Gedanken lesen, nickte sie ihr auffordernd zu, worauf Mayla das Wort ergriff. Bevor die Räte ihre Posten verließen, musste sie versuchen noch ein paar Informationen von ihnen zu erhalten. »Ich würde gerne wissen, wieso der Rat so gehandelt hat. Wie rechtfertigt ihr, dass ihr die anderen Zirkelmitglieder ausgeschlossen habt?«

Die sechs Männer sahen einander wachsam an, worauf Björn Frederiksen als erster das Wort ergriff und ihnen scheinbar unschuldig die Handflächen entgegenstreckte.

»Ich wusste nicht, wo du warst, Melinda. Niemand konnte uns etwas zu deinem Verbleib sagen. Jede Woche stieg die Anspannung, dass du nicht nur verschwunden, sondern auch tot wärst. Da der magische Stein in deinem Besitz war, hatten wir keine Möglichkeit zu überprüfen, ob du noch lebst. Und von dir, Mayla, wusste ich noch nichts. Ich habe Verräter unter uns befürchtet, weshalb ich es für klüger hielt, unser weiteres Vorgehen nur unter uns zu besprechen.«

»Habt ihr denn eurerseits nach meiner Oma gesucht?«

»Wir haben einen Trupp aus acht Personen bestimmt und losgeschickt, der nach dir fahnden sollte«, ereiferte sich sogleich Manuel Brenner, »aber der ist erfolglos zurückgekehrt.«

Keiner der anderen fügte noch etwas hinzu.

»Es ist eine außergewöhnliche Situation.« Melinda fuhr sich durch die weißen Locken und schüttelte sie. »Dennoch muss ich die Beschwerden gegen euch ernst nehmen. Ich bin mehr als beunruhigt darüber, dass ihr die anderen Feuerhexen von euren Besprechungen ausgeschlossen habt. Deshalb enthebe ich euch hiermit eures Amtes. Da in den letzten Wochen jedoch ungewöhnliche Umstände vorherrschten, verzichte ich auf eine Untersuchung und entlasse euch ohne Schimpf und Schande. Sind alle Anwesenden damit einverstanden?«

»Ja!«, erscholl Emilias Stimme aus dem Chor der anderen hervor, das von zusätzlichem Nicken bekräftigt wurde.

Die Ratsmitglieder sahen sich fragend an. Keiner reagierte durch ein Wort des Widerspruchs. Kommentarlos zogen sie sich komplett als Gruppe zurück, als würde sie der weitere Verlauf der Sitzung nichts mehr angehen.

»Ich hoffe, niemand ist so blauäugig und vertraut denen weiterhin«, flüsterte ein jüngerer Mann einem anderen zu, der zustimmend nickte, während die abgesetzten Räte zielstrebig Richtung Tor liefen, um geschlossen das Dorf zu verlassen. Mayla sah ihnen alarmiert hinterher. Dass sie alle nicht im Hauptquartier blieben, war mehr als verdächtig.

»So, ihr Lieben.« Melinda winkte die Leute aus den hinteren Reihen näher ans Feuer heran. »Rückt doch gerne etwas vor. Da es in diesen besonderen Zeiten zu gefährlich wäre, eine Versammlung aller Feuerhexen einzuberufen, bestimme ich sechs der hier Anwesenden zu Ratsmitgliedern, die jedoch freiwillig von ihrem Amt zurücktreten, sobald die nächste Wahl abgehalten werden kann. Sind alle einverstanden?«

Einem unverständlichen Gemurmel folgte ein zwar nicht einstimmiges, aber doch recht lautes Ja. Melinda erhob sich von ihrem Kissen, stellte sich hin und winkte mit der Rechten, worauf das Feuer in ihrer Mitte heller und heller wurde, bis es nahezu weiß loderte. »Ich bestimme Emilia Richter, Constanze Zubrican, Gregor Rogalski, Olaf Hendriksen, Anna Jones und Luca Martinez als vorläufige Ratsmitglieder.« Bei jeder Namensnennung flammte das Feuer violett auf. »Hat irgendjemand gegen einen oder mehrere von ihnen etwas einzuwenden?«

Die Anwesenden schüttelten die Köpfe, worauf Melinda die Arme hob. »Dann erkläre ich es hiermit für entschieden und bitte die neuen Räte, nach vorne zu treten.«

Die sechs standen von ihren Plätzen auf und kamen näher zum Feuer, wo sie sich um die Sitzkissen der Räte aufstellten. Das Feuer loderte noch einmal weiß auf, bevor es sich wieder beruhigte und zu seinen normalen orangegelben Farbtönen zurückkehrte. Das Glitzern in den Flammen jedoch verschwand nicht.

Neugierig betrachtete Mayla die neuen Ratsmitglieder, die auf den ersten Blick einen vertrauenerweckenden Eindruck machten. Hoffentlich hatte ihre Oma eine gute Wahl getroffen und sie waren wirklich loyal.

»Ich habe euch ausgesucht, da ihr schon oft durch faires und mutiges Verhalten einzelne Mitglieder oder den Zirkel in Gänze verteidigt habt. Herzlichen Glückwunsch«, begründete Melinda ihre Wahl.

Lautes Klatschen schallte über den Platz und Melinda und die neuen Räte ließen sich auf den Kissen nieder.

»Gibt es etwas, worüber ihr reden wollt?«, fragte die Oberhexe und schaute einladend in die Runde.

»Stimmt es wirklich, dass von Eisenfels auf freiem Fuß ist?«, raunte Anna Jones, eine der Rätinnen, und warf einen sorgenbehafteten Blick über die Schulter, als befürchtete sie ihn bereits hinter sich zu sehen. Gleichzeitig knubbelte sie an ihren Nägeln, die rot lackiert waren.

»Ja, leider muss ich das bestätigen. Ich war in Gefangenschaft und sie haben versucht, mir meine Magie zu rauben. Deshalb wurde der Bann um die Weltenfalte schwächer, bis Vincent ihn zum Vollmond zusammen mit seinen Anhängern aufbrechen und entkommen konnte.«

Gregor Rogalski, ebenfalls einer der neuen Räte, räusperte sich hörbar. Er war ein älterer Herr, bestimmt über achtzig. Sein Gehstock lag neben ihm auf dem Boden. »Und seine Anhänger sind die Mitglieder seines Zirkels? Sind es tatsächlich die Jäger, wie du es seit Jahren befürchtet hast?«

»Davon müssen wir ausgehen.«

»Bist du dir zu Hundertprozent sicher, dass die Verstoßenen mit den Jägern nichts mehr zu tun haben?«, hakte Gregor weiter nach.

»Sie hatten noch nie etwas miteinander zu tun«, betonte Mayla, und ihre Oma bestätigte es.

Gregor sah die anderen Anwesenden nacheinander an. »Dann würde ich deinem Vorschlag zustimmen, den du im Februar vorgebracht hast, Melinda. Die ehemaligen Mitglieder des Feuerzirkels, die derzeit als Verstoßene leben, sollten wir in unserem Dorf wieder willkommen heißen. Die zeit ist reif. Ich bin dafür, dass wir noch einmal darüber abstimmen.«

»Nein, nur weil sie mit den Jägern nichts zu tun haben, lehnen sie dennoch unsere Ordnung ab!«, ereiferte sich ein anderer aus der zweiten Reihe.

»Sie lehnen die Hexenordnung nicht ab«, ging Mayla sofort dazwischen. »Es geht ihnen darum, Vincent und seinen verbotenen Zirkel aufzuhalten. Sie vermuten Verräter in den Reihen der Polizei, in den Räten der Zirkel, beinahe überall. Durch das Ablegen des Siegelringes haben sie sich bewusst der Kontrolle ihrer Zirkel und damit der Räte entzogen. Andernfalls wären all ihre Schritte verfolgbar und über jedes Treffen wären die Jäger sogleich informiert.«

»Melinda hat uns schon vor Jahren gesagt, dass die meisten von ihnen freiwillig aus ihren Zirkeln ausgetreten sind oder ihnen die Ringe unrechtmäßig abgenommen wurden«, erinnerte sich Emilia und strich sich über den langen Rock, unter dem sie ihre Beine verschränkt hatte. »Ich stimme ebenfalls zu. Um es mit Vincent aufzunehmen, müssen wir alte Vorurteile überwinden und alle zusammenarbeiten.«

»Vincent ist nicht aufzuhalten«, rief eine blasse Frau, die so weit hinten saß, dass Mayla den Kopf recken musste, um sie ausfindig zu machen. »Er hat meine Eltern getötet und meinen Bruder. Niemand ist vor ihm sicher.«

»Glaubt ihr denn, jetzt, wo er seinen Zirkel hat, wird er Ruhe geben? Zumindest, wenn wir ihn anerkennen würden?

Was haltet ihr davon?«, schlug Luca Martinez vor, ebenfalls ein neues Ratsmitglied.

Emilia sah ihn ungläubig an.

»Ihn anerkennen? Die Familie hat nur Verderben über die Welt gebracht!«

»Aber nur weil es ein paar Personen der Familie gibt, die grausam waren, muss das nicht für sämtliche Familienmitglieder zutreffen«, betonte Mayla. »Man darf doch nicht eine komplette Familie verurteilen, nur weil einzelne etwas Furchtbares getan haben!«

»Du kennst sie nicht!«, rief die blasse Frau und ihre Stimme überschlug sich dabei. »Mache nicht den Fehler und vertraue einem von ihnen.«

»Zeig mir einen von Eisenfels, dem es nicht um Macht geht, der noch niemanden ermordet hat, und wir können darüber reden. Aber bis dahin …«, entgegnete Emilia, als wäre die Sache damit erledigt.

Tom …

Mayla schaute zu ihrer Oma und sah es hinter ihrer Stirn arbeiten. Ein kurzer Seitenblick genügte und Mayla wusste, sie dachte dasselbe. Konnte Tom den Frieden bringen, wenn er den Zirkel als Oberhexer übernahm? Würde ihre Oma es wagen, ihm weiterhin zu vertrauen? Würde sie ihn vor den anderen verteidigen und unterstützen? Aber Vincent von Eisenfels würde einer solchen Lösung gewiss niemals zustimmen.

Als erneute Diskussionen zu dem Thema entbrannten, hob Melinda beschwichtigend die Hände.

»Solange wir einen solchen von Eisenfels nicht kennengelernt haben, müssen wir diese Entscheidung vertagen. Ich schicke jetzt meine Eule, damit alle Feuerhexen über die neuen Ratsmitglieder benachrichtigt werden. Die nächste Sitzung findet bei Neumond statt!« Damit erlosch das Feuer im Sitzkreis.

Die Leute stellten sich in Gruppen zusammen, um sich weiter über die neue Situation zu unterhalten. Melinda hob den Kopf und Mayla folgte ihrem Blick, bis sie Merlin über ihnen kreisen sah. Sie glaubte zu spüren, wie ihre Oma und ihr Seelentier miteinander kommunizierten, bis die Eule kräftig mit den Schwingen schlug und davonflog.

»Wie verbreitet Merlin deine Botschaft? Er kann doch nicht sprechen oder schreiben.«

»Er hat die Versammlung beobachtet und zugehört. Die Bilder wird er nun an jedes Seelentier einer Feuerhexe oder eines Feuerhexers schicken und die werden es an ihre Seelenhexen weitergeben.«

»Moment. Dann könnte Vincent auf diese Weise auch von seinem Gefängnis aus mit anderen kommuniziert haben, oder?«

»Eigentlich funktioniert das nur von der Oberhexe ausgehend zu den Mitgliedern ihres Zirkels. Es ist Teil der Zusammengehörigkeit, die wir durch die Siegelringe stetig bei uns tragen. Aber da es offenbar schon vor seiner Gefangennahme einen fünften Zirkel gegeben hat, könnte es möglich sein. Es wäre eine Erklärung.«

»Und da du jetzt sämtliche Feuerhexen informierst, weiß auch bald Vincent von Eisenfels, dass der Rat ausgetauscht wurde.«

»Davon müssen wir ausgehen. Aber die neuen Räte schätze ich als absolut loyale und integre Hexen ein. Es war wichtig, dass die Führung unseres Zirkels nicht in den Händen unserer Widersacher liegt.«

»Absolut. Aber ich halte es für noch wichtiger, dass wir uns mit den anderen Zirkeln treffen, mit den Oberhexen und den Ratsmitgliedern. Wir müssen uns einen Überblick verschaffen, wer auf unserer Seite steht.«

»Du hast vollkommen recht. Wir bräuchten einen neutralen, sicheren Ort, wo wir uns ungestört miteinander unterhalten können. Aber sobald Vincent von dem Treffen erfährt, wären wir alle in größter Gefahr. Ich bezweifle, dass die alte Alessia und ihre Nachkommen aus dem Wasserzirkel-Hauptquartier rauskämen.«

Mayla legte die Stirn in Falten. »Wie und wo könnten wir uns treffen, ohne dass von Eisenfels etwas verlauten hört, verdammt?«

»Es muss ganz spontan sein. Falls er doch Wind davon bekommt, kann er uns keine Falle mehr stellen. Nur wo könnten wir ein solches Treffen durchführen, bleibt die Frage …«

Melinda drehte eine ihrer Locken um den Finger, bis ein entschlossener Ausdruck auf ihrem Gesicht erschien. »Wir werden eine Weltenfalte erschaffen und nur den eingeladenen Personen davon erzählen. Auf diese Weise kommt kein ungebetener Gast herein.«

»Aber selbst unter den Räten gibt es doch Maulwürfe. Sie würden es sofort an Vincent weitertragen.« Nachdenklich spielte Mayla mit dem Herz an ihrer Kette. »Eine Möglichkeit wäre es doch auch, erst einmal nur die Gründerfamilien zu treffen – und vom Erdzirkel die derzeitige Oberhexe. Wer ist das überhaupt? Doch nicht etwa die alte Bertha?«

»Das wäre auch eine Möglichkeit. Und ich denke, das könnte funktionieren. Vielleicht lässt sich Alessia darauf ein. Im Übrigen ist die derzeitige Erdoberhexe Phylis Drimakou.«

»Eine Griechin?«

Melinda nickte.

»Und wie wurde sie ausgewählt? Die Gründerfamilie der de Rochat ist doch ausgelöscht.«

»Schon in deinem Alter zeigt sich, welche Frauen über besonders starke Fähigkeiten verfügen.«

»Nur bei Frauen?«

»Bei der Hexenenergie ist es anders als bei den Muskeln. Die Magie ist eine urweibliche Kraft und je älter Frauen sind, desto mächtiger werden sie. Deshalb sind die Oberhäupter immer die ältesten lebenden Frauen der Gründerfamilien. Du wirst folglich erst Oberhexe, wenn ich in den Reisig beiße …«

»… was hoffentlich noch eine ganze Weile dauern wird!«

»Keine Sorge, Liebes, bei meinen gesunden Kräutersuden werde ich bestimmt über hundertzwanzig Jahre alt. Übrigens solltest du auch langsam damit anfangen, sie zu trinken.«

Angewidert verzog Mayla das Gesicht, als sie die bräunlich grüne Pampe, die ihre Oma täglich vor dem Frühstück trank, in Gedanken vor sich auf dem Tisch stehen sah. Schon zweimal hatte sie sie probiert und hätte sie am liebsten sofort wieder ausgespuckt. Dann lieber ein paar Jahre weniger leben. »Wie läuft das Prozedere mit der Oberhexe im Erdzirkel ab?«, versuchte sie von dem grässlichen Trunk abzulenken.

»Sobald die Oberhexe stirbt, werden die fünf stärksten Hexen vom Rat eingeladen und durch ein Ritual wird die mächtigste von ihnen bestimmt und zur Oberhexe ernannt.«

»Wahnsinn. Wie meine Freundin Heike staunen würde, wenn ich ihr davon erzählen dürfte …«

Grüblerisch blickte ihre Oma sie an. Etwas ging ihr durch den Kopf, das konnte Mayla erkennen. »Halte dich lieber vorerst fern von deiner Freundin. Nur bis Vincent und die Jäger nicht mehr eine solche Gefahr darstellen. Es geht um ihre Sicherheit, denk daran.«

»Keine Sorge, ich würde sie niemals in Gefahr bringen – und es ist auch nicht geplant, dass ich sie in nächster Zeit treffe. Obwohl sie sich bestimmt schon wieder Sorgen macht, weil sie so lange nichts mehr von mir gehört hat. Trotzdem werde ich erst wieder Kontakt mit ihr aufnehmen, wenn Vincent … ausgeschaltet ist. Also, wie lassen wir jetzt die anderen Oberhexen und ihre Familien von unserem Treffen wissen? Auch über Bilder, die unsere Seelentiere übermitteln?«

»Das funktioniert nicht, da sie keine Mitglieder unseres Zirkels sind. Ich würde vorschlagen, dass wir einen Nuntia-Zauber benutzen, den unsere Seelentiere den ihren bringen.«

Mayla klatschte in die Hände. »Wunderbar, dann lerne ich endlich, wie man den zaubert. Das ist mehr als wichtig. Ich habe zwar schon alles darüber gelesen, ihn aber noch nie angewendet. Noch eine Frage: Wenn die Seelentiere von zwei verfeindeten Hexen sich treffen, würden sie einander wehtun, beziehungsweise bekämpfen sie sich dann auch?«

Melinda schüttelte den Kopf. »Niemals. Im Gegensatz zu uns haben die Tiere begriffen, dass wir im Grunde alle eins sind. Die Magie verbindet uns, egal zu welchem Zirkel wir gehören und welche Ziele wir verfolgen. Die Tiere würden einander nie verletzen oder eine Falle stellen.«

»Gut. Ich will Karli nicht in Gefahr bringen, wenn er für mich solche Dinge erledigt. Führen wir den Nuntia-Zauber im Haus durch?«

»Lass ihn uns im Wald hexen, dann kann ich ein paar frische Kräuter sammeln und dir deine tägliche Lektion in Kräuterzauber erteilen.«

Verstohlen rollte Mayla mit den Augen. »Einverstanden.« Pflanzen waren zwar nicht gerade das Interessanteste, aber über kurz oder lang musste sie sich die Grundlagen einverleiben – das hatte sie zähneknirschend eingesehen.

Während sie das Einmaleins der Hexenkunst längst auswendig kannte und es kaum abwarten konnte, noch mehr aktive Zaubersprüche zu lernen, hatte sie nur selten einen Blick in das Kräuterbuch geworfen. Obwohl es nicht minder liebevoll gestaltet war als das Hexen-Einmaleins und mit all den Pflanzendarstellungen reich bebildert war, fielen Mayla beinahe jedes Mal die Augen zu, sobald sie ein paar Zeilen darin las. Jeder hatte seine Vorlieben, und alles, was mit Pflanzen zu tun hatte, war einfach nicht ihr Ding. Aber vielleicht war der anschauliche Unterricht direkt im Wald spannender als das Brüten über den Seiten – auch wenn sie sich das absolut nicht vorstellen konnte …

Kapitel 7

Mit beschwingten Schritten liefen die beiden Frauen zu dem magischen Tor, das aus dem Hexendorf hinausführte. Erneut leuchtete es auf, während sie es durchschritten, und Mayla meinte, etwas in sich kribbeln zu fühlen. Doch womöglich bildete sie sich das nur ein.

»Bevor wir in den Wald gehen, müssen wir den Schutz um das Hauptquartier verstärken. Ich war lange nicht hier und Vincent ist nun wieder auf freiem Fuß – die Zeiten sind mehr als gefährlich! Komm wieder unter den Torbogen und nimm meine Hand. Gemeinsam brauchen wir weniger Kraft.«

»Wunderbar, wieder ein neuer Zauber!« Sie trat zurück unter das glitzernde Tor, das durchscheinend war und flackerte, als stünde es in Flammen, und ergriff die Hände ihrer Oma.

»Der Zauber heißt ›Tuta caput ignis in omne tempus‹ und bedeutet ›schütze ewig unser Hauptquartier des Feuerzirkels‹. Gleichzeitig stellst du dir bildlich diese Pfahlmauer und das Tor vor, die du glitzern und funkeln siehst, als befänden sie sich tatsächlich um das Dorf herum. Verschmilz mit der Magie, die überall um uns herum verborgen liegt, und dein Zauber wird kraftvoller.«

Konzentriert schloss Mayla die Augen und lockerte ihre Schultern. Sie hörte ihre Oma Luft holen und als würde jemand leise bis drei zählen, begannen sie gleichzeitig, die Formel zu sprechen.

»Tuta caput ignis in omne tempus!«

Neugierig öffnete Mayla die Augen. Die Pfahlmauer leuchtete auf. Für einen Moment sah es aus, als bildete sie eine undurchdringliche Wand, dann verwandelte sie sich zurück in ein Glitzern und Funkeln, ebenso wie das Tor.

Staunend betrachtete Mayla den Schutz um das Hexendorf und fühlte sich auffällig erschöpft, weshalb sie sich am liebsten erst mal ein Schläfchen gegönnt hätte. Ein mächtiger Zauber musste das gewesen sein. »Wieso können wir nicht den Feuerring nehmen, um das Dorf zu schützen? Dann bräuchten wir nicht so viel unserer Energie dafür zu verbrauchen?«

»Weil der nur kurzfristig funktioniert und an unsere Anwesenheit geknüpft ist. Der Zauber hingegen, den wir eben gesprochen haben, hält mehrere Monate – unabhängig davon, ob wir uns in diesem Dorf befinden oder nicht.«

»Aber als wir ankamen, habe ich noch immer das Glitzern um das Dorf herum gesehen. War der Schutz denn schon so schwach, dass wir ihn wiederholen mussten?«

»Es wurde allmählich Zeit und außerdem ist die Welt dort draußen gefährlicher geworden. Und natürlich musst du als Erbin der Oberhexen wissen, wie er funktioniert. So, und jetzt wollen wir keine Zeit verlieren. Auf in den Wald. Ich kenne ein lauschiges Plätzchen, wo jede Menge Heilkräuter wachsen und wir den Nuntia-Zauber unbeobachtet sprechen können.«

Müde lief Mayla los. »Fühlst du dich auch so erschlagen?«

»Nein, als Hexe ist das Alter durchaus von Vorteil.« Verschmitzt zwinkerte Melinda ihr zu.

Schmunzelnd stapfte Mayla neben ihr durch den Forst. »Jetzt sind die Dorfbewohner besser geschützt und Vincent kann nicht eindringen, richtig?«

»Ganz genau. Es ist sehr wichtig, diesen Schutz regelmäßig zu wiederholen. Wenn dieser ärgerliche Zwischenfall in Südengland nicht gewesen wäre, hätte ich es längst getan.«

Ärgerlicher Zwischenfall? Mayla konnte sich ein Grinsen nicht verkneifen. »Du meinst deine Gefangenschaft bei den von Eisenfels?«

»Gefangenschaft.« Empört brummte Melinda auf. »So schlimm war es nun auch wieder nicht. Also, Mayla, denk daran, diesen Schutz musst du mindestens einmal im Jahr, am besten zu Vollmond, erneuern. Andernfalls sind die Hexen in unserem Hauptquartier nicht so sicher, wie sie es sein müssten.«

»Zum Glück haben die Verräter nicht weitererzählt, dass der Schutz kaum noch wirksam war. Sonst hätte Vincent längst einbrechen können.«

»Dieses Wissen ist nur den Gründerfamilien vorbehalten. Deshalb musste ich es dir zeigen, denn diesen Spruch wirst du in keinem Buch finden. Auch nicht, wie oft er erneuert werden sollte und wann er zuletzt gesprochen wurde. Also denk mit mir daran, in spätestens einem Jahr. Es ist von außerordentlicher Wichtigkeit.«

»Also, ich habe noch keine Gedächtnislücken!« Zwinkernd knuffte sie ihre Oma in die Seite. »Mach dir nichts draus, du wirst eben …«

»Untersteh dich, Mayla von Flammenstein, zu behaupten, ich würde alt! Das klingt so, als wäre meine Zeit längst abgelaufen! Eine von Flammenstein reift bis zuletzt und wird mit jedem Jahr vitaler. Das wirst du schon noch sehen.«

Mayla lachte auf und schlenderte weiter. »Das klingt wunderbar. Die glitzernde Mauer wurde stärker, das habe ich beobachtet. Wieso reicht der Schutz nicht für längere Zeit?«

»Bei einer normalen Falte funktioniert der Schutz für Jahre, aber hier geht es um das Hauptquartier des Feuerzirkels. An diesem Ort verbirgt sich ein größeres Magiepotential im Inneren und die Falte liegt auf einem kraftvollen Energiepunkt der Erde.«

»Kraftvoller Energiepunkt?« Davon hatte Heike auch oft erzählt – und wie oft hatte sie innerlich über die Freundin geschmunzelt?

»Die existieren weltweit und ein jeder wird von uns Hexen genutzt – sei es für Hauptquartiere, Verstecke, Wohnsitze oder Rituale.«

»Wie spannend.« Damit würde sie sich beschäftigen, sobald die Gefahr durch Vincent gebannt war. Optimistisch dachte sie an die Zukunft, die ihr bevorstand, und verdrängte bewusst den Gedanken, dass all ihre Träume auf wackeligen Beinen standen.

Der Duft nach Tannennadeln hing in der Luft, einzelne Vögel zwitscherten in den Baumkronen und als sie einen Zweig knacken hörten und aufsahen, entdeckten sie ein Reh, das davonsprang. Mayla stockte. »Ein Reh? Vögel habe ich gesehen, aber große Geschöpfe? Heißt das, auch Tiere, die keine Seelentiere sind, können die Weltenfalten betreten?«

»Einige von ihnen, ja.«

»Aber dann müssten doch regelmäßig Tiere vor den Augen der Menschen verschwinden?«

»Seltsamerweise funktioniert das nur bei Weltenfalten, die ohnehin im Wald liegen.«

»Ernsthaft? Das heißt, weil wir uns hier im Reinhards-wald befinden, können die Tiere die Weltenfalte betreten, in der sich das Hauptquartier verbirgt? Woran liegt das?«

»In den Wald können sie gelangen, in das Hexendorf selbst jedoch kommen nur die Seelentiere hinein. Ich denke, es liegt daran, dass der Wald ohnehin voller Magie steckt und die Grenze zwischen einer Falte und der Menschenwelt nicht so klar ist wie in der Stadt. Die Gesetze der Magie lassen sich nicht unbedingt erklären. Zauberkraft und Ratio widersprechen sich häufig, weshalb es wichtig ist, gelassen zu beobachten und die Magie zu studieren, ohne sie in Gänze verstehen zu wollen.«

»Zum Glück kommst du mir nicht mit komplizierten physikalischen Erklärungen, wie es bei den verborgenen Weltenfalten der Fall ist.« Sie lachte auf. »Da vorne ist eine Lichtung. Werden wir dort den Nuntia-Zauber sprechen?«

»Wir gehen noch etwas tiefer in den Wald. Kennst du schon den notwendigen Spruch?«

»Ja, ich habe ihn im Hexen-Einmaleins gelesen, aber noch nie angewendet.«

Bei der Erwähnung des Buches klatschte Melinda in die Hände. »Weißt du eigentlich, dass ich das Buch für dich ge-schrieben habe?«

»Ehrlich gesagt habe ich mich das schon gefragt …«

Ihre Oma nickte. »Ich habe mich so gefreut, als ich von Angelika erfahren habe, dass du dir die Bücher sofort ge-kauft hast. Als hätten sie dich gerufen.«

»Vielleicht haben sie das auch … Du hast sie also wirklich für mich geschrieben?«

»Ja. All die Jahre habe ich mich gefragt, wie die Umstände sein würden, wenn deine Kräfte erwachen. Spätestens mit meinem Tod wäre es der Fall gewesen. Zwar habe ich nie geplant, dich so lange im Ungewissen zu lassen, doch selbst die beste Hexe kann ein unvorhersehbarer Zauber schneller als geplant das Leben kosten.«

»So bescheiden kenne ich dich ja gar nicht …«

»Hochmut kommt vor dem Fall. Und damit ich dich nicht ohne jegliche Anleitung auf die Hexenwelt loslasse, habe ich die Bücher geschrieben. Es stehen die Dinge darin, die essentiell sind – auch in dem Kräuterbuch.« Zwinkernd hob sie den Zeigefinger.

»Die Kräuterzauber werde ich schon auch noch lernen. Aber jetzt geht es erst mal um den Nuntia-Zauber. Ich wollte ihn schon die ganze Zeit einmal ausprobieren. Also, wenn ich es richtig im Kopf habe, braucht man einen Gegenstand, in den man die Nachricht verpackt. Aber zuerst muss man es schaffen, ein Video von sich zu drehen. Nur wie das gehen soll ohne Kamera habe ich ehrlich gesagt noch nicht verstanden.«

»Kamera … Video … Du mit deinen menschengemachten Kinkerlitzchen! Wie immer steht und fällt alles mit deiner Konzentration. Zuerst sagst du den Hexspruch auf, dann sprichst du die Botschaft in deine Hände, bei anderen Hexen ist es der Zauberstab, und anschließend projizierst du die … Aufnahme, um es verständlicher für dich zu formulieren, auf den Gegenstand. Alles klar?«

»Das werden wir gleich sehen.«

»Dort vorne ist die Lichtung. Zuerst werden wir den Obsurdesce-Zauber benutzen. Dadurch kann niemand, der vorbeikommt, etwas von dem verstehen, was wir sagen.«

»Den Spruch kenne ich noch von der Polizeistation, da liegt er auch drauf. Ich erinnere mich, als ich mit … Tom die

Wache beobachtet habe, konnten wir deshalb nichts von dem hören, was sie innerhalb besprochen haben. Aber ich dachte, der Zauber sei auf Gebäude beschränkt.«

»Merke dir eins, Mayla, der Magie sind keinerlei Grenzen gesetzt.«

»Wunderbar. Lass mich die Zauber sprechen. Ich kann die Übung gebrauchen. Und was ich einmal selbst gemacht habe, kann ich mir leichter merken.«

»Tu das. Deine Kräfte dürften sich bereits erholt haben. Weißt du, wie der Obsurdesce-Zauber funktioniert?«

Mayla tippte sich mit dem Zeigefinger an die Lippe. »Auch davon habe ich im Hexen-Einmaleins gelesen. Es war irgendwo in der Mitte. Also, ich muss mir den Raum, der akustisch abgeschottet werden soll, bildlich vorstellen. Da wir hier in keinem Raum stehen, gehe ich davon aus, ich muss einen Bereich mit den Augen abstecken und mir den vorstellen, richtig?«

Zufrieden nickte ihre Oma. »Exakt.«

»Okay.« Sich einmal langsam um die eigene Achse drehend, steckte sie im Kopf einen Bereich von ungefähr sechs mal sechs Metern ab. Anschließend schloss sie die Augen und dachte: »Obsurdesce!« Gespannt öffnete sie die Augen. Nichts hatte sich verändert. Sie sah keine schimmernde Wand wie bei dem Tutare-Zauber und sie hörte noch immer die Tiere im Wald. »Es hat wohl nicht funktioniert.«

»Das lässt sich nur auf eine Weise testen.« Melinda lief ein paar Schritte davon und rief: »Sag etwas!«

Ungeduldig breitete Mayla die Arme aus. »Wenn ich dich verstehen kann, hörst du mich doch auch!«

Melinda reagierte nicht und nach einem Moment kam sie zufrieden lächelnd zurück. »Ich habe nichts gehört, aber die ungläubige Falte auf deiner Stirn ist mir nicht entgangen. So, und jetzt machen wir direkt weiter mit dem Nuntia-Zauber.«

»Es hat funktioniert? Fantastisch!« Eifrig bückte sich Mayla nach einem Tannenzapfen, erpicht darauf, gleich den nächsten Zauber zu lernen. Sobald sie den Botschafts-Zauber beherrschte, konnte sie Tom persönliche Nachrichten übermitteln – falls sie das vorhaben sollte … Sie hielt ihrer Oma den Zapfen unter die Nase. »Können wir den benutzen?«

»Natürlich. Wir brauchen noch zwei davon, damit jedes Zirkeloberhaupt einen bekommt.« Sie bückte sich und hob zwei weitere Zapfen auf. »Am besten sprechen wir die Botschaft gemeinsam, aber du hext den Zauber. Also, nachdem du den Nuntia-Zauber aufgesagt hast, sprichst du vor Beginn unserer Aufnahme ›incipe‹ und am Ende ›desine‹. Anschließend leitest du die Aufnahme auf die Zapfen weiter und sprichst erneut den Nuntia-Spruch. Bereit?«

»Die Aufnahme mit den Händen an die Zapfen weiterleiten? Ich geb mein Bestes! Bereit.« Hochkonzentriert stellte sie sich vor, wie sie eine Botschaft sprachen, die wie eine Erinnerung festgehalten wurde, dann dachte sie »Nuntia!« Sie stellte sich neben ihre Oma und nickte ihr zu. »Incipe!«

Sogleich wandte sich ihre Oma den imaginären Zuhörern zu und faltete die Hände vor ihren Rockschößen.

»Meine lieben Hexenschwestern und lieber Hexenbruder,

ich trete heute mit guten und schlechten Nachrichten an euch heran. Zuerst einmal die guten.« Sie blickte Mayla auffordernd an, worauf die sich räusperte. Sich einem nicht anwesenden Publikum vorzustellen, war ein seltsames Gefühl. Mayla visierte eine junge Tanne an, die kaum zwei Meter groß war, und richtete ihre Aufmerksamkeit auf sie. Irgendjemanden musste sie schließlich ansprechen.

»Hallo zusammen, mein Name ist Mayla von Flammenstein. Ich bin die Tochter von Emma von Flammenstein und ihrem Mann Markus und somit die Erbin des Feuerzirkels. Ich freue mich darauf, euch persönlich kennenzulernen!«

»Ihr habt richtig gehört«, nahm Melinda die Nachricht sogleich wieder auf, »dies ist meine Enkelin. Und wir müssen euch dringend persönlich treffen. Vincent von Eisenfels ist aus der verborgenen Weltenfalte entkommen und gemeinsam müssen wir uns beratschlagen, wie wir damit umgehen. Dafür werde ich nachher eine Weltenfalte erschaffen, von der nur wir Oberhexen wissen, sodass wir darin absolut sicher sind. Wir erwarten euch heute Abend um sieben Uhr.«

Um sieben Uhr? Hoffentlich dauerte die Unterhaltung nicht zu lange, sodass sie deshalb ihr Treffen mit Tom verpasste!

»Wir werden die Falte sichern, damit nur wir Gründerfamilien und natürlich du, Phylis, dorthin springen können. Wir sehen uns nachher!« Melinda nickte ihr zu.

»Desine!« Eine rauchende Kugel, groß wie eine Orange, bildete sich vor ihnen und Mayla nahm sie instinktiv auf die Hand. Sie fühlte sich warm an und gleichzeitig so flüchtig, als könnte sie jeden Moment vor ihren Augen verschwinden. Hochkonzentriert stellte sie sich vor, wie die Kugel in die drei Tannenzapfen eindrang. »Hat es funktioniert?«

»Das will ich hoffen!«

»Aber Moment, sollen wir Andrew Montgomery, dem Oberhaupt des Luftzirkels, nicht eine andere Botschaft übermitteln? Schließlich kennt er mich schon.«

»Ach, das kostet zu viel Zeit. Wir belassen es dabei.«

»Na schön. Und jetzt rufen wir unsere Seelentiere, um die Botschaften zu verteilen?«

»Exakt.« Melinda schloss bereits die Augen und Mayla tat es ihr gleich.

Karli. Wie sehr freute sie sich darauf, ihn wiederzusehen. Strahlend dachte sie an den süßen schwarzen Kater und im nächsten Moment hörte sie sein hohes Fiepen, das noch kaum etwas mit einem Miauen gemein hatte. Zwischen einzelnen Farnen sah sie seine Schwanzspitze hervorragen, bis er hervorsprang und hoch maunzend direkt auf sie zulief.

»Da bist du ja schon, mein Schatz.« Sie bückte sich und nahm ihn auf die Hand. Zärtlich strich sie ihm über das samtig weiche Fell und Stirn an Stirn verharrten sie einen Moment, bis Melindas Räuspern sie unterbrach.

»Wie goldig. Du bist der kleine Karli? Ich habe schon viel von dir gehört.«

Karli piepste und begann zu schnurren, und Mayla herzte ihn erneut. Im Augenwinkel entdeckte sie die Eule Merlin auf der Schulter ihrer Oma sitzen. Aus ihren großen gelben Augen blickte sie Mayla an und schuhute leise.

»Dich kenne ich schon.« Lächelnd betrachtete Mayla das Nachttier. »Du hast mich gewarnt, als ich im Versteck meiner Oma war. Ich danke dir.«

Erneut schuhute die Eule sachte. Melinda hielt dem Greifvogel zwei der Zapfen hin, die er mit einer seiner Klauen griff, und schien ihm die Adressaten mental mitzuteilen. Mayla wartete ab, bis die Eule mit ihrem Kopf an Melindas Wange entlang strich, ihre Schwingen ausbreitete und davonflog. »Wem soll Karli die Botschaft bringen?«

»Ich dachte mir, er bringt sie zu Phylis. Kannst du ihm das sagen?«

Mayla strich ihrem kleinen Kater über das Köpfchen. Sie kannte Phylis nicht, wusste nicht, wie die Erdhexe aussah, doch in Gedanken sagte sie zu ihm: »Die Botschaft ist für Phylis Drimakou, die Oberhexe des Erdzirkels. Kannst du es ihr oder ihrem Seelentier bitte bringen? Es ist sehr wichtig.«

Karli stampfte auf ihrer Hand und nahm den Zapfen in sein kleines Mäulchen. Es sah ulkig aus, war der Zapfen doch beinahe so groß wie der junge Kater. Doch als Mayla ihn behutsam auf den Boden setzte, rannte er los, als hätte der Zapfen kein Gewicht.

»Pass auf dich auf, kleiner Schatz«, rief Mayla ihm hinterher, auch wenn sie nicht wusste, ob er sie verstand. Zur Sicherheit schickte sie ihm mahnende Gedanken hinterher, die dem einer Mutter, die ihr Kleines das erste Mal unbeaufsichtigt ziehen ließ, sehr nahe kam. Karli antwortete mit einem warmen Gefühl von Zuversicht und Liebe, und von jetzt auf gleich war er verschwunden. »Er ist noch so klein. Ist es nicht leichtsinnig, dass er ohne seine Mama für mich Botengänge erledigt?«

»Du musst aufhören ihn wie ein normales Tier anzusehen. Auch wenn er noch sehr jung ist, besitzt er Kräfte, die wir nicht verstehen, die er aber instinktiv bereits richtig einsetzt. Es wird ihm nichts passieren.«

»Dein Wort in Gottes Ohr!« Sie fühlte sich verantwortlich für ihn, aber schon mehrmals hatte ihre Oma betont, dass die Seelentiere mit ihrer Weisheit und ihren Kräften über denen der Hexen und Hexer standen. Vermutlich musste sie Vertrauen haben.

»So, und jetzt widmen wir uns den Kräutern.« Melinda bückte sich und zeigte auf ein paar Halme und Blätter.

Mit einem müden Blick betrachtete Mayla die zahlreichen Pflanzen, über die ihre Oma zärtlich strich. Dieses Mal kam sie nicht um die Kräuterstunde herum. Innerlich aufseufzend ließ sie sich neben ihrer Oma nieder und hörte zu, auch wenn es ihr verdammt schwer fiel, während diese ihr von den Pflanzen und ihren Eigenschaften erzählte.

»Brennnesseln sind sehr wichtige Pflanzen. Sie sind verpönt, aber ihre Heilkräfte sind enorm. Falls jemand von einem Zauber getroffen wurde, der ihn zu verbrennen droht, sind sie immer ein gutes Hausmittel. Du musst mit ihnen nicht mal einen Trank brauen.«

»Und wie kann ich ihre Kräfte nutzen?«

»Überlege.«

»Ich könnte die Blätter verwenden. Soll ich sie einfach auf die betroffenen Stellen legen?«

»Denk daran, du sollst mit Brennen das Brennen lindern.«

»Dann reibe ich mit ihnen über die Stelle.«

»Genau. Wenn du sie vorher noch zwischen deinen Fingern reibst, erhöhst du ihre Kräfte. Und immer, wenn du Kräuter direkt ohne Trank anwendest …«

»… verwende ich den Sana-Spruch.«

»Sehr gut. Kommen wir zum Frauenmantel. Entdeckst du ihn?«

Mayla suchte den Waldboden ab und erspähte die kreisförmigen, am Rand leicht ausgefransten Blätter. »Dort.«

»Richtig. Frauenmantel hilft bei vielen weiblichen Angelegenheiten, sowohl bei der Geburt als auch zur Linderung von Regelbeschwerden. Du kannst ihn direkt als Tee trinken. Erinnerst du dich an andere Möglichkeiten, die sich bei der Pflanze anbieten?«

»Die Tautropfen, die sich morgens auf den Blättern bilden, sind eine starke Zutat für vielerlei Tränke.«

»Exakt. Du solltest regelmäßig morgens durch den Wald laufen und dir ein paar Flakons voll sammeln, damit du immer genügend auf Vorrat hast. Jetzt leg deine Finger auf die Blätter und erspüre ihre Magie.«

Mayla tat es und schloss die Augen, als plötzlich eine Krähe laut krächzend zu ihnen geflogen kam. Mayla schreckte sofort hoch. »Ist das die von Vincent von Eisenfels?« Alarmiert deutete sie auf den schwarzen Vogel, der direkt auf sie zuhielt und irgendetwas im Schnabel hielt.

»Ich weiß es nicht. Bleib wachsam.«

Rasch standen die beiden auf und blickten dem Vogel entgegen, als der einen Trinkpokal vor ihnen in das weiche Moos fallen ließ und sofort wieder verschwand. Mayla bückte sich sogleich danach und deutete auf eine Gravur. »Der sieht so aus wie einer von Artus und Angelika.«

Ihre Oma nickte und riss ihr den Kelch aus der Hand. Noch während sie ihn an die Lippen führte, raunte sie: »Aperi!«

Sogleich schwebte das Gefäß in die Luft, drehte sich im Kreis und wurde durchscheinend. Gleichzeitig wurde in seinem Inneren eine Gestalt sichtbar, die größer und größer wurde, bis Violett vor ihnen stand. Das blasse Gesicht noch weißer als gewöhnlich keuchte sie: »Melinda, komm sofort auf die Burg!« Im nächsten Moment verschwand die Erscheinung gemeinsam mit dem Trinkpokal.

Mayla und Melinda sahen sich an und ohne zu zögern, packten sie ihre Amulettschlüssel und dachten: »Perduce nos in arcem!«

Kapitel 8

ierher!«, hörten sie schon Violetts verzweifelte Stimme aus dem Saal ertönen, noch bevor sie in der Eingangshalle gelandet waren. Sobald ihre Schuhe den Boden berührten, rannten sie sofort hinein und stockten. Anna stand neben dem Sofa, verschwitzt und mit tiefen Schnittwunden an den Armen und im Gesicht, und wankte ihnen entgegen.

»Hilfe!«

Auf der Liege lag Manuel, der am ganzen Körper zuckte. Mit schmerzverzerrtem Gesicht hielt er sich die Seite und wand sich hin und her. Um ihn herum standen Violett, Eduardo und von Donnersberg.

Sofort waren Mayla und Melinda bei ihnen. »Was ist geschehen? Wo ist Susana?«

»Sie haben uns entlarvt«, keuchte Anna. »Es waren so viele, wir hatten keine Chance. Susana hat sie abgelenkt, damit ich Manuel in Sicherheit bringen konnte. Sie müsste jeden Moment wieder hier sein.«

Wie aufs Stichwort kam die belesene Spanierin aus der Halle zu ihnen hereingestürmt und umarmte Anna. »Alles in Ordnung?«

Anna nickte und deutete auf Manuel, der bewusstlos zu werden drohte. Er glühte. »Ich weiß nicht, welchen Fluch sie ihm auf den Hals gehetzt haben, aber seine Kräfte schwinden mit jeder Minute.«

Melinda hob die Arme, worauf Manuel waagrecht in der Luft schwebte und sie ihn von allen Seiten betrachten konnte, bevor er wieder sanft auf dem Sofa landete. Er stöhnte auf und sie beugte sich über ihn, befühlte seinen Puls, seinen Oberkörper, seinen Hals und seine Hände – so wie es ein Arzt getan hätte. Stirnrunzelnd richtete sie ihre Fingerspitzen auf seine Brust, die sich hektisch hob und senkte.

»Es ist kein bekannter Fluch. Was haben sie nur mit dir gemacht?«

Artus und Eduardo traten einen Schritt zurück und warteten gespannt mit Mayla, Violett, Anna und Susana. Ohne einen Ton von sich zu geben, hielten sie sich im Hintergrund und beobachteten, wie Melinda mit flinken Fingern zu helfen begann.

Unvermittelt fiel Manuels Kopf schlaff zur Seite und er verlor das Bewusstsein. Seine Stirn glänzte vor Schweiß, obwohl sich auf seinen Armen Gänsehaut abzeichnete. Melinda tanzte mit den Fingern immer rascher über seine Brust, einen Zauber nach dem anderen murmelnd, doch keiner zeigte eine helfende Wirkung. »Vola!«, tönte ihre Stimme durch den Saal und wenig später kam ein Weidenkorb angezischt, der elegant neben ihr auf dem Steinboden landete. Mit geübten Fingern holte sie eine Tinktur nach der anderen heraus und kreiste mit den Fläschchen über seiner Brust, bis sie innehielt. Rasch entkorkte sie eines der Gefäße, strich mit dem kleinen Finger von innen den Hals entlang und hielt den Finger anschließend unter Manuels Nase, doch er zeigte keinerlei Regung. Sie wiederholte das Prozedere mit drei weiteren Fläschchen, aber auf keines reagierte er.

Georg und John kamen in den Saal gespurtet und sogleich zeichnete sich das Entsetzen auf ihren Gesichtern ab.

Flüsternd fasste Anna erneut zusammen, was geschehen war, während alle mit bangen Blicken Melindas Handgriffe verfolgten.

»Mein Gott, er wird doch wieder gesund werden, oder?«, wisperte Mayla, und schlang die Arme um sich.

»Keine Sorge, Melinda hat bisher jeden wieder auf die Beine gekriegt«, betonte Violett, doch auch auf ihrer Stirn bildete sich eine tiefe Sorgenfalte.

Unvermittelt schloss Melinda die Augen, atmete tief durch und legte ihre Hände auf seine Brust. Ihre Handflächen begannen zu glühen, während ihr Gesicht blasser wurde und ihr Körper erzitterte. Immer heftiger schüttelte es durch sie hindurch, während sie die Hände unentwegt auf Manuels Brust beließ, doch der erlangte das Bewusstsein nicht wieder.

»Oma?« Mayla wollte zu ihr, doch Georg und Artus hielten sie zurück.

»Lass sie. Melinda braucht Ruhe.«

»Aber sie gibt zu viel ihrer Kraft her. Seht ihr nicht, wie sie zittert?«

Melinda schwankte beinahe, doch die Zähne zusammengebissen hielt sie sich aufrecht. Mayla sah einen hellen Schein, der von ihr abging und sich über Manuel ausbreitete, doch er drang nicht in ihn hinein. Gleichzeitig erbebten die Hände ihrer Oma stärker und stärker.

Plötzlich war Angelika neben ihr. Wo kam die auf einmal her? Sie legte ihr die Hände auf die Schultern und raunte: »Das ist genug, Melinda. Es ist zu spät.«

Zu spät?

Melindas Schultern sackten nach unten, während sie erschöpft die Hände sinken ließ und Manuel unendlich traurig anblickte. Sein Keuchen ließ nach, und auf einmal hörte sein Brustkorb auf sich zu heben und zu senken, sondern stand still.

Stille breitete sich in dem Burgsaal aus. Alle Augen waren auf den regungslosen Einzelgänger gerichtet, dessen Antlitz nie wieder über einer philosophischen Schrift strahlen und dessen Hände nie wieder eine Feder halten würden, um seine Gedanken auf Papier zu bringen. Sein Sessel war verschwunden, als wüsste der, dass er nicht mehr gebraucht wurde. Manuel war tot, ermordet von den Jägern mit einem Fluch, den nicht einmal Melinda von Flammenstein hatte heilen können.

Angelika nahm seine Hände und faltete sie auf seiner Brust, strich ihm einmal über das schwarzgraue Haar und legte ihre Hand an seine Wange.

Mayla schluckte und nahm Violetts Hand. Ihre Freundin begann heftig zu zittern und mit kugelrunden Augen schlug sie sich die Rechte vor den Mund.

»Das kann doch gar nicht … Aber deine Oma kann jeden heilen!«

»Ich habe ihm nicht mehr helfen können …« Melinda drehte sich zu ihnen um, die Miene erschöpft und ihre Stimme klang unendlich traurig, beinahe fassungslos. Selbst sie schien nicht zu verstehen, was soeben geschehen war, welcher Fluch dazu in der Lage war, ihre mächtigen Kenntnisse sinnlos erscheinen zu lassen.

∞

Der Nachmittag verlief in tiefer Trauer. Kaum einer sagte mehr als nötig. Alle waren schockiert, was für ein mächtiger Zauber es gewesen war, den Melinda von Flammenstein nicht hatte heilen können. »Könnte es ein alter, vergessener Fluch gewesen sein, den die Jäger verwendet haben?«, überlegte Angelika leise.

»Anders kann ich es mir nicht erklären.« Melinda war auffallend kraftlos. Sie sprach kaum ein Wort und war tief in Gedanken versunken. Mayla sah ihr an, dass sie über ihre Kräfte hinausgegangen war. Sie musste sich dringend ausruhen, um wieder zu erstarken. Doch Mayla wusste, dass sie das ihrer Oma niemals vorschlagen durfte. Aber irgendwie musste sie ihr helfen, sie entlasten, damit Melinda nicht glaubte, alle Verantwortung läge alleine auf ihren Schultern.

»Vielleicht sollten wir in deinem alten Buch blättern, Angelika, das du mir gezeigt hast, um den Exsugo-Zauber zu brechen. Du erinnerst dich, der alte Fluch, der meiner Oma die Kräfte ausgesaugt hat? Vielleicht finden wir in dem Buch ein paar dieser Flüche, mit denen die Jäger neuerdings um sich schießen. Auf diese Weise können wir uns vorbereiten und gegebenenfalls schon ein paar Tränke brauen oder so.«

Angelika nickte. »Eine gute Idee. Ich werde mich darum kümmern.«

»Ich helfe dir«, murmelte Anna. Es war das erste Mal, dass sie seit Manuels Tod etwas sagte. Sogleich nutzte von Donnersberg ihre wiedergefundene Stimme. Er forderte von ihr und Susana eine detaillierte Beschreibung der Vorkommnisse an diesem Mittag. Immer und immer wieder sollten sie erzählen, was geschehen war, und immer wieder hakte er nach, bis er die kleinsten Details zusammenhatte.

»Wir sind nach Ulmenstadt gesprungen, gemeinsam, obwohl wir zwei Amulettschlüssel hatten. Gestern haben wir dort auf dem Marktplatz beobachtet, wie die Jäger Flugblätter verteilt und Reden gehalten haben. Es ging darum, wie sehr die Bevölkerung angeblich unterdrückt werden würde unter der Vorherrschaft der vier Zirkel, wie willkürlich die Oberhexen regierten und die Räte kaum ihre Kontrollfunktionen ausüben könnten. Bestes Beispiel sei der Feuerzirkel, in dem Melinda ohne Rücksprache die Räte abgesetzt und eigenmächtig sechs andere Personen mit dem Amt betraut hat.«

Alarmiert horchte Mayla auf. »Das ist doch erst heute Vormittag geschehen. Wenn sie so schnell davon wussten, dann war einer der Ratsmitglieder womöglich selbst ein Jäger.«

Melindas Augen verengten sich zu schmalen Schlitzen. »Oder einer der anderen Anwesenden.«

»Sie versuchen gegen die bestehende Ordnung Stimmung zu machen«, überlegte Pierre laut. »Merde! Manuel war mein Freund! Dafür werden sie bezahlen!«

»Meiner auch.« Violetts Kinn sackte fast bis auf ihre Brust und kaum hörbar flüsterte sie: »Er war es, der mich zu euch gebracht hat. Als ich allein war und verlassen, nachdem meine Eltern von den Jägern getötet worden waren. Er hat mich gefunden und mir von euch erzählt.«

Mayla nahm sie in den Arm, wo Violett schluchzend verharrte. Noch nie hatte ihr die Freundin davon erzählt und mitfühlend strich Mayla ihr über das rote Haar. Wie viele von ihnen hatten durch die von Eisenfels und die Jäger ihre Familie verloren?

»Waren Vincent oder Tom irgendwo auf dem Marktplatz zwischen den Jägern zu sehen?«, erkundigte sich von Donnersberg.

Anna und Susana schüttelten die Köpfe und die Spanierin fuhr fort: »Dafür haben wir Marianna gesehen – aber erst, nachdem Manuel getroffen wurde. Sie muss uns entdeckt und entlarvt haben. Die anderen hatten mir unbekannte Gesichter, sie konnten uns nicht kennen, aber Jäger waren es eindeutig. Vielleicht zwanzig an der Zahl.«

»Was ist geschehen, nachdem ihr dort angekommen seid, bevor Manuel getroffen wurde und ihr Marianna entdeckt habt?«, fragte Mayla.

Mit dem Fingerknöchel wischte sich Anna eine Träne unter dem Lidrand fort. »In aller Gründlichkeit haben wir uns umgesehen. Da uns niemand der Jäger bekannt vorkam, haben wir uns in Sicherheit gewogen und unauffällig unter die Zuhörer gemischt. Der Redner hat behauptet, Melinda sei im Begriff, die alleinige Herrschaft vorzubereiten, obwohl die Befehlsgewalt allen Hexen und Hexern gemeinsam zustünde.

Einer neben uns hat gefragt, wie sie darauf kämen. Melinda sei doch entführt worden von den Verstoßenen, allen voran dem Gesetzlosen Tom Carlos und seiner Bande. Daraufhin hat Manuel ihm zugeraunt, dass die Männer, die die Flugblätter verteilen und hier die großen Reden schwingen, selbst die Jäger sind und zahlreiche Hexen entführt und ermordet haben.« Annas Stimme brach und Susana ergriff unter dem Tisch ihre Hand.

»Sie verdrehen die Tatsachen«, bemerkte von Donnersberg.

»Das haben sie von Anfang an getan«, betonte Melinda. »Doch bis vor kurzem hat ihnen niemand Glauben geschenkt. Was hat sich in den letzten Wochen verändert?«

»Seit deinem Verschwinden ist die Anzahl der entführten und ermordeten Hexen stark angestiegen. Es sind sogar ein paar Zeitungsartikel darüber erschienen, dass diesen Frauen und Männern ihre Kräfte geraubt wurden. Wahrscheinlich haben die Leute Angst.«

»Und lasst mich raten«, Melinda warf einen zornigen Blick in die Runde. »Als Verantwortliche wurden Tom und die Verstoßenen genannt.«

»Nein«, schaltete sich Mayla ein. »In dem Artikel, den ich gelesen habe, wurden ganz klar die Jäger als Schuldige betitelt. Aber es hieß, Tom sei ihr Anführer.« Nie würde sie den Zeitungsbericht vergessen, in dem von ihr selbst als der verwirrten Hexe die Rede gewesen war.

Erbost verschränkte Pierre die Hände vor der Brust. »Und wieso hören die Leute dann plötzlich den Jägern zu und behaupten, wir wären die Verbrecher?«

»Von Anfang an wurden wir als Verbrecher dargestellt«, ging Angelika dazwischen. »Daran hat sich nichts geändert. Sie haben uns allerdings bis vor kurzem mit den Jägern in einen Topf geworfen.«

»Die Leute in Ulmenstadt waren auf jeden Fall verwirrt, aber es haben auch einige interessiert zugehört.« Susana schüttelte den Kopf, dabei schwangen ihre großen Ohrringe um ihren Hals. »Ich weiß nicht, wie viele der Anwesenden den Jägern Glauben geschenkt haben.«

Anna ballte die Hände zu Fäusten. »Auf jeden Fall sind wir nun alle nicht mehr sicher! Marianna hat unsere Namen und Gesichter bekanntgegeben. Vielleicht gibt sie die sogar an die Polizei weiter. In jedem Fall weiß Vincent, wer zur Opposition gehört. Wir müssen unsere Familien vorbereiten, sie schützen und vielleicht sogar herbringen. Und natürlich auch alle anderen Mitglieder warnen, die nicht dem Inneren Kreis angehören. Sie befinden sich in ebenso großer Gefahr!«

Müde rieb sich Melinda über die geschlossenen Augen.

»Wir müssen schneller sein. Alle, die sich jemals kritisch geäußert haben, sollten wir aufsuchen und uns verbünden, vernetzen, damit Vincent uns nicht auseinandertreiben kann. Nur gemeinsam haben wir eine Chance gegen ihn.«

»Zum Glück haben wir dich auf unserer Seite«, sagte Susana. »Immerhin bist du die stärkste Hexe der letzten Jahrhunderte.«

Melinda schmunzelte müde, doch endlich schien sie den Schock überwunden zu haben, dass ihre Kräfte zum ersten Mal nicht ausgereicht hatten. Mayla konnte dabei zusehen, wie sich ihre Energie von Minute zu Minute regenerierte. Langsam tätschelte ihre Oma der Spanierin die Hand.

»Wir werden den Besen schon schaukeln, meine Liebe. Also, jeder, der jemanden kennt, der bislang kein Mitglied der Opposition ist, aber möglicherweise auf unserer Seite stehen könnte, den sucht ihr auf und versucht ihm die Augen zu öffnen. Geht außerdem zu euren Familien und warnt sie vor möglichen Angriffen. Wir dürfen sie nicht unvorbereitet lassen.«

Georg schlug entschlossen mit der Faust auf den Tisch, dass es rumste. »Ich werde wieder zu meinen Kollegen gehen. Und John wird mich begleiten, das haben wir vorhin besprochen. Ich werde einige Unterstützer finden, davon bin ich überzeugt. Es wäre gut, wenn ich mir deinen Amulettschlüssel noch einmal borgen könnte, Mayla.«

Ihr Herz begann schneller zu schlagen. »Den brauche ich leider selbst. Ich habe mit meiner Oma heute Abend noch Pläne.«

Neugierig schaute er sie an, beinahe meinte sie, ihn erraten zu sehen, dass außerdem ein Treffen mit Tom auf ihrem Tagesplan stand, doch das war natürlich Unsinn. Wenn

Hexen Gedanken lesen könnten, hätte ihr doch längst jemand davon erzählt, oder?

»Wir werden dir unseren Amulettschlüssel ausleihen«, kam von Donnersberg ihr unerwartet zu Hilfe, und Georg bedankte sich bei ihm.

»Du willst zur Polizei mitgehen?« Anna sah zweifelnd zu John. »Du trägst keinen Siegelring – nicht, dass sie dich einsperren und wir dich auch noch aus einem der Gefängnisse rausholen müssen.«

»Jesus, mich würden die gar nicht erwischen.« Demonstrativ verschränkte der Engländer die muskulösen Arme vor der Brust, doch die unangreifbare Zuversicht war angesichts Manuels Tod auch aus seinem Gesicht verschwunden.

Georg hielt Anna seine siegelringlosen Hände unter die Nase. »Da ich neuerdings auch ein Verstoßener bin – auch wenn es etwas anders ablief, als bei euch –, werden sie ihm schon nichts tun.«

Susana tippte mit dem Fingernagel zornig auf den Tisch, worauf Georg sie stirnrunzelnd ansah. »Du denkst vielleicht, dass es bei uns anders ablief. Aber mir wurde ebenso wie dir der Ring von der Polizei einfach vom Finger gerissen.«

Entgeistert sah Georg sie an. »Wie bitte?«

»Es geschah vor zwei Jahren. Ich war hier, um zu einer Sitzung des Feuerzirkels zu gehen, und spazierte vorher durch Kassel. Ich habe beobachtet, wie drei Männer in einer Gasse eine Frau verhext haben, um sie willenlos zu machen. Ich bin sofort hingerannt und habe den Bann gebrochen, worauf die Unschuldige entkommen konnte. Doch schneller als ich mich versah, tauchte ein Polizist hinter mir auf. Ich wollte ihm erklären, was ich beobachtet habe, doch er gehörte zu den Jägern. Er riss mir meinen Siegelring vom

Finger und lachte, jetzt sei ich ohnehin vogelfrei und sie könnten mit mir machen, was sie wollten. Doch ich hatte zum Glück ein Schutzamulett dabei. Bevor sie mir etwas antun konnten, bin ich fortgesprungen und von da an war ich eine Verstoßene.«

Fassungslos schüttelte Georg den Kopf. »Bist du nicht zur Polizei gegangen, um die Sache zu erklären?«

»Natürlich bin ich das, aber der Polizist, der mir den Ring abgenommen hat, war auf derselben Wache stationiert und hatte bereits einen Bericht über mich geschrieben.«

»Was?« Mayla sah sie aus großen Augen an. Wie vielen der hier Anwesenden war es ähnlich ergangen? Und wie vielen Menschen dort draußen, die niemals zur Opposition gefunden hatten? Kein Wunder, dass Tom sie so lange Zeit vor der Polizei gewarnt und Georg misstraut hatte. »Aber woher kannte der Polizist deinen Namen?«

»Unsere Namen sind mit unseren Siegelringen verknüpft.«

Georg strich sich über den kurzgeschorenen Bart. »Ich kann es kaum glauben. Und wie ging es weiter, Susana?«

»Einer der Polizisten auf der Wache hat mich unter dem Vorwand, mich wegzusperren, durch einen Seitengang nach draußen geführt. Er wusste von den unlauteren Methoden seiner Kollegen und wollte nicht länger tatenlos dabei zusehen. Ich konnte entwischen, aber wie ich später erfahren habe, wurde er ins Gefängnis gesteckt, um ihn mundtot zu machen.

Ich habe hin und her überlegt, wo ich hingehen könnte, als ich durch Zufall Melinda in Ulmenstadt gesehen habe. Sofort habe ich ihr alles erzählt, worauf sie mich mit zur Opposition genommen hat.«

Melinda lächelte ihr aufmunternd zu. »Ich erinnere mich gut an den Tag.«

»Zum Glück hast du unbeschadet zu uns gefunden«, betonte Angelika.

Mayla sah zu Anna, die die Lippen aufeinanderpresste. »Und was ist bei dir damals geschehen? Wie bist du auf Burg Donnersberg gekommen?«

Ihr Blick wurde hart. »Du kannst es dir ungefähr so vorstellen wie bei Susana, nur dass bei mir kein netter Polizist auf der Wache war. Als es bereits echt übel wurde, hat Tom mich dort rausgeholt und hergebracht.«

Kein Wunder, dass sie so extrem misstrauisch war und Tom vehement verteidigte.

»Das sind ja furchtbare Erlebnisse. Entschuldige, ich wollte dich nicht daran erinnern.« Sie lächelte Anna an, die unerwartet die Hand auf ihre legte.

»Es ist lange her und ich bin froh, dass ich hergefunden und die Wahrheit erkannt habe.«

Georg unterdessen seufzte auf. »Wie ihr wisst, habe auch ich lange Zeit einen inneren Kampf gefochten. Doch seit einer Weile habe ich begriffen, dass das Schwarz-Weiß-Denken überholt ist und die Verstoßenen entkriminalisiert werden müssen. Wie auch immer sich Susanas Geschichte anhören mag, welchen Eindruck sie vermitteln muss, aber nicht alle Polizisten sind schlecht. Viele meiner Kollegen haben ebenso fassungslos wie ich reagiert, als ich mit ihnen gesprochen habe. Okay, einige wissen von den gesetzlosen Umtrieben mancher Kollegen und lassen sie gewähren. Aber ihr werdet sehen, ein Großteil meiner Belegschaft wird an unserer Seite stehen. Sie sind bereit, euch zuzuhören und euren Worten Glauben zu schenken.«

»Das ist zu wünschen. Wir haben uns lange genug verborgen gehalten.« Von Donnersberg strich sich geduldig über seinen herrschaftlichen Mantel. »Wollen wir hoffen, dass sich die Zeit, in der wir als Verstoßene bezeichnet werden, dem Ende nähert.«

Kapitel 9

Manuels Tod und die damit einhergehende Stille drückten schwer auf die Gemüter. Sie entschieden, den ermordeten Freund vorerst in einem der Zimmer aufzubahren, damit sich jeder, der das wollte, in Ruhe von ihm verabschieden konnte. Thomas Winkler, dem es endlich wieder besser ging, bot an, die Nachricht der Familie zu übermitteln. Über die Art und Weise des Begräbnisses sollten Manuels Eltern oder Geschwister entscheiden.

Während Angelika es übernahm, den Raum mit Blumen zu dekorieren, und Violett Manuel wusch und auf dem Bett herrichtete, verabschiedeten sich Melinda und Mayla. Nicht mehr lange und ihr Treffen mit den Oberhäuptern der vier Zirkel würde beginnen, und zuvor wollte Melinda noch einen Abstecher machen.

»Wir müssen mit Bertha reden. Mit Sicherheit wird sie sich auch der Opposition anschließen. Schließlich beherbergt sie seit Jahrzehnten in ihrem Hotel Gäste, egal welche Vorgeschichte sie zu ihr geführt hat.«

In Gedanken sah Mayla die buckelige alte Frau vor sich stehen. »Eine gute Idee. Bertha hat mich damals bei sich aufgenommen, in meiner ersten Nacht als Hexe, und mir beim Frühstück einiges über die Zirkel erzählt. Sie war eine der ersten, die mir ein paar Antworten gegeben hat. Ich freue mich darauf, sie endlich einmal wiederzusehen.«

»Dann lass uns keine Zeit verlieren.«

Nach einem schnellen Imbiss sprangen die beiden in die Weltenfalte, in die Mayla an ihrem ersten Tag als Hexe hineingestolpert war, und landeten direkt in Berthas Hotel.

Es war früher Abend und sie hatten eine knappe Stunde, bevor sie zu ihrem Treffen mit den Oberhexen aufbrechen mussten. Noch immer hatte Melinda keine Falte erschaffen, wo sie sich treffen konnten, deshalb schauten sie ständig auf die Uhr.

Bertha kam ihnen sogleich entgegengeschlurft, die kräftigen schneeweißen Haare in einem strengen Dutt am Hinterkopf befestigt und die Hände auf einen Stock gestützt.

»Hallo ihr beiden mächtigen Feuerhexen. Ich habe mich schon gefragt, wann ihr mich endlich besuchen kommt.« Ihre Whiskeystimme war unverändert rau und ihre dunkelbraunen, beinahe schwarzen Augen leuchteten auf, während sie sie mit der Hand zu einer etwas abgelegenen Sitzgruppe einlud. Die Sessel befanden sich in einer Nische der Eingangsdiele gegenüber vom Frühstücksraum und den Treppen, sodass kein Gast direkt an ihnen vorbeikommen würde.

»Danke, Bertha. Ich habe es nicht früher geschafft, sonst wäre ich schon eher zu dir gekommen.« Melinda schloss die alte Hexe in die Arme und es war unverkennbar, dass die beiden seit Jahrzehnten befreundet waren. Durch die starke buckelige Haltung der alten Frau waren die beiden in etwa gleich groß und als Mayla die beiden nebeneinander sah, fragte sie sich, wie mächtig die alte Bertha war. Seit ihre Oma sie darauf aufmerksam gemacht hatte, versuchte Mayla jegliche Magie in ihrer Umgebung wahrzunehmen, und von Bertha gingen enorm starke Kräfte aus.

Lächelnd reichte sie Bertha die Hand. »Ich freue mich auch, hier zu sein. Es war damals so nett von Ihnen, mich aufzunehmen, obwohl Sie gar nicht wissen konnten, wer ich bin.«

»Das ist selbstverständlich, Liebes.« Ein verstohlenes Grinsen huschte über die dünnen Lippen. »Ich habe gehört, du bist dem Tode nur knapp entronnen, Melinda?«

Mit Nachdruck winkte ihre Oma diese Tatsache beiseite. »Jedenfalls ist heute der erste Tag, an dem ich wieder unterwegs bin. Deshalb komme ich dich erst jetzt besuchen. Wie geht es dir?«

»Ach, ich kann nicht klagen. Die Familie macht mir zu schaffen, aber wir werden den Besen schon schaukeln.« Bertha zwinkerte Mayla zu, als wüsste sie, wovon die alte Frau sprach. »Und wo hat dich dein Weg heute bislang hingeführt?«, wandte sie sich wieder an Melinda.

»Wir waren im Hauptquartier. Ich musste nach dem Rechten sehen und im Rat aufräumen. Aber ich bin zuversichtlich, unseren Zirkel mit den neuen Ratsmitgliedern sicher durch diese aufreibenden Zeiten zu führen.«

Bertha beobachtete sie interessiert, als wartete sie darauf, ob Melinda mehr preisgab, doch als diese schwieg, fragte sie nicht näher nach. Stattdessen wandte sie sich an Mayla. »Du trägst noch immer keinen Siegelring.« Wieder einmal eine Feststellung und keine Frage – die Alte hatte sich nicht verändert.

»Nein, aber wie ich weiß, macht Ihnen das nichts aus, nicht wahr?«

Bertha antwortete nicht, doch sie blickte interessiert zwischen ihr und Melinda hin und her. »Weshalb seid ihr beiden hier?«

Mayla nahm ihren herzförmigen Anhänger zwischen die Finger und ließ ihn an ihrer Kette hin- und herfahren. Bertha beobachtete die Geste aus dem Augenwinkel, während Melinda das Wort ergriff. Ihre Augen weiteten sich für einen Moment, und während sie Melinda zuhörte, beobachtete sie Mayla unablässig.

»Bertha, hast du schon erfahren, dass Vincent von Eisenfels aus der verborgenen Falte entkommen ist?«

»Ich habe einige Stimmen etwas munkeln gehört. Also ist es wahr?«

»Ich befürchte, ja. Und nicht nur das. Offenbar hat er bereits vor Jahren einen eigenen Zirkel gegründet, dem die Jäger angehören. Deshalb sind wir unterwegs. Alle, die unsere Ordnung aufrechterhalten wollen, müssen jetzt zusammenhalten. Du bist eine der mächtigsten Hexen, die ich kenne – auch wenn du es gerne vor anderen verbirgst.«

»Ach …« Bertha winkte mit ihrer schrumpeligen Hand ab, noch immer die dunklen Augen auf Maylas Kette gerichtet.

»Nein, nein, die Zeit ist gekommen, die Karten auf den Tisch zu legen. Ich habe mich gewundert, dass du damals die Einladung in das Hauptquartier des Erdzirkels nicht angenommen hast, um für das Amt der Oberhexe zu kandidieren. Aber mir ist klar, dass deine Kräfte in den letzten Jahren um ein Vielfaches gewachsen sein müssen. Ich spüre es. Wir könnten dich wirklich gut an unserer Seite gebrauchen!«

»An eurer Seite?« Die Alte lachte auf. »Ich bin zu alt, um zu kämpfen.«

»Was ist mit deiner Familie?«, ging Mayla dazwischen und nahm die Hand von der Kette. »Möchtest du für deine Kinder und Enkel nicht eine Welt hinterlassen, in der sie ein sicheres Leben führen können?«

»Ach, die interessiert das nicht.«

»Wo leben sie eigentlich? Auch hier in der Falte? Dann wird sie das Ganze bald interessieren müssen.«

»Die sind ausgewandert.« Bertha winkte ab. Offenbar war die Angelegenheit damit für sie erledigt.

Melinda faltete die kleinen Hände ineinander. Durch die Geste wirkte sie gelassen, obwohl die Ungeduld für jeden in ihrem Gesicht zu lesen war. »Bertha, wir zwei sind seit so langer Zeit befreundet. Du warst damals an meiner Seite, als Emma gestorben ist, und hast mir geholfen, meinen Schmerz zu überwinden.«

Bertha wandte den Blick von Mayla ab und beobachtete Melinda wachsam. »Und obwohl wir so lange befreundet sind, hast du mir niemals davon erzählt, dass Emma eine Tochter hatte …«

»Du wirst mir das nicht zum Vorwurf machen. Irgendjemand, dem ich damals vertraut habe, hat Emma und mich verraten. Ich durfte bei Mayla kein Risiko eingehen.«

»Dabei war Vincent in der Falte eingesperrt.«

»Du weißt so gut wie ich, dass er mächtige Unterstützer hat, die wir noch nicht alle enttarnt haben.«

Einsichtig nickte Bertha und sah erneut zu Mayla, die mit ihrem Anhänger spielte. »Liebes, nun, da Vincent wieder auf freiem Fuß ist und es offenbar einen Metallzirkel gibt, solltest du das Schmuckstück besser ausziehen. Du wärst nicht die erste, die von einem von Eisenfels mithilfe der eigenen Halskette erdrosselt werden würde.«

Hellhörig setzte Mayla sich auf und legte die Hände auf das Schmuckstück. »Aber die hat mir meine Mutter geschenkt. Sie gibt mir Kraft und schützt mich.«

»Deine Mutter?«

Bertha legte den Kopf leicht schräg und betrachtete sie so eindringlich, dass ihr unweigerlich ein Schaudern über den Rücken wanderte. Sie hatte das Gefühl, die Alte könne in ihr Innerstes sehen, und wandte rasch die Augen ab.

»Nicht von Emma, die kannte ich ja gar nicht, sondern von Anneliese, meiner Ziehmutter. Der Frau, bei der ich gewohnt habe.«

Bertha nickte verständnisvoll. »Dennoch würde ich das Risiko nicht eingehen. Du wirst noch immer ganz oben auf Vincents Liste stehen – denk daran, Liebes.«

Mit geschlossenen Augen umfasste Mayla das goldene Herz. Sie erinnerte sich, als wäre es gestern gewesen. Damals war sie fünfzehn Jahre alt und Florian, der zwei Klassen über ihr war, hatte ihr eine Abfuhr erteilt. Todtraurig hatte sie sich einer Freundin anvertraut, die verständnislos aufgelacht und Mayla als dummes naives Kind bezeichnet hatte. Diese Aussage hatte sie mehr verletzt als die Ablehnung durch den gutaussehenden Sportler.

Ihre Mutter hatte damals alles mitangehört und sie getröstet. »Mein Schatz«, hatte sie gesagt. »Es gibt einige, die bezeichnen freundliche und treuherzige Menschen als naiv, nur weil sie an das Gute in jedem von uns glauben. Sie wollen uns damit zurechtweisen, auf dass wir ebenso zynisch und misstrauisch werden wie sie selbst. Aber ich finde, es ist eine große Stärke, wenn man trotz schlechter Erfahrungen sein Herz rein belässt und weiterhin an das Gute glaubt.« Sie hatte ihre goldene Kette mit dem herzförmigen Anhänger ausgezogen und um Maylas Hals gelegt, die das Schmuckstück seither nicht einen Tag abgelegt hatte. »Natürlich ist es wichtig, aus Fehlern zu lernen und klug zu handeln. Versprich mir, mein Schatz, dass du immer deinen Verstand einsetzt, aber dennoch das Vertrauen nicht verlierst. Höre auf dein Herz.«

Mayla sah auf und blickte fragend zu ihrer Oma, die bestätigend nickte. »Bertha hat recht. Mir ist die Kette gar nicht aufgefallen, sonst hätte ich es dir schon eher gesagt. Vincent beherrscht Metall wie wir das Feuer.«

»Und was ist mit der Kette des Amulettschlüssels?«

»Die Amulettschlüssel sind Teil der alten Magie, ebenso wie die Ketten, mit denen sie um den Hals getragen werden.«

»Verstehe. Also bleibt mir wohl keine Wahl.« Sie seufzte auf. Ein weiterer Schritt, der sie von ihrem früheren Leben entfernte … Da es unabdingbar war, löste sie den Verschluss und ließ die Kette und den Anhänger in ihre hohle Hand gleiten. Wehmütig steckte sie sie in ihre Hosentasche, die leider keinen Verschluss hatte. Schützend legte sie ihre Hand über dem Stoff um die Kette, damit sie nicht hinausfiel. Sie brauchte dringend ein gutes Versteck für den Schmuck, bis dieser ganze Wahnsinn vorbei war.

»Also, Bertha, denk in Ruhe über meine Worte nach. Ich hätte dich gerne an meiner Seite, um diesen elenden von Eisenfels ein für alle Mal zu besiegen.«

Die Augen der Alten schienen noch dunkler zu leuchten. »Ich denke darüber nach, aber rechne nicht damit, mich an deiner Seite zu sehen. Ich bin zu alt und die ganze Sache geht mich nichts an. Außerdem hat mich meine Familie zu sich eingeladen. Ich soll den Sommer an ihrer Seite verbringen. Ich überlege, das Hotel für ein paar Wochen zu schließen.«

Mayla schlug die Hände im Schoß zusammen. »Aber was ist mit der Zukunft der Menschen hier? Du könntest deine Familie auch später besuchen fahren, wenn …«

»Wenn was?« Fragend sah sie Mayla an, während sich Melinda abwartend zurücklehnte.

Mayla ballte die Hände zu Fäusten und sah Bertha entschlossen an. »Wenn wir Vincent besiegt haben.«

»Werdet ihr das?« Bertha forschte in ihren Augen, doch bevor Mayla der Blick unangenehm wurde, schüttelte die Alte den Kopf. »Meine Familie ist fort und es gibt nichts außer diesem Hotel, dem ich verpflichtet bin. Neutralität war immer mein oberstes Gebot, das weißt du. Deshalb kommen die Leute zu mir. Jeder ist bei mir willkommen, egal woher er kommt.«

Sie schafften es nicht mehr, die Alte zu überreden, doch die Zeit rannte. »Wir haben noch einiges vor. Schade, dass wir dich nicht überzeugen konnten, gemeinsam mit uns für das Gute zu kämpfen. Aber falls du es dir dennoch anders überlegst, sag mir Bescheid.« Melinda und Bertha drückten sich lange und verabschiedeten sich voneinander.

Melinda nahm Maylas Hand. »Wir springen an einen geheimen Ort. Halt dich fest, ich nehme dich mit.« Und im nächsten Moment wirbelten die Holzwände und die Möbel des Hotels in einem Gemisch aus Brauntönen um sie herum. Sie hoben vom Boden ab und in die Farben mischte sich ein kräftiges Grün, bis sie auf weichem Boden landeten.

Kapitel 10

Sie landeten in einem dichten Wald, in dem keine Menschenseele unterwegs war. Ein paar Schritte weiter befand sich eine beschauliche Lichtung, auf der hochgewachsene Waldblumen für pinke Farbtupfer sorgten.

»Die sehen ja schön aus. Was sind das für Blumen?«

»Knabenkraut. Ich sammle es gerne für Tränke bei Magen- oder Darmproblemen. Aber jetzt müssen wir uns beeilen und eine Weltenfalte erschaffen, bevor die Zirkeloberhäupter losspringen.«

Mayla überblickte die idyllische Lichtung, bis ihr etwas einfiel. »Woher wissen sie, mit welchem Spruch sie hergelangen?«

»Sie werden einfach sagen: ›Perduce me ad colloquium cum Melindae‹, bringe mich zur Besprechung mit Melinda.«

»Verstehe.« Sie trat auf die Wiese. »Hier werden wir die Falte erschaffen, oder?«

»Exakt. Am besten, wir machen es wieder zusammen. Auf diese Weise sparen wir Energie und du lernst es.«

»Wunderbar. Ich bin dabei. Moment, darüber stand allerdings nichts im Grundlagenbuch.«

»Es wäre zu auffällig gewesen, wenn ich es hineingeschrieben hätte, da ohnehin nur Mitglieder der Gründerfamilien diesen Spruch anwenden können.«

»Und die von Eisenfels …«

»Richtig.«

»Gut, dass meine Magie freigesetzt wurde, bevor du abgetreten bist. Wieso hast du eigentlich so lange gezögert? Als ich ganz klein war, klar, aber ich hätte doch spätestens mit zehn oder fünfzehn, meinetwegen mit zwanzig eingeweiht und ausgebildet werden können.«

»Ich habe oft mit mir gerungen, das kannst du mir glauben. Lange habe ich gezögert, weil du glücklich warst und ich dich nicht aus deiner gewohnten Umgebung reißen wollte – erst recht nicht als Kind. Ich wollte nicht dein trauriges Gesicht sehen, wenn ich dir sage, dass deine wahren Eltern tot sind. Und dann warst du studieren und dabei auch so glücklich und nicht viel später bist du mit diesem dämlichen Henning zusammengekommen. Entschuldige, Schatz, aber was war das bitte für eine Wahl?«

»Jetzt lenk nicht vom Thema ab. Außerdem hast du versprochen, dich niemals in die Wahl meiner Männer einzumischen. Im Übrigen sind wir gar nicht mehr zusammen.«

»Was seltsamerweise nicht von dir ausging …«

»Mensch, ich war glücklich. Wir hatten ein paar wunderschöne gemeinsame Jahre und ich dachte, er sei der Mann fürs Leben, der Mann, mit dem ich …«

»Mit dem du was?«

Mit dem ich eine Familie gründen wollte, war Mayla in den Kopf geschossen, doch sie verschwieg es. Sie wollte nicht das Gesicht ihrer Oma sehen, wenn sie den wahren Trennungsgrund erfuhr. Und in dem Moment verstand sie, was ihre Oma all die Jahre hatte zögern lassen, den Bann über sie zu brechen und ihr reinen Wein einzuschenken. Zärtlich betrachtete sie Melinda und nickte ihr zu.

»Ist schon gut. Lass uns die Falte machen – bevor das Treffen platzt, weil wir nicht rechtzeitig fertig werden.«

»Ich werde niemals zu spät fertig! Also, komm mit auf die Lichtung, direkt in die Mitte.« Mit ungewohnt großen Schritten lief Melinda voneweg und Mayla folgte ihr. Die Sonne hatte ihren Zenit schon vor Stunden überschritten, aber es würde noch ein paar Stunden hell bleiben, und so beleuchtete sie die Wiese mit ihren warmen Strahlen.

»Du musst dir den Raum vorstellen, den du abschotten willst. Wir nehmen die komplette Lichtung, verstanden? Und dann stellst du dir bildlich vor, wie diese Lichtung einmal zuklappt, sodass sie verschwindet, und wieder aufklappt. Dabei sprechen wir folgenden Zauber: ›Contrahe, munde!‹ Bist du bereit?«

Mayla neigte den Kopf nach links, nach rechts und wieder nach links, und legte ihre Hände in Melindas, sodass sie sich mitten auf der Lichtung gegenüberstanden. Ein letztes Mal überblickte sie den Raum, der zu einer Weltenfalte werden sollte, und schloss die Augen.

Vor ihrem inneren Auge stellte sie sich vor, wie die Lichtung zusammendrängte, bis sie in einem senkrechten Lichtstrahl zusammenklappte und verschwand. Dann tauchte der Blitz wieder auf, öffnete sich und die Lichtung schob die Bäume wieder auseinander, sodass es aussah wie zuvor. Da sie bei der Befreiung ihrer Oma in Südengland zugesehen hatte, wie sich eine verborgene Falte öffnete, fiel es ihr anhand ihrer Erinnerungen leichter, sich auf die neu zu erschaffende Falte zu konzentrieren und sich alles bildlich vorzustellen.

»Bereit.«

»Contrahe, munde!« riefen sie im Chor, worauf der Raum um die Lichtung hell aufglühte. Als Mayla die Augen wieder öffnete, meinte sie noch so etwas wie elektrische Ladung nahe der Bäume zu erkennen, doch wenig später waren die Lichtfunken verschwunden.

»Wow, hat es geklappt?«

»Natürlich hat es das.«

»Und wir stehen bereits mitten in der Falte, richtig?«

»Exakt.«

»Puh, ich fühle mich so erschöpft, wie man sich nach einem Marathon fühlen muss – nicht, dass ich je einen gelaufen wäre.«

»Du wirst dich rasch regenerieren. Ruh dich aus, bis es losgeht. Jetzt heißt es ohnehin abwarten und Daumen drücken, dass die anderen kommen.«

»Zweifelst du etwa daran, dass sie auftauchen werden?«

»Andrew und Phylis werden es nicht wagen, meine Einladung abzulehnen. Aber Alessia war die letzten Jahre sehr frostig. Wir haben uns seit Emmas Tod nicht mehr gesehen, da sie nicht einmal den großen Zeh aus ihrem Hauptquartier herausgestreckt hat. Obwohl ich es natürlich hoffe, bezweifle ich ehrlich gesagt, dass sie erscheinen wird.«

Sie warteten eine Weile, beide mehr als ungeduldig. Während Melinda auf- und ablief, wodurch sie bereits einige Grashalme dauerhaft zu einem Trampelpfad umgeknickt hatte, rieb sich Mayla unablässig über den nackten Hals und das Schlüsselbein, an dem ihre vertraute Kette fehlte und der Anhänger nirgends zu ertasten war. Nicht auszudenken, wenn sie sie verlor! Immer wieder vergewisserte sie sich durch einen Griff in die Hosentasche davon, dass das Schmuckstück noch an Ort und Stelle war. Nicht einen Moment hatte sie daran gedacht, dass die Kette zu ihrem Verhängnis werden könnte. Zum Glück hatte die alte Bertha sie gewarnt.

Wie lange es wohl noch dauerte, bis die Zirkeloberhäupter auftauchten? Durch einen Blick auf ihre Armbanduhr vergewisserte sie sich, dass es in einer Minute Punkt
neunzehn Uhr sein würde. Wer wohl als erster kam? Und ob
sie überhaupt alle hersprangen? Wie hatte sich Alessia De
Fonte entschieden? Würde sie sich wieder weigern mitzu-
helfen und sich weiterhin in ihrem Hauptquartier abschotten? Oder war die Zeit gekommen, da sie mutiger wurde?
Irgendwie konnte Mayla es sich nach all den Erzählungen
kaum vorstellen, aber hoffentlich irrte sie sich.

Als der große Zeiger auf die Zwölf sprang, erschienen ein
paar Schritte vor ihr zwei Lichtfunken. Im nächsten Moment
stand Andrew Montgomery vor ihnen. Er trug noch immer
den langen schwarzen Mantel und der Blick aus seinen
dunklen Augen war mehr als misstrauisch, während er blitzschnell einen Ring aus Wind um sich herum blies, hinter dem
er sich geschützt umsehen konnte. Wieder fiel Mayla auf, wie
charmant er aussah, doch etwas Dunkles lag in seinem Blick,
das ihr nicht gefiel. Beim näheren Hinsehen erkannte sie
deutlich das Grün seiner Augen. Er verschleierte es nicht
mehr – dennoch wirkte seine Iris nahezu schwarz.

Zeitgleich materialisierte sich neben ihm eine alte Frau,
deren weißes Haar in starkem Kontrast zu ihrer sonnen-
gebräunten Haut und ihren dunklen Augen stand. Die weiten Ärmel ihres türkisfarbenen Kleides schwangen umher,
während sie mit dem Zauberstab einen Erdwall um sich
hexte, der offenbar ebenfalls eine Schutzwirkung hatte. Das
musste Phylis Drimakou sein.

Aus ihren braunen Augen sah sie sich um und obgleich
auch sie einen Schutzring um sich gehext hatte, war ihr Blick
offen und freundlich.

Ein weiteres Funkeln blieb aus. Verspätete sich Alessia oder würde sie tatsächlich nicht auftauchen?

»Herzlich willkommen, Andrew und Phylis.« Melinda breitete lächelnd die Arme aus. »Ich verstehe, dass ihr euch schützen wollt, aber wir haben niemandem außer euch von diesem Treffen erzählt und diese Weltenfalte eben erst erschaffen. Ich gehe davon aus, dass wir sicher sind. Und sobald wir komplett sind, können wir einen Schutzring ziehen.«

Auf einen Wink ihres Zauberstabes ließ Phylis den Erdwall sinken. Ihr breites Lachen strahlte so viel Wärme aus, dass Mayla unwillkürlich zurücklächeln musste.

»Wie erbaulich, die nächste Generation des Luft- und des Feuerzirkels kennenzulernen. Ich bin hocherfreut, dass es euch beiden gutgeht, Mayla und Andrew, und dass wir euch im Kreise der Oberhexen begrüßen dürfen.«

»Danke. Ich freue mich auch.« Neugierig betrachtete Mayla die alte Frau, die den mäßigen Falten nach zu urteilen etwas jünger sein musste als ihre Oma. Ihre Aura war mächtig, und sie wirkte bescheiden und friedlich. Dann wandte sich Mayla an den Erben der Luftdynastie. »Wie geht's dir, Andrew?«

Er ließ den Schutzkreis aus Wind nicht verschwinden und blieb einige Meter entfernt von ihnen stehen. Seine Mimik war undurchdringlich, durch nichts kam er ihnen entgegen, nein, der Wind um ihn herum verstärkte sogar die Distanz, die er unter allen Umständen zwischen ihnen beibehalten wollte. »Ich kann nicht klagen.«

»Ich freue mich sehr, dass wir uns wiedersehen. Hast du dich in deinem Zirkel eingefunden?«, versuchte Melinda Zugang zu ihm zu finden.

Er antwortete nicht, sondern reagierte nur mit einem einfachen Nicken. »Weshalb hast du uns zusammengerufen? Ich hoffe, ihr habt mittlerweile einen Plan. Was wollt ihr gegen Vincent unternehmen?«

»Wollen wir nicht noch einen Moment warten?« Mayla sah fragend in die Runde. »Vielleicht kommt Alessia in ein paar Minuten.«

Andrews Miene verfinsterte sich noch mehr. »Die bestimmt nicht. Schon damals hat sie unsere Familien im Stich gelassen. Die braucht sich gar nicht blicken zu lassen.«

»Mit so viel alter Wut können wir uns schlecht verbünden, lieber Andrew«, mahnte Melinda mit strengem Blick.

»Vielleicht will ich das auch gar nicht. Die letzten Jahre bin ich gut alleine zurechtgekommen. Ich werde Vincent auch ohne euch zu Fall bringen – koste es, was es wolle!«

Koste es, was es wolle? Das klang beinahe so, als würde der Lufterbe über Leichen gehen, um seine Rache zu bekommen. »Ich denke, gemeinsam erreichen wir mehr als alleine«, entgegnete Mayla, auch wenn sie mit einem Mal ein mulmiges Gefühl beschlich bei der Vorstellung, an Andrews Seite zu kämpfen. Wieso war er so distanziert und misstrauisch? Er hatte ihnen geholfen, ihre Oma zu befreien – folglich vertraute er ihr und ihren Fähigkeiten.

Er hob das Kinn, sodass er noch leichter auf sie herabsehen konnte. »Ich bin hier und höre mir gerne an, was ihr zu sagen habt. Aber ich bin nicht bereit, die wenige Zeit, die uns noch bleibt, mit Warten zu vergeuden!«

Wie aufs Stichwort begann neben Mayla die Luft zu knistern und zu funkeln, und Mayla hätte am liebsten einen Freudenschrei ausgestoßen. Im nächsten Moment stand eine Frau neben ihr, die ungefähr in den Fünfzigern war. Ihr blondes Haar war von wenigen grauen Strähnen durchzogen und ihre blauen Augen blitzten auf, während sie sie nacheinander betrachtete.

War das Alessia? Aber sie war so viel jünger als die anderen beiden Oberhexen …

»Guten Abend, mein Name ist Gabrielle. Ich bin die Tochter von Alessia De Fonte und somit die zukünftige Oberhexe des Wasserzirkels.« Ihre Stimme war fest und ihre Haltung selbstbewusst. Nacheinander blickte sie ihnen angstfrei in die Augen, vermutlich um abzuschätzen, wie sie auf ihre Anwesenheit reagierten.

Überrascht starrten Melinda, Mayla, Phylis und Andrew sie an – offenbar hatte keiner wirklich mit dem Auftauchen eines Familienmitglieds der Wassergründerfamilie gerechnet – bis sich Mayla als erste fing und auf Gabrielle zutrat. In gebührlichem Abstand blieb sie stehen. »Wie toll, Gabrielle, ich bin Mayla, Melindas Erbin. Es freut mich, dass du gekommen bist.«

»Gehe ich recht in der Annahme, dass wir mit deiner Mutter nicht zu rechnen brauchen?«, fragte Melinda.

»Wäre auch ein Wunder gewesen!«, betonte Andrew und betrachtete Gabrielle missbilligend.

»Meine Mutter wird nicht kommen.« Gabrielle sah sie der Reihe nach an. Sie war die einzige, die auf einen Schutzring bei ihrer Ankunft verzichtet hatte. »Stimmt es, dass Vincent von Eisenfels wieder auf freiem Fuß ist?«

Melinda strich sich eine ihrer weißen Locken aus der Stirn. »Ja, und wir brauchen jede verfügbare Kraft, um ihn aufzuhalten.«

»Ich werde an eurer Seite gegen ihn kämpfen. Das verspreche ich!«

»Das freut mich sehr zu hören.« Melinda lächelte sie an.

»Welchen Plan habt ihr?«, wiederholte Andrew seine Frage, ohne Gabrielle weiter zu beachten.

»Noch keinen«, gestand Mayla. »Er hat einen verbotenen Zirkel gegründet, darüber kannst du uns doch gewiss mehr erzählen, Andrew, oder?«

Phylis und Gabrielle betrachteten ihn misstrauisch. »Woher sollst du davon erfahren haben?«, wollte die Erdhexe wissen.

»Ich habe eine Weile unter ihnen gelebt, um sie auszukundschaften und meine Rache vorzubereiten. Und ja, sie begründeten schon vor langer Zeit einen fünften Zirkel. Den Metallzirkel. Sämtliche Jäger sind darin Mitglieder, zusätzlich zu ihren früheren Zirkeln. Sie alle sind so etwas wie Spione unserer Ordnung. Und die einzigen, die das verstanden haben, sind die Verstoßenen, weshalb die Jäger sie erbittert jagen und die Polizei sie anschwärzt.«

»Wie viele Maulwürfe gibt es bei der Polizei?«, wollte Mayla wissen.

»Die genaue Zahl kann ich dir nicht nennen, aber in jedem Revier mindestens zwei oder drei. Sie haben seit Jahrzehnten in beinahe jeder strategisch wichtigen Einrichtung ein paar Leute eingeschleust.«

»Worüber kommunizieren die Jäger miteinander?«, erkundigte sich Melinda. »Sie haben noch immer die Siegelringe der Zirkel an ihren Fingern stecken, aber wie funktioniert das beim Metallzirkel?«

»Sie alle tragen ein kleines, unscheinbares Amulett, kaum so groß wie eine Daumenkuppe.«

»Und Vincent hat diesen Zirkel noch vor seiner Gefangennahme gegründet?«, hakte Phylis nach.

»Es war sogar die Generation davor. Sein Vater, soweit ich weiß, aber ich könnte mich diesbezüglich irren.«

»Und lebt der noch?«

»Nicht, dass ich wüsste. Aber alles, was mit der Familie selbst zu tun hat, wurde zu keiner Zeit besprochen. Es war nahezu unmöglich, etwas über die von Eisenfels herauszubekommen. Alles wird unter Verschluss gehalten.«

Melinda nickte. »Misstrauen, selbst den eigenen Zirkelmitgliedern gegenüber. Das sieht Vincent ähnlich – und das ist die Schwachstelle in seinem Kreis!«

Vehement schüttelte Andrew den Kopf. »Nur wegen mangelndem Vertrauen wirst du ihn nicht vernichten können! Und das müssen wir! Für alle Zeit!«

»Es würde genügen, ihn erneut in einer Weltenfalte einzusperren«, betonte Phylis. »So jung ist er nicht mehr. Gefängnis auf Lebenszeit.«

Gabrielle faltete die Hände vor dem Körper. »Wenn wir diesmal alle gemeinsam den Bann sprechen, könnte es dauerhaft funktionieren.«

»Einsperren? Nein!« Wütend sah Andrew sie nacheinander an. »Das lasse ich nicht zu. Er hat meine gesamte Familie ausgelöscht. Er hat nichts anderes verdient als den Tod.«

»Erst einmal müssen wir es schaffen, ihn unschädlich zu machen«, erinnerte Mayla. »Wobei, wenn wir alle gemeinsam gegen ihn hexen, wird es kein Problem sein, oder?«

»Das Stichwort ist gemeinsam«, betonte Melinda. »Gemeinsam sind wir nicht zu besiegen. Aber niemand darf mit Alleingängen diese Gemeinschaft gefährden.« Sie blickte Andrew prüfend an. Mayla versuchte sich unterdessen, so unauffällig wie möglich zu geben. Galt für ihre Oma das Treffen mit Tom heute Abend schon als Alleingang? Sehr wahrscheinlich. Aber durch nichts und niemanden würde sie sich davon abbringen lassen. Sie musste ihn treffen – komme, was wolle.

Melinda fuhr unterdessen fort.

»Hat jemand von euch Kenntnisse über die Flüche der alten Zeit?«

Während Phylis und Gabrielle die Köpfe schüttelten, verengte Andrew die Augen zu Schlitzen. »Wurde einer von den Jägern angewendet?«

»Ja.« Mayla erzählte von Manuel und dessen Tod.

»Sie experimentieren an Gefangenen mit diesen alten Flüchen«, ging Andrew direkt zu einer Erklärung über, während Phylis und Gabrielle entsetzt Melinda ansahen.

»Du hast nichts dagegen ausrichten können?«, fragte die Erdhexe ungläubig.

»Nein. Ich weiß bis jetzt nicht, welcher Spruch es war. Aber viele der alten Zauber wurden vergessen.«

»Nahezu alle …« Phylis Mundwinkel wanderten nach unten. »Wie furchtbar, dass das Morden weiter voranschreitet. Und sie üben diese Flüche an Gefangenen, sagst du? Wie haben sie Kenntnis über die alte Magie erlangt?«

Andrew erklärte: »Wenn ich es richtig verstanden habe, besitzen Vincent und seine Familie zahlreiche der alten Bücher in ihren Bibliotheken. Nachdem sie die Wirkung getestet haben, geben sie Auszüge davon an die Jäger weiter. Aber ich selbst hatte zu keiner Zeit Zugang zu einer dieser Bibliotheken, geschweige denn zu einem der Bücher.«

Phylis fuhr sich mit der Hand durch das weiße Haar, das ihr bis über die Brust reichte. »Aber wir haben keinerlei Kenntnis über die Gegenmittel zu diesen Flüchen, oder irre ich mich?«

Gabrielle verschränkte die blassen Arme vor der Brust. »Ich werde in der Bibliothek meiner Familie nachforschen. Möglicherweise werde ich fündig. Sobald ich etwas erfahre, lasse ich es euch wissen.«

»Die Besitztümer meiner Familie wurden alle zerstört.« Erbost blickte Andrew Gabrielle an, als könnte sie etwas dafür. »Aber ich habe während meiner Zeit bei den Jägern ein paar Dinge gelernt. Für die Flüche, die aus der alten Zeit stammen, braucht man als Gegenmittel immer die alte Magie, also die ursprüngliche, verbündete Form davon.«

»So in der Art, wie wir das getan haben, als wir meine Oma befreit haben?«, erkundigte sich Mayla.

»Zum Beispiel, aber es gibt auch Zaubertränke, in denen man die alte Kraft vereinen kann. Wie die funktionieren, weiß ich allerdings nicht. Ich habe nur gelernt, wie ich die vergessenen Flüche anwenden kann – nicht, wie ich jemanden davon heilen könnte.«

Phylis und Melinda wechselten einen nachdenklichen Blick.

»Vielleicht wäre es von Vorteil, wenn wir diese Flüche ebenfalls hexen könnten«, gab die Erdhexe zu bedenken.

»Sie sind gefährlich«, betonte Melinda. »Wir alle haben nur noch einen Bruchteil der alten Magie in uns, je nachdem, welchem Zirkel wir angehören. Wenn wir mit den vergessenen Sprüchen spielen, wird uns das über kurz oder lang vernichten, da unsere Energie für diese Zauber nicht mehr ausgelegt ist. Hochmut ist das Stichwort.«

Andrew blickte sie verächtlich an. »Das ist doch nur eine Ausrede, weil ihr Angst davor habt, euch die Finger zu verbrennen. Aber wir müssen mit ebenso mächtigen Waffen kämpfen wie der fünfte Zirkel. Die Jäger zumindest scheinen bislang keine Probleme wegen der vergessenen Flüche zu haben.«

Mayla, Gabrielle, Melinda und Phylis sahen einander an und keine von ihnen fragte nach den alten Flüchen. Sie alle hatten tiefen Respekt vor der alten Magie, etwas, das den Jägern und womöglich ebenso Vincent fehlte. Auch Mayla hatte genug von ihrer Oma erfahren, um nicht leichtfertig damit zu spielen.

»Wie können wir von Eisenfels und seine Jäger aufhalten?«, lenkte sie das Gespräch wieder auf das eigentliche Thema. »Wenn seine Schwachstelle sein Misstrauen ist und möglicherweise auch sein Hochmut, wie kann uns das weiterhelfen?«

»Was haltet ihr von der Möglichkeit, dass wir ihm anbieten, seinen Zirkel anzuerkennen?«, überlegte Phylis. »Das könnte das jahrhundertealte Konfliktpotential mit einem Schlag eliminieren.«

»Niemals!« Andrews dunkle Augen loderten vor Zorn. »Nach all seinen Verbrechen dürfen wir ihn nicht noch belohnen. Er muss bestraft werden. Wenn ihr das anders seht, stehen wir nicht auf derselben Seite!«

»Außer jemand anderer als Vincent stünde an der Spitze des Eisenzirkels.« Melinda sah sie der Reihe nach an. »Ihr alle kennt Tom Carlos«, mit einem Seitenblick auf Gabrielle setzte sie hinzu, »oder habt von ihm gehört, richtig?«

Gabrielle nickte.

»Er war lange Zeit an meiner Seite und ist Mitglied des Inneren Kreises der Opposition. Habt ihr schon erfahren, dass er der Sohn von Vincent ist?«

»Du meinst, er könnte das Oberhaupt des Eisenzirkels werden?«, fragte Gabrielle.

»Einem von Eisenfels darfst du niemals trauen!« Die Schutzbarriere aus Wind um Andrew herum geriet immer heftiger in Bewegung, als stünde er in der Mitte eines Tornados. Es war ein Spiegelbild seiner Emotionen und offenbarte deutlich, wie viel Wut in ihm steckte. Wie konnten sie es schaffen, zu ihm durchzudringen? »Wenn das euer Plan sein soll, kämpfe ich lieber alleine!«

Melinda hob die Hände, als wolle sie seinen Schutz durchbrechen, doch dann senkte sie sie wieder. »Andrew, wir brauchen eine dauerhafte Lösung. Wer nur nach Rache giert, denkt zu kurzfristig. Ich weiß auch nicht, ob wir ihm wirklich trauen können, aber wir müssen sämtliche Möglichkeiten in Betracht ziehen.«

»Ich werde von Eisenfels vernichten – und alle, die seiner Familie angehören! Wenn ihr glaubt, diese Familie müsste auch noch belohnt werden für all die Gräueltaten, die sie in den vergangenen Jahrhunderten begangen hat, dann seid ihr dümmer als ich gedacht habe!« Mit den Worten verschwand der Wirbelsturm um ihn herum und im nächsten Moment auch er.

Phylis verzog enttäuscht den Mund. »Ich kann verstehen, dass er verbittert ist, aber mit dieser Einstellung wird er nicht weit kommen. Er kann es doch niemals mit Vincent aufnehmen. Von Eisenfels wird ihn töten und damit schwächt er uns alle.«

Melinda schüttelte langsam den Kopf. »Gewiss hält er sich für unbesiegbar, aber warte nur ab, bis er einmal Vincent gegenübergestanden hat. Womöglich kommt er rechtzeitig zur Besinnung.«

»Ich bin mir aber auch nicht sicher, ob es eine Lösung wäre, den fünften Zirkel zu genehmigen.« Gabrielle legte den

Kopf in den Nacken und blickte hinauf zu den mächtigen Kronen der Eichen und Buchen, die die Lichtung einrahmten. »Sie, die diesem Zirkel angehören, haben zu viel Übel über uns gebracht.«

Mayla schüttelte verständnislos den Kopf. »Wer sind diese Leute, die Vincent blindlings folgen und die Augen verschließen vor seiner Brutalität?«

»Offenbar verspricht er ihnen Macht.« Gabrielle strich sich erneut über das rundliche Kinn, das so blass war, als würde sie selbst im Hauptquartier der Wasserhexen in Italien kaum aus dem Haus gehen. »Außerdem sind ihre Kräfte beschränkt und wenn es stimmt, was Andrew erzählt hat, und sie vergessene Zauber praktizieren, erhoffen sie sich dadurch möglicherweise, stärker zu werden.«

»Macht ist verführerisch«, betonte Melinda, »doch die wenigsten wissen, wie viel Verantwortung damit einhergeht.«

Gabrielle nickte. »Bevor wir darüber nachdenken, ob wir den fünften Zirkel zulassen oder nicht, müssen wir erst einmal herausfinden, wie wir Vincent aufhalten können. Offenbar hat er mit seinem Wüten fortgefahren und dem müssen wir unter allen Umständen Einhalt gebieten!«

»Wir müssen ihm eine Falle stellen.« Mayla strich sich nachdenklich über das Haar, das sie am Hinterkopf mit einer Klammer hochgesteckt hatte. »Wenn wir erneut ein solches Treffen planen und es ein wenig … herumerzählen, taucht er womöglich auf. Aber unsere Leute sind ebenfalls da und dann können wir ihn schnappen.«

»Das könnte funktionieren.«

Gabrielle schüttelte den Kopf. »Aber es birgt auch große Gefahr, wenn wir alle vernichtet werden. Dann gibt es niemanden mehr, der in der Lage ist, ihn aufzuhalten.«

»Nun, dann ist die Stunde deiner Mutter gekommen«, raunte Phylis, worauf Gabrielle sie warnend ansah.

»Denkt nicht, dass ich nicht wüsste, wie feige sie sich verhält! Aber ich dulde es nicht, dass in meiner Anwesenheit schlecht von ihr oder einem anderen Mitglied meiner Familie gesprochen wird. Sie hat versucht, uns alle zu schützen, und das ist ihr gelungen.«

Phylis Gesicht verfinsterte sich. »Eure Familie, ja, aber als Oberhexe des Wasserzirkels ist sie nicht nur für euch, sondern den gesamten Zirkel und die Hexengemeinschaft an sich verantwortlich.«

»Phylis.« Melinda legte ihr eine Hand auf den Unterarm. »Wir dürfen nicht anfangen, uns gegenseitig Vorwürfe zu machen. Es würde uns schneller entzweien, als Vincent selbst es könnte. Die Dinge sind nun einmal so passiert, wie sie geschehen sind, und ich vermag nicht, die Zeit zurückzudrehen. Aber wir können aus den früheren Fehlern lernen. Wir müssen uns absprechen und an einem Strang ziehen. Wenn jeder Zirkel nur für sich kämpft, haben wir schlechte Karten. Vincent ist stark, verflucht stark, und deshalb sollten wir uns ihm verbündet entgegenstellen.«

Phylis nickte und reichte Gabrielle die Hand. »Melinda hat recht. Die Geschehnisse liegen in der Vergangenheit. Ich freue mich, dass du hier bist und uns unterstützt.«

Die Wasserhexe reagierte nachsichtig und blickte anschließend zu Mayla. »Wenn wir ihm eine solche Falle stellen, müssen wir das ganz genau planen. Nichts darf schiefgehen, nichts dem Zufall überlassen werden. Es geht nicht nur um uns, sondern um die Zukunft der gesamten Hexenwelt.«

Melinda schob die Ärmel ihres Kleides hoch. »Dann fangen wir besser sofort damit an.«

Kapitel 11

Mayla hexte aus den herumliegenden Ästen und Zweigen vier Stühle und einen Tisch, an dem sie sich mit Phylis und Gabrielle niederließ. Unterdessen blies Melinda einen zusätzlichen Feuerring um ihren Treffpunkt, sodass sie sicher waren und sich auf das Planen konzentrieren konnten.

Gemeinsam würden sie eine geheime Weltenfalte erschaffen und frühzeitig ihre Leute in der direkten Umgebung verstecken. Jeder, der sich Vincent entgegenstellen wollte, sollte seine Chance bekommen, denn eines war sicher: Auch Vincent würde nicht alleine auftauchen! Doch es gab jede Menge Details zu klären. Wie konnten sie beispielsweise verhindern, dass Maulwürfe in ihren Reihen davon erfuhren, dass es sich dabei um eine Falle handelte, sodass Vincent gewarnt wurde? Wie konnten sie es schaffen, dass alle Anwesenden Seite an Seite standen, und nicht anderweitige Konflikte aufbrachen wie die zwischen den Verstoßenen und der Polizei?

Die Planung verschlang Stunden. Immer wieder schielte Mayla auf ihre zierliche Armbanduhr. Es war bereits nach halb zehn und noch immer kein Ende in Sicht. In weniger als einer halben Stunde begann ihre Verabredung mit Tom.

Ob er bereits dort war? Erwartete er sie voller Sehnsucht? Wollte er sie zurückgewinnen? Ihr alles erklären? Oder war es ein sachliches Treffen, ohne jegliches Gefühl? Worauf musste sie sich einstellen? Nicht einen Moment hatte sie geglaubt, dass es eine Falle sein könnte, doch je näher das Treffen rückte, desto mehr fragte sie sich, ob sie nicht zu gutgläubig war. Er war Vincents Sohn, Vincent war wieder frei und mit Sicherheit überwachte er ihn.

Tom hatte in der Botschaft, die er ihnen geschickt hatte, bevor sie Melinda aus dem Landsitz der von Eisenfels befreit hatten, gesagt, dass er zurückkehren würde zu den Jägern. Dass sein Schicksal von nun an besiegelt sei. Aber war dem wirklich so? Gab es keine Chance mehr für ihn? Für sie beide?

»Gabrielle hat dich gefragt, ob du mit Georg reden kannst wegen der Polizisten«, durchbrach Melinda ihre Gedanken.

Mayla sah auf. Die drei Hexen sahen sie unverwandt an, als könnten sie ihre Gedanken lesen. Als wüssten sie, dass sie plante, Tom zu treffen. Entschieden räusperte sie sich. »Natürlich kann ich mit ihm reden. Worum geht es?«

»Mayla, konzentrier dich, es geht hierbei um alles!«, mahnte ihre Oma.

»Entschuldigt, es ist wirklich schon spät. Wir sollten bald aufhören.« Übertrieben gähnte sie und streckte sich.

»Wir sind hier noch lange nicht fertig!«, betonte Melinda, während Gabrielle ihre Frage wiederholte.

»Ich wollte wissen, ob du mit Georg, deinem Freund von der Polizei, reden kannst, dass er nur den Kollegen unseren Plan verrät, denen er zu hundert Prozent vertraut.«

»Natürlich, ich sage es ihm. Aber ich gehe ohnehin davon aus, dass er nur diejenigen einweihen wird, die er als Freunde betrachtet. Er hat mittlerweile eingesehen, dass es unter den Polizisten Verräter gibt, und wird klug wählen – davon bin ich überzeugt.«

Es wurde dunkel und Melinda verwandelte drei Stöcke in dicke Kerzen, die sie anblies. Das flackernde Licht warf tanzende Schatten auf die Gesichter der Hexen, während sie weiter über ihre Möglichkeiten diskutierten. Eine Eule schrie in der Ferne, aber es war kein Warnruf, sondern ein nächtliches Schuhu.

Mayla driftete gedanklich nicht wieder ab, auch wenn sie immer wieder verstohlen auf die Uhr linste und bald schon mit Schrecken feststellen musste, dass es fünf nach zehn war. Verdammt. Würde Tom auf sie warten? Oder dachte er, sie wolle nicht kommen, und verschwand gleich wieder? Am liebsten wollte sie ihm einen Nuntia-Zauber schicken, damit er wartete. Aber den konnte sie schlecht zaubern, ohne dass die anderen misstrauisch wurden.

Das Treffen zog sich bis kurz nach halb elf. Mehr als nervös erhob sich Mayla als erste vom Stuhl, als sie sich auf die letzten Details verständigt hatten und sich verabschiedeten.

»Entschuldigt mich, aber ich bin mit Georg verabredet. Er wartet schon auf mich und ich werde sogleich mit ihm wegen unseres Plans reden.«

Melinda sah sie misstrauisch an. »Georg ist doch gar nicht auf der Burg.«

»Doch, mittlerweile schon. Wir haben uns für halb elf verabredet. Also wenn wir hier fertig sind …« Sie vermied es ihrer Oma in die Augen zu sehen, sondern wandte ihr Gesicht Phylis und Gabrielle zu. Hoffentlich verbarg der Kerzenschein die verräterische Röte, die sie auf ihren Wangen fühlte.

Auf Melindas Stirn erschien eine strenge Falte und ihre Oma setzte an, etwas dagegen zu sagen, doch Gabrielle winkte ab. »Lass sie sich mit ihrem Freund treffen. Wir haben alles Wichtige besprochen. Ich werde nun ebenfalls aufbrechen. Ich danke euch, dass ihr meine Familie eingeladen habt, und gelobe aus tiefstem Herzen, dass ihr euch auf mich verlassen könnt. So wie ihr auch werde ich die nächsten Tage nutzen, um etwas über die alte Magie und die damit einhergehenden Flüche herauszufinden. Wenn sie mit solchen Sprüchen angreifen, müssen wir uns wehren können. Sofern niemand von uns vorher unsere Zusammenkunft absagt, treffen wir uns übermorgen um achtzehn Uhr am Weißen Stein für die weitere Planung. In Ordnung?«

Am Weißen Stein? Mist, da hatte Mayla nicht aufgepasst. Wenn sie fragte, wo der sich befand, machte sie sich nur noch verdächtiger. Am besten, sie fragte Georg oder Violett unauffällig danach. Aber jetzt musste sie wirklich aufbrechen.

»Ich freue mich sehr, dass wir uns kennengelernt haben. Passt auf euch auf und wir sehen uns in zwei Tagen wieder.«

Melinda legte kopfschüttelnd ihre Hand auf Maylas. Ihre Oma wusste, dass sie etwas im Schilde führte, das konnte Mayla ihr ansehen. Aber das war jetzt egal. Sie musste fort. Jetzt! Auf der Stelle! Bevor Tom nicht mehr da war. Mist, zwanzig vor elf. Bitte, Tom, warte auf mich!

»Bis später, Oma.« Rasch hauchte sie ihr einen Kuss auf die faltige Wange und presste die Hand um das Schutzamulett. In Gedanken sah sie den Bodensee vor sich und die Stelle hinter den Felsen, an denen Tom und sie vor so vielen Wochen gemeinsam gelandet waren. Dort, wo er ihr seinen Namen verraten und sie kurz darauf zum ersten Mal zu Tauber, dem Detektiv, mitgenommen hatte.

Ob er noch da war?

Fest kniff sie die Augen zusammen, während sie dachte: »Perduce me ad lacum Brigantinum!«

Das Flackern der Kerzen verschwand und dort, wo sie landete, war es stockfinster. Ein heftiger Wind zerrte sogleich an ihren Haaren, unter ihren Absätzen war weicher Sand und sie hörte das gleichmäßige Rauschen der Wellen. Sonst nichts.

Mist, war Tom längst weg? Immerhin war sie über vierzig Minuten zu spät!

Aufgeregt blies sie auf ihren Finger eine kleine Flamme. Als die Umgebung durch das kleine Flackerlicht erhellt wurde und sich ein großer Schatten vor ihr aus der Dunkelheit schälte, zuckte sie erschrocken zusammen, worauf die Flamme sogleich wieder erlosch.

»Mayla …« Seine Stimme war rau wie eh und je. Trotz der Finsternis sah sie seinen Umriss und hörte sein leises, vertrautes Lachen. Wie groß er war, hatte sie beinahe vergessen. Ihr Herz klopfte so schnell, dass sie glaubte, es würde ihr davonrennen, während sie erneut eine Flamme auf ihre Fingerspitze blies. Als das Licht die Schatten zurückdrängte, blitzten seine grünen Augen auf und sie legte ihren Kopf in den Nacken, um ihm ins Gesicht zu sehen.

Tom. Er war noch da …

Er trug seine dunkle Lederjacke und ein helles Shirt darunter, mehr konnte sie in der Dunkelheit nicht erkennen. Sein Gesicht war schmal, wie sie es kannte. Aber in seinen Augen las sie tiefe Sorgen, die ihn bewegten und womöglich kaum schlafen ließen. Davon zeugten auch die Schatten, die sich um seine Augen abzeichneten. Oder lag es am schwachen Lichtschein? Gleichzeitig blitzte etwas inmitten des Grüns seiner Augen auf, das ihr einen wohligen Schauer über den Rücken wandern und ihr Herz noch ein wenig schneller schlagen ließ.

»Du hast gewartet.« Etwas Besseres fiel ihr nicht ein.

»Ich wusste nicht, wieso du nicht pünktlich warst, aber ich war mir sicher«, dabei drückte er die Faust auf sein Herz, »dass du kommst …«

Um Himmels willen, am liebsten würde sie sich sofort heulend an seine Brust stürzen und in seinen Armen versinken. Die Schatten ließen seine Lippen noch begehrlicher erscheinen und voller Sehnsucht dachte sie an ihre Küsse. Wie wunderbar hatte es sich angefühlt, wie vertraut und wie berauschend. Doch sie ballte die Hände zu Fäusten, um die Kontrolle zu behalten. Er durfte nicht wissen, was er noch immer in ihr auslöste … Nicht, bevor sie nicht sicher sein konnte, aus welchem Grund er sich mit ihr treffen wollte; bevor nicht nur ihr Herz schrie, dass er gut war, sondern auch ihr Verstand vollauf davon überzeugt war.

»Wieso hast du mich herbestellt?«

Tom trat einen weiteren Schritt auf sie zu, doch den letzten, der noch zwischen ihnen lag, vermochte er nicht zu überwinden. »Ich …« Er musterte sie, ihr Gesicht, ihre zerzauste Frisur und seine Hand zuckte, als wolle er ihr die umherwehenden Strähnen hinters Ohr streichen. Doch er tat es nicht. In unendlicher Langsamkeit, als würde sein Arm sich dagegen wehren, senkte er die Hand und stand auf einmal so hilflos vor ihr, dass es ihr das Herz zusammenschnürte.

»Bitte denke nicht, ich hätte dich je betrogen, Mayla. Ich weiß, ich hätte dir die Wahrheit über meine Familie verraten müssen, aber … ich habe es niemandem gesagt, seit ich damals von ihnen fortgegangen bin. Niemand wusste, wer ich bin, und ich war hin- und hergerissen, ein Leben in absoluter Einsamkeit und Ruhe zu führen, und andererseits dabei zu helfen, meinen Vater und seine Verbündeten aufzuhalten. Diese Entscheidung habe ich immer wieder vor mir hergeschoben, auch als ich deine Oma schon längst begleitet habe. Doch dann traf ich dich …«

Ihr Magen fuhr Achterbahn, während sie seinen Worten lauschte und keinen Mucks von sich gab, um ihn auf keinen Fall zu unterbrechen.

»Ich wusste nicht, wer du warst, das musst du mir glauben. Aber ich konnte dich den Jägern nicht überlassen. Seitdem habe ich dich beobachtet und gemeinsam mit dir herausgefunden, wer du bist. Von dem Moment an stand für mich fest, dass ich ein Leben im Schatten nicht führen konnte. Ich musste helfen, meinen Vater aufzuhalten. Du musst mir glauben, Mayla, zu keiner Zeit habe ich dich benutzt oder aus niederträchtigen Gründen belogen. Ich habe versucht, den Abstand zu dir zu wahren, aber es ist mir nicht gelungen. Bitte, sag mir, dass du mir glaubst. Es ist mir so unglaublich wichtig.«

Angesichts dieser entwaffnenden Ehrlichkeit zuckten ihre Mundwinkel und ein Lächeln breitete sich auf ihrem Gesicht aus. Wärme durchströmte sie und ein Gefühl, das sie vor einigen Tagen verloren geglaubt hatte, kehrte wieder ein in ihr Herz. Es war Hoffnung.

»Natürlich glaube ich dir, Tom!« Überglücklich seufzte sie auf und wollte den letzten Schritt zwischen ihnen gehen, doch er rückte kaum merklich ein Stück zurück.

»Ich bin nicht hier, um dir etwas vorzujammern. Ich wollte, dass du weißt, dass ich zu keinem Zeitpunkt mit dir gespielt habe und dass du mir vertraust. Es war mir immer ernst mit dir, Mayla, sehr ernst. Doch was noch wichtiger ist, ich war bei den Jägern.«

Der plötzliche Themenwechsel schockierte sie mindestens so sehr wie die Distanz, die er durch seine hauchfeine Bewegung zwischen sie gebracht hatte. Tom. Wieso nur konnten sie nicht einfach zusammen sein?

»Du warst bei den Jägern?« Ihre Stimme klang selbst in ihren Ohren seltsam fremd und bleiern, als hätte jemand anders gesprochen und die Worte durch irgendeinen Zauber aus ihrem Mund hinausgelassen. Viel lieber wollte sie andere Dinge mit ihm besprechen, nun, da er endlich wieder bei ihr war, greifbar, nahbar. Sie wollte ihre Hand ausstrecken und über diese scharfkantigen Wangen streichen, über seine dunklen Brauen und seine ebenmäßige Stirn. Sie wollte ihre Hand auf seine Brust legen und fühlen, wie sein Herz schlug. Doch sie tat es nicht. Sie blieb stehen, wo sie war, und sah ihn einfach nur an. »Wieso hast du mich … ich meine … du hast mir etwas Wichtiges mitzuteilen?«

»Ja, von dem fünften Zirkel habt ihr bereits erfahren, richtig?«

»Weshalb hast du uns nicht früher davon erzählt? Du musst doch schon seit deiner Geburt davon gewusst haben.«

»Ich hätte mich damit verraten. Und bis vor kurzem hat es keinen Unterschied gemacht, ob die Oppositionellen davon wussten oder nicht. Doch die Dinge haben sich geändert. Ich habe … ihn getroffen.«

»Du meinst deinen Vater?«

Er nickte bloß. »Vincent war schon immer größenwahnsinnig und skrupellos. Aber die Zeit seiner Gefangenschaft hat es verschlimmert. Es reicht ihm nicht mehr, einen fünften Zirkel zu führen und die Anerkennung dafür zu erlangen. Er will Rache. Und er will die absolute Herrschaft. Mayla, er hat die alte Magie erweckt.«

»Das haben wir bemerkt. Manuel ist tot. Er wurde von einem der vergessenen Flüche getroffen.«

»Manuel ist tot?« Er verharrte einen Moment bewegungslos, strich sich über das Gesicht, bis er sich wieder fing. »Ihr braucht Gegenzauber. Daran habe ich nicht gedacht, verdammt. Ich werde danach forschen, aber es gibt etwas, das meinen bisherigen Kenntnissen zufolge helfen könnte. Ihr müsst einen Trank brauen und darin die alte Magie vereinen.«

»Davon hat uns Andrew auch schon erzählt. Wie müssen wir ihn zubereiten?«

»Von jedem Zirkel muss ein Mitglied mithelfen. Ihr müsst einen starken Heiltrank brauen – deine Oma wird wissen, welche geeignet sind. Und zum Rühren benutzt ihr Metall, damit auch … unser Element mit einfließt. Auf diese Weise könnte es funktionieren. Und natürlich müsst ihr auf dem Erdboden ein Feuer machen, frisches Wasser verwenden und frische Luft die Flammen beleben lassen. Das ist grundlegend.«

»Gut, ich werde meiner Oma davon erzählen.«

»Tu das. Darüber hinaus ist es unheimlich wichtig, dass du den anderen erzählst, dass mein … dass Vincent angefangen hat, die alte Kraft in sich selbst zu vereinen.«

Sie riss die Augen weit auf. »So wie die Hexen früher? Wie ist ihm das gelungen?«

»Als er damals die Gründungsfamilien begonnen hat auszulöschen, hat er deren Magie gespeichert. Von deiner Mutter Emma hat er die Feuermagie bekommen, von den de Rochats die Erdenergie, von den Eltern von Andrew Montgomery die Luftenergie und die Magie des Eisens hatte er ohnehin schon immer in sich. Ihm fehlt nur noch Wasser, um sein Ziel zu erreichen. Wenn ihm das gelingt, können deine Oma und all die anderen ihn nicht mehr aufhalten.«

»Um Himmels willen! Ist er überhaupt noch besiegbar, wo er bereits so viele Kräfte in sich vereint?«

»Es wird jeden Tag schwerer. Mayla, du musst deiner Oma und den anderen davon erzählen. Die Familie der Wasserhexen muss unter allen Umständen in ihrem Hauptquartier bleiben. Keiner von ihnen darf sich in Gefahr begeben – es geht nicht mehr nur um die Familie selbst, sondern um unser aller Zukunft.«

»Gabrielle … sie …« So ein Mist! Gerade jetzt wurde Gabrielle mutiger und kam aus dem Hauptquartier heraus. Das durfte sie nicht wieder tun!

»Alessias Tochter? Was ist mit ihr?«

»Ich habe sie getroffen. Sie war bei uns. Hoffentlich ist ihr nichts geschehen. Ich muss meiner Oma davon erzählen.« Verflucht, wie sollten sie jetzt ihren Plan umsetzen, den sie vorhin gemeinsam geschmiedet hatten? Schon wandte sie sich ab und packte den Amulettschlüssel – die anderen mussten sofort davon erfahren! –, als ihr Blick erneut auf Tom fiel. Für einen Moment stand sie still und verlor sich in der Betrachtung seiner markanten Züge und seiner grünen Augen.

»Mayla, ich …« Unvermittelt tat er den letzten Schritt. Er kam auf sie zu und in einem unendlich langsam erscheinenden Moment legte er seine Hände an ihre Wangen.

»Tom …«

Sehnsüchtig öffnete sie die Lippen, stellte sich auf die Zehenspitzen, doch erneut hielt er inne. Aber diesmal würde sie ihn sich nicht zurückziehen lassen! Entschlossen umfasste sie seinen Kopf und zog ihn zu sich herunter. Der Kuss, der folgte, war so wunderschön und vollkommen ... schöner noch als alle zuvor. Er war süß und verheißungsvoll und gleichzeitig die Erfüllung all ihrer Träume und Sehnsüchte. Sie versank in der Berührung und vergaß für einen Moment sämtliche Bedrohungen und Sorgen.

Als sie sich nach einer kleinen Ewigkeit voneinander lösten, sah er sie überrascht an, doch dann lachte er leise. »So stürmisch, Erbin von Flammenstein?«

»Ich ... Tom, ich will dich. Egal, wer dein Vater ist, egal wie dein Familienname und dein richtiger Name lauten. Du bist ein guter Mensch, das sehe ich und das fühle ich. Ich vertraue dir, und ich will, dass du das auch tust.«

Lächelnd strich er ihr eine lose Strähne hinters Ohr und er tat es mit solch einer Zärtlichkeit, als hätte er nur darauf gewartet. »Ich vertraue dir, Mayla.«

Bei den Worten fiel ein Felsbrocken von ihrem Herzen und sie lehnte sich an ihn. »Willst du nicht mitkommen und es den anderen selbst sagen? Die meisten sind bereit, dich anzuhören und dir zu vertrauen.«

»Nein, das geht nicht. Meine Position ist zu wertvoll. Als Vincents Sohn bekomme ich Zugang zu vielerlei Informationen und ich werde euch über die wichtigen Schritte auf dem Laufenden halten. Außerdem muss ich über Gegenmittel nachforschen und über die alte Magie. Aber ich bin froh, dass wir beide ...«

»... wieder zueinandergefunden haben?«

»Ja. Erst recht, nachdem ich gehört habe, dass Vincent und du euch gegenüberstandet. Er hat dir gesagt, ich hätte ihm von dir erzählt. Glaube mir, ich habe nur das Nötigste erwähnt, um ihn in Sicherheit zu wiegen. Und um Zugang zu der geheimen Bibliothek zu erlangen.«

Mayla wurde hellhörig. »Zugang zu der geheimen Bibliothek? Sind dort die Bücher, die sich mit den vergessenen Flüchen beschäftigen?«

»Genau. Meine Familie, insbesondere Vincent, hat viele Jahre geforscht und so einiges zusammengetragen. Dort lagern mehrere Schriften, die die geheimen Zauber behandeln, die eigentlich nur den Gründerfamilien vorbehalten sind. Und natürlich Werke über die alte Magie. Ich habe schon viel herausgefunden, aber ich muss vorsichtig sein. Er darf keinen Verdacht schöpfen. Deshalb lese ich meist nur nachts und frühmorgens. Um die Uhrzeit findet mich dort niemand. Und ich bin schon auf ein paar interessante Informationen gestoßen.«

»Erzähl.«

»Offenbar braucht Vincent einen Ort, der mit der alten Magie vergessen wurde. Einen Ort, an dem die vereinte Magie gewirkt hat und der heilig ist.«

»Was hat das zu bedeuten?«

»Ich weiß es noch nicht. Aber ich muss herausfinden, ob es einen solchen Ort gibt. Jetzt muss ich zurück, bevor er Verdacht schöpft.«

Eine ungreifbare Angst schlich sich um ihr Herz und sie drückte seine Hand noch fester. »Wirst du sicher sein?«

»Schon bald werden wir das hoffentlich alle sein.«

Sie küssten sich noch ein letztes Mal, bevor Mayla schweren Herzens von ihm Abschied nahm. Hoffentlich tat Vincent seinem einzigen Sohn nichts an …

Kapitel 12

Als Mayla in der Eingangshalle von Burg Donnersberg landete, kam ihr niemand entgegen. Die Stimmung, das spürte sie sofort, war noch immer gedrückt – kein Wunder, seit Manuels Tod waren keine zwölf Stunden vergangen. Darüber hinaus war es bereits recht spät, sodass viele wahrscheinlich längst im Bett lagen.

Bevor sie in den Burgsaal ging, um die wichtige Nachricht von Tom weiterzuerzählen, richtete sie ihre Gedanken auf eine der Pralinenschachteln in ihrem Zimmer und dachte: »Vola!« Wenig später kam die Packung angeflogen und landete in ihren Händen. Überglücklich öffnete sie den Deckel und ließ ihren Blick über die kleinen Kostbarkeiten schweifen. Eine Rumpraline war genau das richtige für einen solchen Tag.

Genießerisch ließ sie die Schokolade auf ihrer Zunge zergehen und schloss dabei die Augen. Endlich ging es ihr besser, endlich war zwischen Tom und ihr alles geklärt. Wie hatte sie nur so lange auf die Nascherei verzichten können? Dann wappnete sie sich für den Gang zu den anderen.

Das verliebte Grinsen auf ihrem Gesicht verschwand sogleich, während sie die düstere Halle betrat. War die Information über Vincent so wichtig, dass sie alle aus den Betten trommeln sollte, oder reichte es, morgen davon zu erzählen? Doch entgegen ihrer Erwartungen waren noch alle vom Inneren Kreis versammelt. Ihre Gesichter waren von

Traurigkeit gezeichnet, Ratlosigkeit und schwindende Hoffnung gesellten sich dazu und ließen sie nur wie Schatten ihrer selbst erscheinen.

»Mayla? Da bist du ja endlich.« Georg sprang sogleich auf und kam ihr entgegen. Als er die Pralinen in ihrer Hand entdeckte, verengten sich seine grauen Augen zu Schlitzen und er musterte sie eindringlich. »Wo bist du gewesen?«

Da sie Melinda unter den Anwesenden nicht entdeckte, musste sie sich kurzhalten und anschließend zu ihr springen, um ihr von Toms Neuigkeiten zu berichten. »Ich war doch mit meiner Oma unterwegs. Aber darum geht es jetzt nicht. Ich habe wichtige Nachrichten.«

Sogleich sahen alle vom Tisch auf und aller Augen waren auf sie gerichtet. »Worum geht es?«, fragte von Donnersberg.

»Ich habe soeben erfahren, dass Vincent von Eisenfels nicht nur einen fünften Zirkel anführt, sondern dass er in sich die alte Magie vereint.«

»Er tut was?« Angelika schüttelte ungläubig den Kopf und sah Mayla an wie eine ungeduldige Mutter ihr Kind, das irgendeinen Blödsinn erzählt. »Wo hast du das denn her?«

Tief atmete sie durch. Sie musste Tom als Quelle nennen, andernfalls würden ihr die anderen nicht glauben. Andererseits, würden sie sich nicht sogleich vor jeglichen Informationen verschließen, wenn sie erfuhren, dass sie von ihm stammten? Aber an der Wahrheit führte kein Weg vorbei.

»Ich habe Tom getroffen.«

»Du hast was?« Von Donnersberg setzte sich erbost in seinem prächtigen Stuhl auf und ließ den Becher sinken, aus dem er hatte trinken wollen.

Ein ungläubiges Geraune wanderte durch den Saal, nur ein einziger sagte nichts dazu. Es war Georg. Er betrachtete sie auf eine Weise, als hätte er bereits damit gerechnet. Er starrte auf ihre Hände, als könnte er ihnen ansehen, wie Mayla damit Toms Hände umfasst hatte, und stierte auf ihre Lippen, als sähe er auch den Kuss.

Unvermittelt drehte er sich um und setzte sich zu den anderen an den Tisch. Er wartete nicht, bis sie mitkam, rückte ihr auch den Stuhl nicht zurecht und schenkte ihr keinerlei Unterstützung und Zuversicht, dass egal, was geschehen war, alles gut werden würde. Als einer von vielen sah er ihr in einer Mischung aus Misstrauen und Enttäuschung entgegen und sprach keinen Ton.

Mayla registrierte es kommentarlos, auch wenn sein Verhalten ihr einen Stich versetzte. Hatte er das Gefühl gehabt, sie hätte ihm etwas versprochen? Hatte sie ihm unbewusst Hoffnung gemacht? Zu keinem Zeitpunkt hatte sie ihm zu verstehen geben wollen, dass sie mehr für ihn empfand als für einen guten Freund. Den besten Freund, den sie je gehabt hatte, aber womöglich hatte er ihr Verhalten fehlgedeutet. Doch das musste sie später mit ihm klären.

»Ich habe eine Nachricht von Tom bekommen und mich eben mit ihm getroffen.«

Pierre schwenkte sein Weinglas, ohne einen Blick darauf zu werfen. »Merde! Ist er nun einer von den Jägern?«

»Nein, aber er lebt unter ihnen, um sie auszuspionieren. Er ist der einzige, der nah genug an seinen Vater herankommt. Und er will mehr darüber herausfinden, wie wir gegen die vergessenen Flüche etwas ausrichten können.«

»Porca madonna, egal, was er sagt, er ist ein von Eisenfels!«, betonte Eduardo.

»Lass sie ausreden!«, forderte Anna. »Tom hat mich damals zu euch gebracht. Ohne ihn wäre ich verloren gewesen und hätte mich euch niemals angeschlossen. Er ist weder böse noch will er uns alle vernichten. Ich vertraue ihm ebenso wie Mayla. Und jetzt lasst sie endlich erzählen!«

Die Einwände erstarben und Mayla fasste zusammen, was Tom ihr erklärt hatte. »Sobald Vincent die alte Magie in sich vereint hat, ist er unaufhaltsam, hat Tom gewarnt. Und dafür fehlt ihm nur noch die Energie des Wassers.«

»Muss er also nur einen Wasserhexer töten, um seinen Plan Wirklichkeit werden zu lassen?«, fragte Thomas.

»Nein«, schaltete sich Angelika ein. »Wenn er die alte Kraft vereinen will, braucht er die Gründerfamilien dafür. Folglich sind Alessia und ihre Kinder in so großer Gefahr wie nie zuvor.«

Mayla nickte. »So hat Tom es mir auch erklärt. Und ich muss schleunigst meiner Oma davon erzählen. Vielleicht weiß sie, wie wir ihn aufhalten können.«

Von Donnersberg erhob sich. »Ich werde meine Katze mit einer Botschaft zu ihr schicken. Sie wird im Hauptquartier des Feuerzirkels sein, oder?«

»Ja, aber ich werde ohnehin die Nacht dort verbringen, also …«

»Bleib hier und erzähle erst mal in Ruhe alles, was du herausgefunden hast. Ich schicke ihr eine Nachricht, dass du etwas später kommst, und erkläre ihr schon mal das Wichtigste.«

»In Ordnung. Im Übrigen wird darüber diskutiert, ob im Hauptquartier auch die verstoßenen Feuerhexen wieder willkommen sein sollen.«

»Das sind gute Neuigkeiten«, rief Violett enthusiastisch.»Wie gerne würde ich wieder an den Ratsversammlungen teilnehmen. Es war immer so aufregend und ich habe keine einzige verpasst, bis ich … nun … nicht mehr hingehen durfte.«

»Ich hoffe, wir können die restlichen Skeptiker überzeugen«, betonte Mayla. »Alle, die gegen Vincent vorgehen wollen, müssen zusammenfinden und Seite an Seite kämpfen. Das ist jetzt noch wichtiger als zuvor.« Mayla schaute zu Georg und seine ablehnende Haltung versetzte ihr einen Stich. Dennoch fasste sie sich ein Herz. Die Sache war wichtig. »Georg, wäre es möglich, dass du die kritischen Polizisten überreden kannst, gemeinsam mit uns gegen ihn zu kämpfen? Wir sind dabei, einen Plan zu schmieden.« In groben Zügen, ohne allzu viel zu verraten, fasste sie zusammen, was sie im Kreise der Zirkeloberhäupter besprochen hatten. »Wir alle müssen uns vorbereiten und uns wappnen. Vielleicht ist es unsere letzte Chance.«

Georg stimmte wortkarg zu und blieb weiterhin distanziert. Von Donnersberg schlang seinen königlichen Mantel um sich. »Ich werde Melinda Bescheid geben und ihr könnt in Ruhe weiterreden.«

»Danke.« Ihre Zunge klebte am Gaumen und auf einen Wink mit ihrer Hand schenkte die Karaffe Wasser in ihr Glas ein, das sie in einem Zug leerte.

Sie redeten noch eine Weile über die alte Magie und diskutierten über Möglichkeiten, von Eisenfels eine Falle zu stellen, bis sich Mayla eine Stunde später hundemüde auf ihr Zimmer schleppte. Kurz hatte sie überlegt auf der Burg zu schlafen, so müde war sie. Aber sie wollte unbedingt mit ihrer Oma reden. Längst musste Melinda zwar durch von Donnersbergs Nachricht die wichtigsten Dinge erfahren haben, aber Mayla wollte bei ihr sein und gemeinsam mit ihr alles besprechen. Außerdem freute sie sich noch immer darauf, in dem Haus ihrer Urahnen zu übernachten, wie sie es geplant hatten. Vorher wollte sie allerdings noch ein paar ihrer Sachen holen – nicht nur die gesammelten Pralinenvorräte, sondern auch die gehäkelte Decke ihrer Mutter.

Als sie die Tür hinter sich schloss, lehnte sie sich erschöpft dagegen und streifte ihre Pumps von den Füßen. Schlaftrunken tapste sie auf ihr Bett zu, um nach dem Nachthemd unter ihrem Kissen zu greifen, als ihr ein kleiner schwarzer Schatten auffiel.

»Miau, miau«, fiepte Karli ihr entgegen.

Lächelnd ließ sie sich neben dem süßen Kerl auf dem Bett nieder.

»Hallo, mein Kleiner. Schläfst du heute Nacht bei mir? Das ist aber schön. Ich wollte allerdings gar nicht hier übernachten. Kommst du mit mir ins Dorf der Feuerhexen?«

Doch Karli kringelte sich weder ein noch ließ er sich stampfend auf ihrem Schoß nieder, sondern er stupste mit seinem schwarzen Näschen an eine unechte Praline, die mitten auf der Decke lag.

Mayla verdrehte die Augen. »Schon wieder ein Nuntia-Zauber? Was kann denn um die Uhrzeit noch so wichtig sein? Ich fühle mich so gerädert, vielleicht schaue ich es mir einfach morgen früh an.«

Doch Karli fiepte unruhig und stupste immer wieder mit seinem Näschen gegen die Praline, bis Mayla sie endlich an sich nahm.

»Ist ja gut, mein Schatz.« Sanft strich sie über sein Köpfchen. »Das hast du gut gemacht.«

Er schnurrte und stampfte auf ihrer Decke.

»Brauchst du eigentlich etwas zu essen? Soll ich dir Katzenfutter kaufen gehen?«

Karli miaute und schickte ihr ein Bild, wie er noch immer von Kitty gesäugt wurde. Er tapste auf ihren Oberschenkel und tippte mit der Vorderpfote erneut an die Praline in ihrer Hand. Die Nachricht musste dringend sein.

»Okay, ich sehe sie mir an.« Sie führte die unechte Nascherei an ihre Lippen und raunte: »Aperi!« Keine zwei Sekunden später stand Tom vor ihr. Ihr Herz machte einen Satz. Obwohl sie ihn erst vor wenigen Stunden gesehen hatte, raubte ihr sein Anblick den Atem und die Sehnsucht packte ihr Herz. Vermisste er sie genauso und wollte ihr noch eine Gute-Nacht-Botschaft schicken? So romantisch hätte sie ihn gar nicht eingeschätzt. Aber wieso sah er so gehetzt aus und blickte immer wieder über seine Schulter?

»Mayla, Vincent und die Jäger wissen, wer deine Eltern sind. Ich meine diejenigen, die dich versteckt haben. Er will sie nutzen, um dich zu erpressen. Du musst sofort zu ihnen und sie in Sicherheit bringen. Ich weiß, sie erinnern sich nicht mehr an dich, das ist normal. Alle Menschen ohne magische Fähigkeiten vergessen uns. Aber mit einem Trick musst du sie fortlenken. Schnell, du darfst keine Zeit verlieren!« Mit den Worten verschwand er und ließ Mayla mit dieser furchtbaren Botschaft alleine zurück.

Wie erstarrt saß sie auf ihrem Bett. Niemand aus ihrem früheren Leben erinnerte sich mehr an sie? Das war also der Grund, weshalb ihre Eltern sie nicht erkannt hatten und ihre Chefin kein Theater machte, weil sie noch immer nicht wieder in der Werbeagentur aufgetaucht war. Und was war mit Heike? Selbst die treue Freundin würde sie mit der Zeit vergessen? Oder hatte es sogar schon?

Als hätte sie es bislang verdrängt, schoss der Anfang seiner Nachricht wieder in ihr Bewusstsein:

Ihre Eltern, Anneliese und Peter Falk, waren in großer Gefahr!

Vincent durfte sie nicht erwischen. Sie konnten nichts dafür. All die Jahre hatten sie Mayla beschützt, jetzt musste sie sie beschützen! Um Himmels willen, sie musste ihrer Oma Bescheid sagen. Verdammt, dafür war keine Zeit.

Sie schoss auf die Füße und wollte sofort mit dem Amulett fortspringen, doch der Schutz um die Burg verhinderte es. Nur in der Eingangshalle konnte sie den Amulettschlüssel benutzen. Sie schlüpfte in ihre Schuhe, riss die Zimmertür auf und rannte los. Ihre Schritte hallten durch die verlassenen Gänge der Burg wie eine Drohung, dass die Zeit rannte und es jeden Moment zu spät sein konnte. Er durfte ihre Eltern nicht kriegen!

Sie hetzte durch die Dunkelheit, ohne eine Flamme auf ihre Fingerspitze zu pusten. Sie kannte sich so gut aus, dass das fahle Licht des Mondes, das durch die schmalen Fenster schien, ausreichte. Unvermittelt erschienen aus der Dunkelheit vor ihr zwei breite Arme, die sie um die Taille packten.

»Hey, was soll das? Lass mich ...«

Es war Georg und seine grauen Augen blickten zornig auf sie herab. »Gehst du schon wieder zu ihm? Weißt du nicht, wie riskant das ist? Du bringst nicht nur dein Leben in Gefahr! Er ist ein von ...«

»Hör auf, Georg, lass mich. Ich muss sofort los.«

Er erkannte die Panik in ihrer Stimme und sogleich verschwanden der Zorn aus seinem Blick und die Falten auf seiner Stirn. »Was ist passiert?«

»Vincent, er weiß, wer meine Eltern sind. Er weiß von Anneliese und Peter Falk.«

»Was? Wie konnte das geschehen?«

»Ich weiß es nicht, aber ich muss sie sofort retten. Ich muss sie weglocken, obwohl ich nicht weiß, wie. Egal, ich darf keine Zeit verlieren!«

»Keine Angst, wir schaffen das zusammen.« Entschlossen nahm er ihre Hand und gemeinsam rannten sie die Stufen hinunter in die Halle. Noch bevor sie die Sohlen auf den Steinboden setzten, packte Mayla ihr Amulett und dachte: »Perduce nos ad silvam prope a fragis!«

Sie landeten am Rande des Waldes, keine zwei Schritte von dem Erdbeerfeld entfernt, über dem der abnehmende Mond prangte. Georg sah sich nach Orientierung suchend um. »Wo sind wir?«

Noch genau erinnerte sie sich an dieses unbekannte Waldgebiet, das sich mitten auf dem Erdbeerfeld unweit des Wohnortes ihrer Eltern befand. Es war die nahegelegenste Weltenfalte, von der sie wusste. »Hier habe ich mein Auto geparkt und der Wohnort meiner Eltern ist nicht weit.«

»Dein Auto? Wo steht es?«

Mayla zeigte in Richtung der Straße, die kaum zu erkennen war, und rannte los über das dunkle Erdbeerfeld hin zu dem Schotterplatz, wo sie ihren Mini abgestellt hatte. »Da!« Sie zeigte auf das treue Gefährt, das zum Glück niemand abgeschleppt oder gestohlen hatte. »Aber verdammt, ich habe keine Schlüssel bei mir.«

»Die brauchen wir nicht!« Er zückte seinen Zauberstab und im nächsten Moment flogen die Fahrer- und die Beifahrertür auf. »Steig ein!« Er sprang hinter das Lenkrad und schwang seinen Zauberstab, während er den Sitz zurückstellte. Der Motor heulte auf und noch bevor Mayla die Tür zugeknallt hatte, fuhr er los.

»Wo müssen wir lang?«

»Links!« Mayla lotste ihn nach Nieder-Erlenbach und zu dem Haus ihrer Eltern. Hoffentlich kamen sie noch rechtzeitig. Hoffentlich hatte Vincent ihre Eltern noch nicht entführt. Hoffentlich konnten sie die beiden retten!

Kapitel 13

Maylas Gedanken rasten mindestens so schnell wie das Auto über die Straße. »Was soll ich ihnen sagen? Wie kann ich sie fortlenken? Ich kann ihnen schlecht die Wahrheit sagen und an mich erinnern können sie sich auch nicht.«

»Nutze das Wissen, das du über sie hast. Nur weil du nicht mehr Teil ihrer Erinnerungen bist, heißt das nicht, dass sich ihre Leidenschaften und Träume verändert haben. Gibt es irgendetwas, das sie immer mal tun wollten?«

»Ach, ich weiß nicht, sie waren … Kanada! Sie wollten immer mal nach Kanada!«

»Perfekt. Wir sagen, sie haben eine Reise gewonnen, und schicken sie zum Flughafen.«

»Selbst wenn sie uns das glauben, fliegt alles am Flughafen auf und dann kommen sie wieder heim. Außerdem fliegen sie mit ihren richtigen Namen und Vincent oder die Jäger können problemlos ihre Spur verfolgen.«

»Nein, Mayla, wir benutzen einen Zauber und geben ihnen neue Namen inklusive gefälschter Papiere.«

»Gefälschte Papiere … das rät mir ein Polizist! Wehe, die sind nicht gut und meine Eltern landen im Knast! Stopp, hier ist es!« Sie zeigte auf das vertraute Einfamilienhaus, in dem alles dunkel war. Abrupt bremste Georg und parkte den Mini am Straßenrand. Synchron drückten sie die Türen auf und sprangen raus.

»Wie geht der Zauber?«

»Lass mich das machen.«

Während Mayla bereits zur Vordertür rannte, sah sich Georg wachsam zu den Seiten um. In dem ruhigen Dorf war alles still. Ein jeder schien zu schlafen – nun, es war nach Mitternacht. Aber das war auch gut so. Falls die Jäger auftauchten, gerieten keine Unschuldigen in die Schusslinie.

Mayla klingelte bereits an der Haustür und Georg kam zu ihr gerannt. Ihre Hände waren schweißnass und zitterten. »Ich weiß immer noch nicht, was ich sagen soll.«

»Improvisieren, Mayla, du schaffst das! Denk daran, kaum einer kennt sie so gut wie du.« Er richtete seinen Zauberstab auf und raunte: »Aperi, tesserae falsae!« In seiner Hand ploppten zwei Flugtickets und ein Hotelgutschein auf.

»Wow, sind die echt?«

»Auf ihnen liegt ein Zauber, sodass jeder sie für echt hält, dem deine Eltern diese Tickets unter die Nase halten werden.«

»Super. Jetzt müssen wir nur noch die beiden überzeugen, die Reise sofort anzutreten. Und wie sollen wir ihnen erklären, dass wir ihnen neue Namen und Pässe geben müssen?«

In dem Moment ging die Tür auf und Peter Falk stand ihnen in seinem gestreiften Schlafanzug gegenüber. Höchst skeptisch sah er sie an und runzelte die Stirn.

»Wer sind Sie und was wollen Sie so spät vor meiner Haustür?« Er konnte ein Gähnen nicht unterdrücken, doch er verbarg es hinter der Hand. »Sind Sie von der Polizei?«

»Wir … wir …« Mayla fielen keine Worte ein, während sie die vertrauten Fältchen um seine Augen und die Geheimratsecken an den Schläfen betrachtete. Am liebsten hätte sie ihn an sich gedrückt, ihm alles erzählt und ihn anschließend gemeinsam mit ihrer Mutter ins Auto gesetzt. Doch noch bevor sie irgendetwas Weiteres sagen konnte, hatte Georg den Zauberstab erhoben.

»Mihi crede!«

Ihr Vater blinzelte, dann verschwand der skeptische Gesichtsausdruck und eine befremdlich selig wirkende Miene breitete sich auf seinem leicht gebräunten Gesicht aus. »Sie haben eine Reise nach Kanada gewonnen inklusive Flugtickets und Übernachtung in einem Fünf-Sterne-Spa-Hotel. Alles all-inclusive natürlich. Ihr Flug geht morgen direkt um fünf Uhr, deshalb müssen Sie jetzt sofort an den Flughafen.«

Der vertraute Geruch von innen schlich sich nach draußen und tief sog Mayla ihn ein. Wie gerne wäre sie hineingegangen und hätte sich ihr ehemaliges Heim angesehen. Doch die Zeit drängte.

»Das Hotel liegt auf Vancouver Island!«, setzte sie entschieden hinzu und warf Georg einen unmissverständlichen Blick zu, dass der den Zauber entsprechend anpasste.

»Okay«, antwortete Peter Falk seltsam hölzern.

»Gehen Sie jetzt nach oben, wecken Sie Ihre Frau, ziehen Sie sich an und kommen Sie sogleich wieder runter. Sie brauchen kein Gepäck, Ihnen wird alles gestellt. Wir benötigen nur Ihre Reisepässe. In fünf Minuten müssen Sie in Ihrem Auto sitzen, sonst verfällt der Gutschein.«

»Okay.« Peter Falk drehte sich um und ohne die Tür zu schließen, lief er die Treppe nach oben.

Traurig blickte Mayla ihm nach, diesem willensstarken Mann, der sich wie eine Marionette verhielt. »Georg, was hast du mit ihm gemacht?«

»Ohne Zauber hätten wir ihn niemals schnell genug überzeugen können.«

»Aber so kann er doch den Urlaub gar nicht genießen.«

»Doch, glaube mir, er ist nur jetzt so seltsam. Sobald sie im Auto sitzen, ist es für sie völlig selbstverständlich und sie freuen sich auf die Reise.«

»Das hoffe ich!« Wie lange hatten ihre Eltern von einer solchen Tour geträumt, manchmal sogar vom Auswandern geredet? Aber wegen Mayla hatten sie es nie ernsthaft in Erwägung gezogen, egal wie oft sie ihnen versichert hatte, dass sie ihren Träumen nicht im Weg stehen wollte. Es würde das optimale Versteck sein, weit fort von Europa und Vincent von Eisenfels! Und das mit neuen Namen – denn schließlich spielten dank der Weltenfalten und Schutzamuletten Entfernungen in der Hexenwelt keine Rolle. »Wer weiß, ob sie je wieder zurückkehren …«

»Uns bleibt keine Wahl, Mayla. Wir müssen sie verstecken und als normale Menschen können sie keine Weltenfalten betreten. Nirgends wären sie sicher vor Vincent und seinen Jägern.« Wachsam blickten sie sich zu den Seiten um. Noch immer war es still. Hoffentlich konnten ihre Eltern noch wegfahren, bevor die Horden auftauchten.

»Peter, was ist nur los mit dir? Was soll das für ein Gewinn sein, der uns mitten in der Nacht aus unseren Betten reißt?«

Vollständig angekleidet kamen ihre Eltern die Treppe nach unten, oder vielmehr zog ihr Vater ihre Mutter hinunter. Anneliese wehrte sich eindringlich, doch Peter Falk war so entschlossen, dass sie dennoch mit ihm mitlief. Als ihr Blick auf Mayla und Georg fiel, klappte ihr der Mund auf. »Wer sind Sie?«

»Wir haben Ihnen die gute Nachricht überbracht!«, sagte Mayla schnell. Wie wunderbar war es, endlich mal wieder mit ihrer Mutter zu reden – auch wenn die keine Ahnung hatte, was Mayla für sie empfand. Sie lächelte sie an, betrachtete sie und fühlte ein Glücksgefühl durch sich hindurchströmen.

»Aber mitten in der Nacht? Außerdem haben wir an gar keinem Gewinnspiel teilgenommen. Von welcher Gesellschaft sind Sie?« Plötzlich veränderte sich ihr Blick. Hatte Georg etwa schon gehext? Doch sie legte den Kopf schräg und betrachtete Mayla eingehend. »Kennen wir uns? Sie kommen mir irgendwie bekannt vor.«

Wie bitte? Mayla klappte der Mund auf und unfähig, etwas zu sagen, starrte sie ihre Mutter an. Konnte das sein?

»Ich weiß nicht, wieso, aber ich habe das Gefühl, dass wir uns schon einmal begegnet sind. Können Sie mir weiterhelfen?«

»Ich … Ich bin …«

Während Georg bereits den Zauberstab zückte, um auch sie mit einem Hexspruch zu unterwerfen, trat die Erkenntnis in ihre blauen Augen und ein zärtliches Lächeln trat auf ihr Gesicht. »Mayla?« Ungläubig trat sie auf sie zu, während Mayla die Tränen in die Augen schossen.

»Mama? Erinnerst du dich?«

Georg hob den Zauberstab und Mayla konnte den Spruch bereits hören, doch sie hob die Hand, um ihn zu stoppen, und wandte sich erneut ihrer Mutter zu.

Ungläubig streckte Anneliese ihre Hand aus, strich Mayla über den Arm und betrachtete sie von oben bis unten. »Wo bist du gewesen? Was ist passiert? Es ist alles so merkwürdig verschwommen.«

»Du erinnerst dich.«

»Mayla, schnell«, ging Georg dazwischen.

Unendlich glücklich fasste sie ihre Mutter bei der Hand und lächelte. »Mama, ich kann es dir jetzt nicht erklären, aber ihr seid in großer Gefahr. Schnell, flieg mit Papa nach Kanada. Ihr bekommt eine neue Identität und bleibt erst mal da. Dort seid ihr sicher.«

»Nach Kanada? Was willst du damit sagen? Was ist geschehen?«

»Kann ich bitte ihre Ausweise haben?«, fragte Georg, worauf Peter Falk sie ihm widerstandslos aushändigte. Mit dem Zauberstab fuhr Georg darüber, ungeachtet dessen, dass ihre Eltern ihn beobachten konnten. Annelieses Augen wurden kugelrund. »Mayla?«

»Das erkläre ich dir, wenn ihr zurück seid, aber jetzt ist keine Zeit dafür.«

»Nein, ich gehe nicht. Wenn wir in Gefahr sind, so bist du es auch. Ich könnte dich niemals zurücklassen!«

»Hallo, Mayla!«, rief eine allzu bekannte Stimme von der Straße her.

Ungläubig drehte Mayla sich um. Das durfte doch nicht wahr sein! »Heike?«

Kurzerhand hob Georg den Zauberstab, richtete ihn auf Anneliese und raunte: »Mihi crede!«, worauf Annelieses Blick glasig wurde. »Fahren Sie jetzt mit Ihrem Mann zum Flughafen und genießen Sie den Urlaub!«

»In Ordnung!«, entgegneten ihre Eltern im Chor und liefen auf die Garage zu, während Heike den schmalen Weg durch den Vorgarten auf sie zu geschnauft kam. Maylas Herz schmerzte, während sie ihren Eltern hinterhersah, doch es nützte nichts. Die beiden mussten so schnell wie möglich fort von hier. Entschieden wandte sie ihnen den Rücken zu und fiel Heike in die Arme.

»Mayla, Mensch, wo hast du schon wieder gesteckt?«

»Lange Geschichte. Aber was suchst du um die Uhrzeit hier bei meinen Eltern? Du bist ja völlig außer Puste.«

»Du wirst es nicht glauben, aber ich war bei meiner Tarotkartenlegerin. Sie hat mir gesagt, ich solle auf Zeichen achten. Schon bald bräuchtest du meine Hilfe.«

Während die Garage per Automatik aufging und ihre Eltern in ihrem silbernen VW rückwärts an ihnen vorbeifuhren, hob Heike die Hand und winkte begeistert. Doch Peter und Anneliese Falk beachteten sie gar nicht und ohne aufzublicken, fuhren sie rasch an ihnen vorbei.

Wehmütig blickte Mayla hinter ihnen her. Ihre Mutter, sie hatte sie erkannt. Wie wunderbar! Sobald all dieser Irrsinn vorbei war, vielleicht konnte sie sie dann in Kanada besuchen gehen …

»Was denn für eine Tarotkartenlegerin?«, wollte Georg wissen und musterte Heike mit gerunzelter Stirn.

Auf Heikes Gesicht erschien ein breites Grinsen. »Das ist er? Der Neue, der dich von mir ablenkt? Was für ein Augenschmaus! Freut mich sehr, ich bin Heike, die beste Freundin.«

Ein Windhauch raschelte durch die Gebüsche und hellhörig sahen sie sich um. Die Jäger?

Georg packte den Zauberstab und richtete ihn auf Heike. »Mihi crede!«

»Was soll das? Was ist das?«

»Fahr jetzt wieder nach Hause und vergiss, dass du Mayla und mich getroffen hast.«

»Was? Na hör mal! Das mache ich bestimmt nicht. Was soll denn das?«

Fassungslos blickte Georg Heike an, bei der sein Zauber nichts ausrichtete. »Aber sie ist doch keine …«

»Nein, ist sie nicht – soweit ich weiß«, bestätigte Mayla, nicht minder überrascht. Wieso wirkte der Spruch bei ihrer Freundin nicht? Nur weil sie daran glaubte, dass es Hexen gab? Oder war auch sie jemand, dessen Magie blockiert wurde?

Ein Lichtblitz erhellte die Siedlung und schoss auf sie zu. Schnell blies Mayla einen Ring aus Feuer um sie herum, der den Fluch aufhielt.

Heikes Augen wurden kugelrund, während sie die tanzenden Flammen anstierte. »Was geschieht hier? Das sah beinahe so aus, als hättest du das gemacht, Mayla.«

»Verdammt, sie sind hier! Schnell, wir müssen weg.« Georg nahm Mayla bei der Hand, die flugs auch die ihrer Freundin packte.

»Mayla, was zum …?«

Ein weiterer Fluch schoss auf sie zu und prallte funkensprühend an ihrem Schutz ab.

»Zurück zum Auto!«, rief Georg.

Mayla blies den Ring aus Flammen aus, damit sie zur Straße rennen konnten, und sie und Heike spurteten geduckt hinter Georg her. Weitere Flüche kamen auf sie zu geschossen und setzten den Busch neben ihnen in Brand. Einer der Jäger musste ein Feuerhexer sein. Im Rennen blies Mayla die Flammen aus, damit das Haus ihrer Eltern und die Siedlung keinem Großbrand zum Opfer fielen.

Staunend beobachtete Heike jede ihrer Gesten. »Mayla, bist du etwa eine Hexe?«

Verdammt. Aber klar, dass ihre Freundin sofort auf des Rätsels Lösung kam. »Ja, Heike, und dort kommen böse Hexer, die uns töten wollen. Wir müssen sofort weg von hier!«

Ohne weitere Fragen zu stellen, huschte Heike hinter ihr her zum Bürgersteig. Doch der Mini stand bereits in Flammen, die Fenster waren zersprungen und die Reifen platt.

»Verdammt, mein schönes Auto! Was machen wir jetzt?«

Über die Straße kamen mehrere junge Männer auf sie zu gerannt, die keine Zeit ließen, den Mini per Hexspruch zu reparieren.

»Wir nehmen meins!« Geduckt rannte Heike vorneweg zu ihrem roten Opel, der auf der gegenüberliegenden Straßenseite parkte. Mayla und Georg warfen sich einen kurzen Blick zu, dann stürmten sie hinter ihr her und stiegen ein. Heike startete bereits den Motor, während Mayla vorne und Georg hinten saß. Er musste sich bücken, so niedrig war die Decke, aber er beschwerte sich nicht. »Los!«, brüllte er. »Oder soll ich fahren?«

»Für mein Auto braucht man ein besonderes Händchen.« Heike drehte den Schlüssel in der Zündung und der Motor knatterte und ratterte. Sie hielt den Schlüssel fest und strich über das Lenkrad. »Komm schon, mein alter Freund, lass uns jetzt nicht im Stich.«

Mayla drehte sich nach hinten um und sah die Jäger ihre Zauberstäbe schwingen. Bevor sie ein Fluch treffen konnte, blies sie eine Wand aus Feuer hinter das Auto, an dem die Zauber abprallten.

Endlich sprang der Motor an und ließ das Auto erbeben. Heike löste die Handbremse, während Mayla und Georg aus der Heckscheibe sahen. Die Jäger kamen näher und jagten weitere Flüche auf sie, die an der Flammenwand abprallten. Doch als sie losfuhren, erstarb der Schutz.

»Ihr braucht keine Sorge zu haben.« Heike deutete auf ein blechernes Amulett, das an ihrem Rückspiegel hing und in dessen Mitte ein lila Halbedelstein steckte. »Das Amulett habe ich schon vor Jahren auf einer Esoterikmesse gekauft. Das hält böse Flüche fern. Und keinen einzigen Unfall hatte ich, seit ich es hier aufbewahre.« Heike gluckste begeistert.

Ein gleißend heller Blitz schoss durch die Scheibe und zerstörte den Anhänger. Mayla, Georg und Heike zogen die Köpfe ein und linsten hinter sich.

»Aber wie kann das …?« Ungläubig befühlte Heike die Bruchstücke des Amuletts, zog erschrocken die Finger zurück und schüttelte sie. »Heiß!«

»Schneller, Heike! Lass deinen Talisman liegen, guck auf die Straße und tritt aufs Gaspedal. Sonst werden sie uns töten!«

Heike tat, wie ihr geheißen, und brauste die Straße entlang. »Sie steigen auch in Autos!«, rief Georg, der unablässig aus der Heckscheibe schaute.

»Tutare!«, dachte Mayla, doch der Schild erstarb sogleich wieder. »Wieso funktionieren die Schutzzauber nicht?«

»Wir sind zu schnell.«

»Wir fahren keine sechzig Stundenkilometer!«

»Und wir müssen dringend schneller werden!« Er deutete auf die beiden schwarzen Autos, die immer näher zu ihnen aufschlossen und gewiss mehr PS unter der Haube hatten als Heikes klapprige Blechbüchse.

»Gibt es keinen Zauber, mit dem ihr meinen Opel schneller machen könnt?«, schrie Heike euphorisch.

Fragend sah Mayla zu Georg. »Gibt es einen?«

Er runzelte die Stirn, doch Mayla wartete gar nicht ab. Die Übersetzung für »schneller« war ihr soeben eingefallen. Sie stellte sich vor, wie sie über die Straße rasten, und raunte: »Celerius!« Der Opel gewann an Geschwindigkeit, doch es reiche nicht aus, denn die Jäger hingen beinahe schon wieder an ihrer Stoßstange. Ein weiterer Blitz kam auf sie zu und Georg brüllte: »Defende!«, worauf der Fluch erlosch.

Unterdessen lenkte Heike begeistert den Opel aus der Ortschaft hinaus auf die Landstraße. »Mayla, warst du schon immer eine Hexe?«, schrie sie aufgeregt.

»Nein, erst seit kurzem. Wir müssen sie abhängen. Hast du eine Idee, Georg?«

»Vielleicht. Ich weiß nicht, wieso der Zauber bei deiner Freundin nicht gewirkt hat und wieso sie dich nicht vergessen hat, aber sie ist ein Mensch, also kann sie unsere Welt nicht betreten. Das ist unsere Chance!«

»Wie meinst du das? Wie soll uns das helfen?«

Der nächste Fluch schoss auf sie zu und diesmal rief Mayla: »Defende!«, worauf er noch vor dem Auto verpuffte.

»Wieso hext er mit einem Zauberstab und du ohne?«

»Später, Heike.«

Ein lauter Schlag ließ sie herumfahren. Ein Fluch hatte die Heckscheibe zertrümmert und die Scherben flogen auf Georg, der schützend die Arme vors Gesicht hielt. Weitere Zauber schossen auf sie zu und Mayla wehrte sie ab. Doch einer traf die Hintertür und hinterließ ein Loch darin, als wäre sie nur aus Papier.

»Du musst noch schneller fahren!«, schrie Mayla.

»Der Opel und ich, wir geben unser Bestes! Wo soll ich lang? Wo sind wir vor den Hexern sicher? Und wieso verfolgen sie euch?«

»Das ist eine lange Geschichte!«

Der nächste Fluch traf den Rückspiegel und er explodierte in unzählige Stücke. Heike duckte sich, doch sie fuhr ungebremst weiter. Die Hände ums Lenkrad gekrallt, heftete sie die Augen auf die Straße und drückte das Gaspedal durch. »Hex noch mal den Schneller-Zauber, Mayla.«

»Celerius!«

Sogleich zischte der rote Opel über die nächtliche Landstraße. »Wir sind ein super Team!« Heike strahlte. »Zum Glück ist es Nacht. Sonst würden uns die anderen Menschen sehen. Es ist doch geheim, dass Hexen existieren, richtig? Ich habe schon immer gewusst, da gibt es mehr! Und wie richtig habe ich gelegen. Lustig, Mayla, dass gerade du mir nie geglaubt hast. Aber sag, hast du nur so getan?«

»Nein, meine Kräfte sind erst vor ein paar Wochen erwacht – und seither ist nichts mehr, wie es vorher war!«

»Das ist ja fantastisch. Dann habe ich ja auch noch Chancen, meine Magie zu erwecken. Habt ihr vielleicht einen Tipp für mich?«

»Ähm, Heike, so einfach …«

»Lasst uns das später klären. Bieg hier ab!«, ging Georg dazwischen und zeigte auf die vor ihnen liegende Kreuzung und die abzweigende Straße.

»Was hast du vor?«, wollte Mayla wissen.

»Dort hinten gibt es eine große Weltenfalte.«

»Weltenfalte?« Heike horchte auf. »Nennt ihr so die Welt, in der ihr lebt?«

»Vor Bad Vilbel ist eine?«, überging Mayla die Frage ihrer Freundin.

»Ja, eine sehr große. Aber da Heike bei uns ist, können wir theoretisch mit dem Auto einfach drüberfahren. Die Jäger allerdings müssen durch sie hindurch. Es ist unsere Chance, sie abzuhängen!«

»Das klingt nach einem fantastischen Plan! Übrigens, gute Wahl, Mayla, dein Neuer, meine ich. Definitiv hübscher als

Henning.« Sie warf einen bewundernden Blick über die Schulter und Mayla wurde knallrot.

»Ich bin nicht ihr Neuer«, klärte Georg auf.

»Was? Erzähl mir nicht, Mayla, dass nicht auch ein Mann im Spiel ist! Ich wäre echt enttäuscht.« Schwungvoll nahm Heike die Kurve als wäre sie bei der Formel Eins. Durch die unerwartete Richtungsänderung fielen ihre Verfolger weiter zurück.

»Es ist ein Mann im Spiel, aber Georg ist einfach mein … mein bester Freund.« Mayla blickte hinüber zu ihm und sah ihn entschuldigend an. »So ein guter Freund, wie ich noch nie zuvor einen hatte und wie ihn sich jede Frau wünscht.«

Georg schmunzelte halbherzig. Eine gewisse Wehmut lag in seinem Blick, doch sogleich wurden sie vom nächsten Fluch getroffen und zogen rasch die Köpfe ein.

Mayla hob die Hände und schmetterte ihren Verfolgern den Dirumpe-Fluch entgegen. Ihre Windschutzscheibe explodierte, doch die Autos fuhren ungebremst weiter. »Wie weit ist es noch bis zu der Falte?«

»Wir müssten sie gleich sehen.«

»Wieso hat mein Amulett nicht funktioniert?« Heike schüttelte ungläubig den Kopf und schaltete in den vierten Gang zurück, um mehr Tempo rauszuholen. Der Opel röhrte, während sich der Abstand zu ihren Verfolgern vergrößerte. Die Motorengeräusche waren so laut, dass sie schreien mussten, um sich unterhalten zu können.

»Runter!«, brüllte Georg und ein Fluch zischte haarscharf an ihm vorbei.

»Aaaahhh!« Heikes Hände glitten vom Lenkrad. Der Bann hatte ihre Schulter getroffen. Wie leblos hing der rechte Arm hinunter und panisch befühlte sie ihre Schulter mit der linken Hand. »Hilfe! Ich brenne!« Mayla packte das Lenkrad, bevor sie im Graben landeten.

»Heike! Halte durch!« Ihre Augen schossen zwischen der dunklen Straße und ihrer Freundin hin und her, die kreide-bleich wurde. Wehe, wenn das einer der vergessenen Flüche war …

Georg zückte sofort seinen Zauberstab. »Ich fixiere jetzt das Gaspedal mit einem Zauber, dann hexe ich sie zu mir auf die Rückbank. Du musst sofort auf den Fahrersitz klettern, Mayla, hast du verstanden?«

»Wird sie wieder gesund? Ist es einer der alten Flüche?«

»Konzentrier du dich aufs Fahren. Immer geradeaus! Ich sehe, wie ich ihr helfen kann!«

Im nächsten Moment hob Heike vom Sitz ab, ihre Beine schwangen unter dem Lenkrad hervor und sie schwebte auf die Rückbank zu. Dabei reagierte sie kaum, presste die Hand um die Schulter und stöhnte immer wieder auf. Ihre Lider flackerten und sie schrie erneut, als sie mit der Schulter an eine der Rückenlehnen stieß. Sogleich hexte Georg die Lehnen zu den Seiten, damit ihre Freundin durchpasste, und Mayla krabbelte auf den Fahrersitz und drückte das Gas-pedal durch.

Einen Blick über die Schulter werfend sah sie ihre geliebte Freundin beinahe bewusstlos auf der Rückbank liegen, den Kopf in Georgs Schoß gebettet, der eingequetscht in der Ecke saß, während er mit seinem Zauberstab über sie fuhr.

»Kannst du ihr helfen?«

Der nächste Fluch schoss in das Wageninnere über sie hinweg. Georg hatte Mühe, den Kopf einzuziehen. Es war kaum genug Platz dahinten und er war viel zu groß für das winzige Auto.

»Konzentrier du dich auf die Straße! Ich kümmere mich um sie!«

Hoffentlich vermochte er Heike zu helfen! Was passierte mit einem Menschen, der einen Hexenfluch abbekam? Konnte man das überhaupt heilen?

Sie raste durch die Dunkelheit, die beiden schwarzen Autos dicht hinter sich, als vor ihr etwas zu funkeln und zu glitzern begann. Ein Zauber war vor ihr, aber … Moment, war das die Weltenfalte? Das Glitzern waberte direkt über die Straße, ein Hauch von Grün und Blau flackerte vor ihr, doch es zeigte sich ihr nicht deutlicher.

»Ist das die geschlossene Weltenfalte?«

»Ja!« Georgs graue Augen leuchteten auf. »Es funktioniert. Durch deine Freundin fahren wir einfach drüber. Schneller, Mayla, gleich haben wir es geschafft!«

Der nächste Fluch schoss direkt auf eines der Räder, der Reifen platzte mit einem lauten Knall und der Opel fuhr direkt auf der Felge. Ein gleißender Lichtblitz traf erneut auf das Auto. Er ratterte und heulte auf, wurde langsamer und langsamer, bis er rauchend zum Stehen kam.

Mayla richtete ihre Hände auf das Lenkrad und rief erneut: »Celerius«, doch der Wagen reagierte nicht. »Mist. Und jetzt?«

Georg drehte sich um. Die schwarzen Autos kamen angerast, und er und Mayla befanden sich kurz vor dem Glitzern. »Wir steigen aus und schieben.«

»Ist das dein Ernst?«

»Wir haben keine Wahl. Uns bleibt keine Zeit, das Auto zu reparieren, und zurücklassen sollten wir es auch nicht. Wir brauchen es noch.«

»Okay.«

Kurzerhand sprang sie aus der Tür und sah bereits den nächsten Fluch näher fliegen. Tief atmete sie ein und blies eine Feuerwand hinter den Opel, während Georg ebenfalls aus dem Wagen sprang.

»Vola!« Der Opel hob vom Boden ab, allerdings nur ein Stück. »Schnell, Mayla, geh du auf die andere Seite und schiebe von dort. Das Auto fliegt, wir schaffen das, aber wir müssen unter allen Umständen Heike anfassen. Hast du verstanden? Sonst landen wir in der Falte.«

Mayla schnellte auf die andere Seite, umfasste den Knöchel von Heike, die wie in einem Delirium den Kopf hin und her wandte. Verflucht, ihre Freundin hatte schlimme Schmerzen. Sie mussten schleunigst weg von den verdammten Jägern!

Georg schaute über den Opel zu ihr. »Bereit?«

»Bereit.«

»Eins, zwei, drei.« Gemeinsam schoben sie das Auto, das in der Luft flog und dadurch wesentlich leichter fortzubewegen war. Trotzdem war es schwer und sie brauchten mehr Kraft, als Mayla erwartet hatte.

»Wieso hexen wir es nicht vorwärts?«

»Wir könnten den direkten Kontakt mit deiner Freundin verlieren und dann landen wir in der Falte.« Georg hielt Heikes Hand fester und Mayla umfasste ihren Knöchel.

»Halte durch, Heike, gleich helfen wir dir.«

Das Glitzern kam näher, die Motorhaube flog bereits durch das Funkeln hindurch. Mayla biss die Zähne zusammen und schob weiter. Schweiß bildete sich auf ihrer Stirn, doch sie gab nicht auf. Gemeinsam mit Georg bewegte sie das Auto vorwärts, bis auch sie die Magie durchschritten. Ein Prickeln wanderte über ihren Körper, zog sie zu sich und rief nach ihr. Sie fühlte die Magie, die an dieser Grenze verborgen lag, all die Stärke und Energie, die durch die Falte hindurchfloss. Im nächsten Moment passierten sie das Glitzern und Wabern. Dann war all die Magie verschwunden und sie schoben das Auto weiter auf der dunklen Straße, als wäre nichts da gewesen.

Nach ein paar Metern drehte sich Mayla aufgeregt um. Hinter ihnen war niemand mehr zu sehen. Die Straße war leer! »Wir haben es geschafft! Die Jäger sind in der Falte!«

»Super, und jetzt müssen wir den Wagen schnell reparieren, bevor sie wieder rauskommen. Ich weiß nicht, wie groß die Weltenfalte ist.«

»Wie können wir das Auto wieder fahrtüchtig machen?«

»Erst mal muss ich das Problem finden.« Georg schwang sich unter den fliegenden Opel wie ein Automechaniker. Hoffentlich fiel der Wagen nicht runter und begrub ihn unter sich.

Ihre Freundin stöhnte auf und Mayla stürzte zu ihr. »Heike, halte durch!«

»Ich hab's! Der Kühler ist getroffen und sämtliche Kühlflüssigkeit ist ausgelaufen.«

»Verdammt. Und jetzt?«

»Ich repariere ihn und dann fülle ich das Wasser zurück.«

»Aber wo willst du das hernehmen? Es ist überall auf der Straße verteilt und bereits am Einsickern. Wir können doch keine Lebensmittel herbeizaubern.«

»Zum Glück hast du einen Wasserhexer bei dir.« Er richtete den Zauberstab auf den beschädigten Behälter und raunte: »Repara!« Dann kroch er unter dem Wagen hervor, wandte den Blick den dunklen Wasserflecken auf der geteerten Straße zu und blies. Erst zischte das Wasser und verdampfte, dann flog es zu Georg, der nach vorne lief und die Motor-haube und anschließend den Kühlbehälter öffnete. Direkt über der Öffnung blies er erneut, worauf sich der Wasser-dampf verflüssigte und direkt in den Behälter hineinfloss, als würde Georg einen Trichter benutzen.

»Wahnsinn. Und jetzt?«

»Ich wechsle noch schnell den platten Reifen. Da der Opel ein älteres Modell ist, müsste im Kofferraum das Ersatzrad sein.« Er öffnete den Wagen hinten und hob die Ablage hoch. »Hier ist es!« Rasch holte er es hervor, flüsterte ein paar Zau-ber, die Mayla nicht verstand, worauf der Reifen in Windes-eile ausgetauscht wurde. »Jetzt fahren wir weiter. Setz du dich zu Heike und ich geh hinters Steuer! Sobald wir ein paar Haken geschlagen und die Jäger uns nirgends entdeckt haben, verstecken wir uns und dann kümmern wir uns um deine Freundin.«

Mayla krabbelte auf die Rückbank, bettete Heikes Kopf auf ihren Schoß und strich ihr über die kalte Stirn. »Heike? Kannst du mich hören?«

Ihre Freundin stöhnte auf, es klang furchtbar kraftlos.

»Halte durch, Heike, ich lasse nicht zu, dass du stirbst!«

Kapitel 14

Als sie eine Weile herumgefahren waren und von den Jägern jede Spur fehlte, fühlten sie sich sicher. Georg lenkte den roten Opel vor einen verlassenen Supermarkt und parkte. Er zauberte Heike aus dem Auto heraus und bevor sie auf der Straße landete, zog Mayla rasch ihre Bluse aus und verwandelte sie in ein flauschiges Lager, auf dem ihre Freundin ruhen konnte. Nur im Trägerhemd beugte sie sich über sie, zog ihr die Brille ab und strich über ihre schweißnasse Stirn.

»Heike, kannst du mich hören?«

Ihre Lider flackerten, sie bewegte den Kopf, doch ihre Zunge schien zu schwer. Panik drohte Mayla zu überfallen, doch sie drängte sie zurück und blieb ruhig. Es war niemand da, der ihrer Freundin helfen konnte. Sie musste es selbst schaffen. »Was war das für ein Fluch?«

»Sie hat gesagt, sie verbrennt. Wahrscheinlich war es der gleiche Fluch, mit dem du damals von den Jägern getroffen wurdest.«

Mayla zerrte an der Tunika ihrer Freundin, um die Schulter offenzulegen, und sah eine feuerrote Verfärbung, die sich um das Schultergelenk auf der Haut abzeichnete. »Tom hat mich damals gerettet. Weißt du, wie er es gemacht hat?«

Georg zuckte ratlos mit den breiten Schultern. »Er hat nur gesagt, er sei gut in Kräuterzauber – im Gegensatz zu mir. Ich weiß nicht, wie er dich geheilt hat.«

»Verflucht. Wieso nur habe ich nicht besser aufgepasst, wenn meine Oma über das Thema gesprochen hat? Jetzt sitze ich hier und kann meiner Freundin nicht helfen, weil ich im Unterricht nicht aufgepasst habe!« Aufgewühlt schloss sie die Augen. Irgendwo in ihrem Gedächtnis gab es vielleicht etwas, das sie sich behalten hatte. Verbrennung, brennen, Flamma-Fluch. Flamma, flamma, brennen … »Brennnesseln! Brennen muss man mit Brennen heilen! Schnell, wir müssen welche finden.«

»Brennnesseln? Bist du dir sicher?«

»Aber ja, das hat meine Oma mir erklärt. Ich weiß es ganz genau.« Schon stürmte sie los und suchte die angrenzenden Grünstreifen nach der Pflanze ab. Georg suchte auf der anderen Seite.

»Ich habe welche!«

»Super!« Mayla rannte ihm entgegen und riss sie ihm aus der Hand. Das Brennen, das sich mit kleinen Pusteln auf ihrer Handinnenfläche breitmachte, ignorierte sie. Ohne sich im Detail zu erinnern, wann ihre Oma davon erzählt hatte, aber mit einer Gewissheit, das einzig Richtige zu tun, zupfte sie die Blätter vom Stiel, rieb sie zwischen den Fingern und strich damit über die Schulter ihrer Freundin und über den feuerroten Ring, der sich um das Gelenk abzeichnete.

»Ich weiß nicht, wie Tom es gemacht hat, aber so nicht.«

Sie ignorierte Georg, legte ihre Handflächen auf Heikes Schulter und strich darüber. »Sana!« Ein Strahlen wanderte von ihren Händen ab und hüllte ihre Freundin ein, bis diese sich entspannte. Ein zartes Lächeln erschien auf ihren blassen Lippen und Mayla seufzte erleichtert auf.

Georg strich sich mit dem Unterarm über die Stirn. »Wow, ich bin beeindruckt. Wo hast du das gelernt?«

»Meine Oma hat mir davon erzählt – Gründermagie. Zum Glück fiel es mir rechtzeitig ein. Nie wieder werde ich mich über eine Stunde Kräuterzauber beschweren, das kannst du mir glauben!« Zärtlich betrachtete sie Heike, die endlich wieder ruhiger atmete, unendlich erleichtert, dass sie den Fluch gebannt hatte. »Meine liebe, treue Freundin … Wieso erinnert sie sich noch an mich? Warum wirken die Zauber bei ihr nicht? Sie kann keine Hexe sein, sonst hätten wir die Weltenfalte nicht überfahren können. Oder meinst du ihre Kräfte sind unterdrückt, wie meine es gewesen sind?«

Georg strich sich über das Kinn. »Das ist eine mehr als interessante Frage. Ich sehe an ihr keine Magie und es passiert nicht oft, dass Hexen blockiert werden. Es wäre auch möglich, dass ein Schutz über ihr liegt, der verhindert, dass sie verhext werden kann.«

»Ein Schutz? Aber wer sollte ihr den auferlegt haben? Sie hat doch keinen Kontakt zu richtigen Hexen.«

»Sie hatte dieses Amulett in ihrem Auto hängen.«

Mayla lachte auf. »Ja, und wie gut das gewirkt hat, konnten wir alle sehen!«

»Vielleicht hat sie noch mehr solcher Gegenstände und nicht alle davon sind nutzlos.«

»Woher sollte sie einen solchen Gegenstand haben?«

Georg fuhr sich mit der Hand über den Nacken. »Ich habe keine Ahnung.« Er betrachtete Heike genauer, die gelborangene Tunika, das braune, leicht gelockte Haar, und sein Blick blieb an einem Glitzern hängen, das sich um ihren Hals wand. »Schau, sie trägt eine Kette. Hol sie mal vorsichtig raus.«

Stirnrunzelnd betrachtete Mayla das Schmuckstück und blickte anschließend empört zu Georg. »Ich kann doch nicht an ihr herumfummeln, während sie hier bewusstlos vor mir liegt. Schließlich bin ich ihre Freundin!«

»Aber wenn du es ihr abnimmst, können wir sie wahrscheinlich verhexen und sie erinnert sich nicht mehr an die vergangene Stunde.«

»Nach dieser Verfolgungsjagd werde ich sie bestimmt nicht verhexen!«

»Wir haben keine andere Wahl. Niemand darf erfahren, dass es uns Hexen gibt – und sie hat sogar mit angehört, wie wir über die Weltenfalten gesprochen haben.«

»Sie hat sowieso schon immer gewusst, dass es Hexen gibt. Sie hatte nur keine Ahnung, dass ich eine bin.«

»Aber die Weltenfalten, Mayla …«

»Die kann sie doch ohnehin nicht betreten – und selbst wenn sie jemandem davon erzählt, kein Mensch kann uns dort etwas tun. Sie sind doch überhaupt nicht in der Lage, die Falten zu finden – mal abgesehen davon, dass Heike uns an niemanden verraten wird, wenn ich sie darum bitte.«

»Redet ihr über mich?« Heike blinzelte und stützte sich auf die Unterarme. Dann rappelte sie sich auf und tastete über den Boden. »Wo ist meine Brille?«

»Hier!« Mayla reicht sie ihr, worauf Heike sie an ihrer Tunika penibel sauber wischte. Sie setzte die Sehhilfe auf die Nase und sah Georg streng an. »Ihr werdet mir mein Amulett bestimmt nicht wegnehmen. Und selbst wenn ihr versucht mich zu verhexen, ihr glaubt doch nicht im Ernst, dass ich all das je wieder vergessen werde!« Überglücklich strahlte sie Mayla an. »Kann ich auch zu einer Hexe werden?«

Lächelnd zuckte Mayla mit den Schultern. »Wer weiß, Heike. Ich glaube, alles ist möglich. Aber sag mal, woher hast du das Amulett, das du unter der Tunika versteckst?«

Heike warf einen skeptischen Blick zu Georg, der abwehrend die Hände hob. »Ich werde es dir nicht wegnehmen. Ich verspreche es. Um meine Beweggründe darzulegen: Ich bin im Grunde meines Herzens ein Polizist und deshalb mitverantwortlich, dass die Menschen nichts von uns erfahren.«

Heike nickte einsichtig. »Aber ich wusste ja nun wirklich schon vorher von euch. Und ich wette, die Besitzerin des neuen Esoterikladens ist auch eine Hexe!«

Mayla lachte. »Wer weiß. Aber jetzt müssen wir überlegen, wie wir dich schützen können, denn wir müssen in unsere Welt zurück, um …« Sie stockte.

Heike horchte auf. »Ja …?«

»Es gibt ein paar wichtige Dinge zu erledigen und die dulden keinen Aufschub«, kam Georg Mayla zuvor, bevor sie noch mehr verraten konnte.

»Wir können dich leider nicht mitnehmen, Heike. Aber dadurch, dass du bei uns warst, haftet Magie an dir.«

Begeistert blickte Heike an sich hinab, doch sie konnte das Glitzern und den hellen Schein nicht sehen. »An mir? Das ist ja fantastisch.«

Auf einen Schlenker mit der Hand verwandelte Mayla die Matte auf dem Boden zurück in ihre Bluse und während sie sie überzog, bekam Heike große Augen.

»Fantastisch, Mayla!«

»Das ist nur bedingt fantastisch, denn es gibt eine Gruppe Hexer, die anderen … schaden wollen. Wir müssen verhindern, dass sie auf dich aufmerksam werden. Hast du eine Idee, Georg?«

»Könnt ihr mich wirklich nicht mitnehmen?«

»Leider nein. Zu gerne würde ich dir meine Welt zeigen, aber solange deine Kräfte noch nicht erwacht sind, bleiben die Pforten für dich geschlossen.« Okay, Maylas Magie hatte sich nur deshalb so spät offenbart, weil ihre Oma sie blockiert hatte, aber sie wollte ihrer Freundin nicht die Hoffnung nehmen, dass es ihr ebenso ergehen konnte. Schließlich war es nicht ausgeschlossen. Wenn Mayla eines gelernt hatte in den letzten Wochen, dann, dass nahezu alles möglich war. Und wer war sie, zu behaupten, bei Heike könnten nicht auch irgendwann magische Fähigkeiten erwachen?

Heike seufzte auf. »Schade. Aber ich kann ja einfach noch mal in den Esoterikladen und nach einem mächtigeren Schutzzauber fragen.«

»Ich will nicht das Risiko eingehen, dass das nicht ausreicht. Also, Georg? Her mit den Ideen!«

»Soweit ich weiß, gibt es vereinzelt Hexen, die Läden außerhalb der Weltenfalten betreiben. Dort ist die Magie nicht auffällig, da die Jäger wissen, woher sie stammt. Und in der Regel sind das auch keine Verstoßenen, weshalb die Jäger sie in Ruhe lassen. Vielleicht könnten wir dich bei einer dieser Hexen verstecken, bis die Geschichte vorbei ist.«

»Eine gute Idee. Vielleicht ist ja die Frau in dem Esoterikladen wirklich eine Hexe, wenn sie dir dieses wirksame Amulett verkauft hat. Den Talisman im Auto, der kaputt ist, stammt der auch von ihr?«

»Nein, nein, den habe ich wie gesagt vor Jahren mal auf einer Messe gekauft.«

»Dann ist es nicht auszuschließen. Der Laden könnte eine gute Möglichkeit sein, dich zu verbergen.« Mayla linste auf ihre Armbanduhr. »Aber er wird frühestens in sieben Stunden öffnen. Wir haben ein Uhr mitten in der Nacht.«

»Bis dahin können wir in meine Wohnung gehen«, schlug Heike vor.

Georg schüttelte den Kopf. »Die Jäger haben dein Nummernschild und Kontakte zur Polizei. Sie werden die Wohnung längst überwachen.«

Neugierig sah Heike sie an. »Was wollen diese Männer, die ihr Jäger nennt, von dir, Mayla?«

Verdammt, ihre Freundin hatte einen verflucht guten Riecher. »Wie kommst du darauf, dass es hierbei um mich geht?«

»Du hast deine Eltern weggeschickt. Jetzt dürfen sie mich nicht erwischen. Sie wollten dich durch die Geiselnahme deiner Eltern erpressen, richtig? Und jetzt steht mein Leben auf dem Spiel.« Diese Theorie schien sie keineswegs zu beunruhigen. Noch immer vergnügt betrachtete sie Mayla, als wäre all das nur ein Spiel.

Georg sah sie warnend an, doch wieso sollte sie ihrer Freundin etwas vormachen? Heike musste den Ernst der Lage erkennen. »Ja, Heike, unter anderem geht es um mich. Aber mehr darf ich dir nicht verraten.«

Die Augen ihrer Freundin weiteten sich euphorisch. »Ich würde es niemandem weitererzählen, das schwöre ich dir!«

»Natürlich, ich vertraue dir. Aber zuerst muss ich herausfinden, wie die anderen Hexen darauf reagieren, dass du nun weißt, wer ich bin. Schritt für Schritt, in Ordnung?«

»Spätestens, wenn meine Kräfte erwachen, werde ich es erfahren.« Zufrieden faltete Heike die Hände in ihrem Schoß. Scheinbar hatte sie die Geduld, ewig auf diesen Tag zu warten – so er nur irgendwann kommen mochte.

Grinsend schüttelte Mayla den Kopf. Diese Heike. »So, jetzt brauchen wir aber eine Lösung. Ich muss dringend mal ein paar Stunden schlafen, sonst bin ich morgen zu nichts zu gebrauchen.«

Ein leises Fiepsen ertönte, ein helles »Miau« und Karli tippelte hinter dem roten Opel hervor und kam auf sie zu gesprungen.

»Karli?« Mayla breitete die Arme aus und der kleine Kater hüpfte erst auf ihren Schoß und dann auf ihre Hand. Stirn an Stirn verharrten sie einen Moment, während sie ihm die Liebe per Gedanken schickte, die sie für ihn empfand, und er erneut hell miaute.

Heike streckte bedächtig die Linke nach ihm aus und ließ ihn geduldig an ihren Fingerspitzen schnuppern, bis er sie für ungefährlich befunden hatte und zu schnurren begann. Freudig reckte er ihr das Köpfchen entgegen, und Heike streichelte ihn behutsam.

»Wie goldig! So ein süßer Fratz. Da geht einem ja sofort das Herz auf. Aber Moment, gehört der etwa zu dir, Mayla? Seit wann hast du eine Katze?«

»Erst seit kurzem.« Doch schon war sie in Gedanken weit fort, denn Karli schickte ihr die Bilder von einer Hütte im Wald. Sie kannte diese einfache Behausung, war mit ihren Eltern als Kind oft daran vorbeigewandert. Sie befand sich nicht weit entfernt. Erneut maunzte Karli und schenkte ihr das Gefühl, dass sie für die Nacht dort sicher waren.

»Danke, mein Schatz. Das ist eine wunderbare Idee.«

»Wie bitte? Sag bloß, als Hexe kann man mit Katzen reden?!«

»So ähnlich. Karli hat mir einen Ort verraten, wo wir heute Nacht außer Gefahr sind. Kommt! Lasst uns sofort aufbrechen.«

Georg klopfte sich den Staub von seiner Jeans.

»Gut, wenn Karli dir den Ort genannt hat, können wir uns dort verstecken. Wo ist es?«

»Es ist eine Hütte in einem kleinen Wäldchen ganz in der Nähe. Wir können uns Betten hineinzaubern und abwechselnd ein paar Stunden schlafen.«

»Das klingt doch fantastisch.« Heike strich zärtlich über Karlis Köpfchen, worauf der kleine Kater zu stampfen begann. »Danke für den Hinweis. Das hast du gut gemacht, kleiner Mann. Hach, dich würde ich sofort mit nach Hause nehmen. Wenn du mal Urlaub machen willst, Mayla, pass ich gerne auf ihn auf.«

Karli schenkte Mayla ein Gefühl von Wärme und sie wusste, er meinte damit ihre Freundin.

»Danke, das ist lieb von dir. Übrigens mag er dich gerne.«

»Ja? Was für ein Ehre!«

»Du kannst wieder zu Kitty gehen, mein Schatz. Ruh dich schön aus und schick ihr schöne Grüße.« Sie küsste Karli auf die Stirn und er miaute hoch.

»Jetzt kommt aber«, drängte Georg. »Sonst lohnt es sich bald nicht mehr und wir können direkt hier auf dem Parkplatz übernachten.«

»Der ist ja beinahe ungeduldiger als du, Mayla.«

Sie lachten und während Karli verschwand, stiegen sie erneut in den roten Opel und machten sich auf den Weg zu dem schlichten Holzhaus.

Kapitel 15

M ühelos fanden sie die abgelegene Hütte und parkten den Opel davor. Anschließend bedeckten sie ihn mit jede Menge Laub, damit sein Funkeln nicht den Wald erhellte und die Jäger doch noch auf ihre Spur führen würde. Anschließend betraten sie die Behausung.

Mayla hexte aus Zweigen Betten, die nicht unter ihrem Gewicht zusammenkrachen würden, und genoss das Gefühl, das dabei durch ihre Adern strömte. Seit ihre Oma ihr die Verbindung der Magie nähergebracht hatte, fiel ihr jeder Hexspruch leichter und endlich glaubte sie daran, irgendwann eine würdige Nachfolgerin ihrer mächtigen Urahnen werden zu können.

Georg bestand darauf, alleine die Nachtschicht zu übernehmen. Ganz der Gentleman überließ er Heike und Mayla die gehexten Betten und ließ sich auf einem Stuhl neben dem Fenster nieder, sodass er die Gegend gut im Blick behalten konnte. Er glaubte nicht, dass ihnen Gefahr drohte, aber er wollte dennoch die Augen offen halten. Bewusst verzichteten sie auf einen Schutzzauber um die Hütte, da die Magie ihre Anwesenheit verraten hätte.

Entgegen Maylas Erwartung bombardierte Heike sie nicht mit Fragen. Der Fluch und die späte Stunde forderten ihren Tribut und erschöpft sank ihre Freundin auf das Schlaflager und schlummerte kommentarlos ein.

Mayla gesellte sich ebenfalls nicht mehr zu Georg. Sie fühlte sich wie erschlagen und musste dringend ausruhen, sonst würde sie den nächsten Tag nicht fit sein und das durfte sie sich nicht erlauben. Es gab viel zu tun, doch darüber nachzudenken, dafür fehlte ihr die Kraft. Sie sank in die Kissen und einen Atemzug später fiel sie in einen tiefen Schlaf.

Nach einer ruhigen Nacht machten sie sich kurz nach acht mit grummelnden Mägen auf den Weg. Wieder einmal bedauerte Mayla, dass Hexen kein Essen herbeizaubern konnten und sie gestern vor Schreck auch nicht an ihre Pralinen gedacht hatte. So nachlässig kannte sie sich gar nicht.

Heike hatte in Erinnerung, dass der Esoterikladen schon um neun Uhr öffnete, und sie wollten keine Zeit verlieren. Bevor sie erneut ins Auto stiegen, hexte Mayla den Opel schwarz und veränderte die Zahlen und Buchstaben auf dem Nummernschild. Durch einen Illusionszauber ließ Georg die Schrammen und Löcher verschwinden.

»Aber jetzt ist auch Magie an dem Wagen. So können uns die Jäger doch leicht finden, oder?«, fragte Heike.

Mayla nickte bestätigend. »Schon, aber wir werden um die Uhrzeit nicht die einzigen sein, die außerhalb der Weltenfalten Magie anwenden. Außerdem werden wir uns beeilen. Das Auto so zu belassen, wie es war, wäre riskanter. Dann würden sie uns sofort erkennen. So stehen unsere Chancen besser, unentdeckt bis zu dem Lädchen zu kommen. Und jetzt auf!«

»Weltenfalten nennt ihr eure Welt, habe ich das also richtig im Gedächtnis behalten …«

Georg warf Mayla einen warnenden Blick zu, während er hinter Heike die Hütte verließ. Mayla nickte wissend und zuckte gleichzeitig mit den Schultern. Natürlich wusste ihre Freundin rein theoretisch bereits zu viel, aber selbst wenn sie anderen davon erzählen würde, reagierten die mit Sicherheit ebenso wie Mayla all die Jahre zuvor. Nur zur Sicherheit erinnerte sie ihre Freundin noch mal daran, dass alles, was in der letzten Nacht geschehen war, unter ihnen bleiben musste.

Die Fahrt verlief ruhig, kein Jäger kreuzte ihren Weg, sodass sie Punkt neun Uhr unverletzt das kleine Ecklädchen an der Frankfurter Hauptwache betraten. Das Klingeln einer Türglocke kündigte ihren Besuch an und sogleich drang ihnen der Geruch nach Räucherstäbchen und Weihrauch entgegen. An den Wänden hingen Traumfänger und Windspiele, kleine Tischbrunnen und Klangschalen drängten sich in den Regalen aneinander und zwischen Tarotkarten und Traumdeutungsbüchern lagerten Unmengen an Bergkristallen und Halbedelsteinen. Ketten aus Amethyst und Rosenquarz baumelten von einem filigranen Metallständer, der die Form eines Lebensbaums aufwies, und daneben standen kleine Engelsfiguren.

Hinter dem Tresen, auf dem an einem weiteren Metallständer Amulette und Ketten mit Anhängern hingen, stand eine braunhaarige Frau, die ihnen aus hellblauen, wissenden Augen entgegensah. Sie war gertenschlank und großgewachsen, und ihre Haltung war so gerade, als hätte sie unzählige Ballettstunden genossen.

»Ich freue mich, dass ihr in meinen Laden gefunden habt. Seid herzlich willkommen! Mein Name ist Nadine.«

Zum ersten Mal sah Mayla die Magie um einen Menschen tanzen, sah Schlieren und Funken, die sich um sie herum durch die Luft bewegten, und so wusste sie sofort, dass sie eine wahrhaftige Hexe vor sich hatte. Konnte Nadine es ihr und Georg auch ansehen? Oder lag es an Maylas Befähigung als Gründerfamilienmitglied?

»Danke, mein Name ist Mayla. Das ist Georg, und Heike kennen Sie sicherlich bereits.«

»Eine meiner liebsten Kundinnen!« Nadine bedachte Heike mit einem herzlichen Lächeln, das kein bisschen gestellt wirkte. Ein Strahlen ging von der Frau aus, das über ihre Magie hinausreichte. »Was führt euch zu mir?«

»Wir sind auf der Flucht mit ein paar Jägern zusammengestoßen«, legte Georg die Karten offen auf den Tisch, der nicht daran zu zweifeln schien, dass Nadine ihre Magie erkannt hatte. Also hatte auch er gesehen, dass Nadine eine Hexe war, und es lag nicht an Maylas Befähigung. »Heike hat unsere Energie an sich und wir wollen verhindern, dass sie in ihrer Wohnung überfallen wird. Aber mitnehmen können wir sie nicht, weil wir zurück müssen.«

Heike zuckte mit den Schultern. »Darf ich hierbleiben, bis es weniger gefährlich wird? Ich kann gerne beim Tagesgeschäft mithelfen. Ich hätte einige wunderbare Ideen, wie wir durch ein paar kleine Marketingtricks mehr Kundinnen in diesen zauberhaften Laden locken.«

Mayla konnte sich ein Schmunzeln nicht verkneifen und Nadines Blick nach zu urteilen, hatte die Besitzerin nichts gegen Heikes Anwesenheit einzuwenden. Mit einem liebevollen Augenzwinkern winkte sie Heike näher.

»Es wäre mir eine Freude. Du kannst gerne bei mir bleiben, bis die Lage sich entschärft hat. Das ist einer der Gründe, weshalb ich auf diese Seite der Welt gekommen bin. Nicht wenige brauchen mal ein gutes Versteck.«

»Aber wie kommt es, dass dich deine Kundinnen nicht vergessen?«, wollte Mayla wissen.

»Solange ich bleibe und nicht in eine Weltenfalte gehe, greift der Zauber nicht und jeder kann sich an mich erinnern.«

»Du bleibst hier? Weshalb?«

»Ich erfreue mich an Menschen wie deiner Freundin, die der Hexenkunst zugetan sind.« Sie sah hinüber zu Heike, die neugierig durch die Regale stöberte. »Nur weil ihr und anderen Interessierten die Magie nicht in die Wiege gelegt wurde, schließt das nicht aus, dass sie den ein oder anderen Zauber trotzdem anwenden können.«

Bei den Worten sah Heike sofort auf. »Das ist ja fantastisch. Am liebsten würde ich sofort meinen Job kündigen und hier anfangen!« Doch von jetzt auf gleich erstarb ihr Strahlen und erschrocken schlug sie sich mit den Händen an die Wangen. »Eine Sache habe ich nicht bedacht. Kasimir, Moor, Mikesch, Pauline und Astrid. Was, wenn diese üblen Schurken ihnen etwas antun?«

»Deine Katzen? Wir werden eine Lösung finden«, beruhigte Nadine sie sogleich.

Heike sah sie dankbar an. »Hast du vielleicht auch eine Idee, wie wir meinem Kasimir helfen können? Die Tierärzte behaupten, ich müsse ihn einschläfern lassen.«

Nadine strich ihr über den Rücken. »Ich werde sehen, was ich tun kann. Aber jetzt iss erst mal etwas. Während des Frühstücks kümmere ich mich um deine Katzen.« Sie drehte sich zu Mayla und Georg, und nickte ihnen zu. »Ihr könnt gehen. Eure Freundin ist bei mir sicher.«

»Vielen Dank.« Erleichtert, aber schweren Herzens verabschiedete sich Mayla von Heike und verließ den Laden.

Wie schön war es gewesen, offen mit ihrer Freundin über ein paar der Dinge zu reden, die ihr in den letzten Wochen widerfahren waren. Wie wunderbar, dass Heike sie nicht vergessen hatte. Und wer wusste schon, ob ihre Freundin nicht auf irgendeine Weise weiterhin Teil ihres Lebens sein konnte – sobald Vincent von Eisenfels aufgehalten worden war.

∞

Auf dem schnellsten Wege fuhren Mayla und Georg mit dem verzauberten Opel in die Weltenfalte an der Konstabler Wache, wo sie das Auto parkten. Dann brachte Mayla Georg mit dem Schutzamulett zurück auf Burg Donnersberg. In der Eingangshalle verabschiedeten sie sich voneinander.

»Ich werde direkt weiter ins Hauptquartier des Feuerzirkels springen. Ich muss mit meiner Oma wegen Vincent sprechen.« Nebenher zauberte sie einen Vanilletrüffel aus einer der Schachteln in ihrem Zimmer nach unten und legte ihn sich genüsslich auf die Zunge. Die Schokolade entspannte ihre Nerven und Glieder und selig seufzte sie auf.

»Nachdem ich mir von Artus einen Amulettschlüssel geborgt habe«, erklärte Georg, »werde ich mich daran machen, die Kooperation mit der Polizei auszubauen. Pass auf dich auf, Mayla.«

Unschlüssig sah sie ihn an. »Danke, dass du mir heute Nacht geholfen hast, obwohl …«

»… obwohl du nicht verliebt in mich bist?«

Sie legte den Kopf schief und sah ihn unverwandt an. »Du bist ein so guter Freund für mich, wie ich noch nie zuvor einen hatte. Nein, ich bin nicht verliebt in dich, aber trotzdem bist du mir sehr teuer. Ich habe dich sehr, sehr gern, aber ich verstehe es, wenn du Abstand brauchst.«

Wehmütig blickte er sie an. »Abstand zu dir? Das würde ich nicht ertragen.« Sanft strich er ihr über die Wange, dann schmunzelte er. »Du hast mir nie etwas vorgemacht und es war nicht richtig von mir, derart beleidigt zu reagieren. Verzeih es einem dummen liebestrunkenen Tölpel. Ich hätte längst erkennen müssen, dass dein Herz nur für einen Mann schlägt. Wir sehen uns.«

Entschieden kehrte er ihr den Rücken zu und lief hinein in den Burgsaal. Würde er ihr Freund bleiben? Wollte er es überhaupt, wenn eine Beziehung nicht zur Debatte stand? Sie mochte ihn wirklich sehr, sie genoss es, bei ihm zu sein und Zeit mit ihm zu verbringen. Aber sie fühlte nicht das, was sie in Toms Gegenwart empfand, hatte es nie gespürt. Vielmehr war es das Gefühl eines Bruders – zumindest stellte sie sich Geschwisterliebe derart vor.

»Bis später«, flüsterte sie, während sie den Amulettschlüssel packte und dachte: »Perduce me in caput ignis.« Das matte Grau der Steine und das glänzende Silber der Ritterrüstungen vermischten sich, bis Grün und Braun hinzutraten und Mayla mitten im Wald landete. Mit knurrendem Magen marschierte sie über das Moos und die Baumnadeln, die den Boden übersäten, bis sie dort angelangte, wo sie das Hauptquartier öffnen würde. Hoffentlich hatte ihre Oma Zutaten für ein ordentliches Frühstück im Haus!

Sie hob die Hände, konzentrierte sich auf das Dorf und rief: »Te aperi, caput ignis!« Die uralten Tannen wurden zur Seite geschoben und vor ihrem Auge kam das idyllische Hexendorf zum Vorschein, das von der glitzernden Mauer umgeben wurde. Lächelnd trat sie durch das funkelnde Tor, das aufflammte, und spazierte den Weg entlang zum Haus ihrer Urahnen.

Einige Leute begegneten ihr und grüßten freundlich oder nickten ihr zu. Die Bewohner kannten sie bereits und waren sichtlich erfreut, dass sie zurück war. Ein schönes Gefühl, in das sich eine gewisse Wehmut schob. Wie würden die Feuerhexen reagieren, wenn sie erfuhren, dass mit Mayla die Linie der von Flammensteins enden würde? Die letzten Wochen hatte sie es verdrängt – die Tatsache, dass sie keine Kinder bekommen konnte –, doch seit sie in die hoffnungsvollen Gesichter dieser Menschen geblickt hatte, stach es in ihr wie in der ersten Zeit, nachdem ihr der Arzt die Diagnose gestellt hatte.

Es nützte nichts, ihren traurigen Gedanken nachzuhängen. Sie hatte einen Haken daran gemacht, sich damit abgefunden, und das mussten diese Leute leider auch.

Sie strich sich übers Haar und zupfte ein paar Fusseln von ihrer Bluse, um ihre innere Unruhe zu kaschieren, und steuerte auf das urige Haus ihrer Familie zu. Tief atmete sie durch und dachte an ihre Oma und ihre Vorfahren, die in diesem Haus seit so vielen Jahren lebten. Wie schön würde es sein, mit ihrer Oma an diesem Ort zu sein, einige Zeit hier zu verbringen, bis sie wusste, wo sie sesshaft werden wollte und was sie mit ihrem Leben als Feuerhexe anfangen würde.

Sollte sie anklopfen? Oder einfach hineingehen? Kurzerhand hob sie die Hand und hatte bereits den Spruch auf den Lippen, als ein ohrenbetäubender Knall über das Dorf hinwegfegte. Unwillkürlich ging sie in die Hocke und hielt sich die Ohren zu. In gebückter Haltung drehte sie sich um und erstarrte.

Qualm stieg vom Dorfeingang auf. Die alten Tannen wiegten unruhig hin und her, obwohl kein Wind ging. Was war dort los?

Der Nebel löste sich und sie stierte hinüber, bis sie endlich etwas erkennen konnte. Ein großer Schatten schälte sich hervor, der größer und größer wurde, bis sich der Rauch gelegt hatte und das Ausmaß sichtbar wurde.

Unfähig, ein Wort zu sagen, starrte sie auf den Dorf-eingang, oder dorthin, wo er gewesen war. Ein Loch klaffte in der magischen Mauer, dort, wo sich das Tor befunden hatte. Und durch dieses Loch trat kein geringerer als Vincent von Eisenfels.

Kapitel 16

Mayla schrie Alarm, doch ihre Oma und all die anderen Hexen stürmten bereits nach draußen – auch die Lehrerin mitsamt der Schulkinder. Ein jeder von ihnen hielt einen Moment inne, als sie sahen, wer in ihr Dorf eingebrochen war. Doch Melinda holte sofort tief Luft, Mayla fiel mit ein und gemeinsam bliesen sie einen Ring aus Feuer um die Kinder und das Schulgebäude, in das die Lehrerin ihre Schützlinge sogleich zurückdirigierte.

An Vincents Seite strömte eine unüberschaubar große Menge an Jägern in das Dorf, unter ihnen sämtliche ehemalige Ratsmitglieder, die Melinda am Tag zuvor ihres Amtes enthoben hatte, und alle in dem Dorf hielten die Luft an.

»Liebe Feuerhexen«, tönte Vincents kalte Stimme durch die Siedlung. »Die Zeit der Oberhexen und Zirkel neigt sich dem Ende zu und ein jeder von euch ist an meiner Seite willkommen. Werdet Teil meiner unbesiegbaren Macht und tretet ein in den einzig wahren Zirkel. Den der alten, wiedervereinten Magie!«

»Raus aus meinem Zirkel!« Melinda hob die Hände und schleuderte ihm einen Zauber entgegen, doch Vincent hob nur die Linke und der Fluch prallte daran ab. So leicht gab Melinda nicht auf. Und als hätte der Fluch all die anderen aus ihrer Schockstarre gelöst, entbrannte ein Kampf zwischen den Dorfbewohnern und den Jägern, zwischen Vincent und

Melinda und auch Mayla hob entschlossen die Hände. All die Zauber, die sie gelernt hatte, all die Magie drängte aus ihr heraus, um an der Seite ihrer Großmutter und all der Menschen, die sie gestern erst kennengelernt hatte, zu kämpfen.

Funken zischten durch die Menge, Schreie waren zu hören und die ersten Häuser brannten lichterloh. Mayla blies die Flammen aus, damit es kein Großbrand wurde, doch jemand schleuderte ihr von hinten einen Fluch auf den Hals. Sie sah es im Augenwinkel und pustete rasch einen Ring aus Flammen, an dem der Fluch abprallte. Als sie sich umdrehte, um zu erfahren, wer sie hinterrücks versucht hatte auszuschalten, sah sie sich Marianna Lauber gegenüber.

Die Jägerin wickelte sich eine ihrer langen schwarzen Haarsträhnen um den Finger und überheblich blickte sie sie an. »Na, hast du mittlerweile etwas gelernt oder wird das hier ganz schnell und einfach gehen?«

»Das kannst du gerne selbst herausfinden!« In aller Schnelligkeit blies Mayla den Ring aus Flammen aus und schleuderte einen Explosionszauber auf Marianna. Doch die blockte ihn mühelos ab und revanchierte sich mit einem Fluch, der Maylas erneuten Schutz erzittern ließ.

Mayla biss die Zähne zusammen und stellte sich vor, wie der Zauberstab in Mariannas Händen glühend heiß wurde.

»Autsch, verbrenn mich nicht!« Doch dann lachte Marianna und umfasste den Zauberstab noch fester. »Mit solchen Kindertricks kannst du hier nichts ausrichten!« Sie hob ihren Zauberstab und schleuderte einen Fluch, den Mayla abwehrte. Dabei erzitterten ihre Arme.

Wieso war Marianna so stark? Waren das vergessene Sprüche? Alte Magie? Waren auch die Mitglieder des neuen Zirkels im Begriff, die alte Kraft in sich zu vereinen?

Sie kämpfte erbittert weiter. Zwischendurch schaffte sie es immer nur kurz, zu ihrer Oma zu sehen, die sich mit Vincent einen Zweikampf lieferte. Melinda hexte ihm einen Fluch nach dem anderen auf den Hals, doch er wehrte sie alle problemlos ab. Wenn er hingegen einen Hexspruch dachte und ein Lichtblitz auf den Schutz ihrer Oma donnerte, sah sie ihre Hände erzittern.

Der nächste Fluch, der auf Mayla zu schleuderte, ließ sie wieder auf Marianna blicken, die plötzlich die Erde unter ihr zum Beben brachte. Verdammt, eine Erdhexe. Was konnte sie dagegen ausrichten? Die Erde zitterte und platzte unter ihr auf. Sie musste zur Seite springen und konnte nichts tun als zuzusehen, wie sich ein Riss durch das Dorf vorarbeitete, der tiefer und breiter wurde. Die anderen sprangen entsetzt zur Seite, doch Mayla bemerkte mit Schrecken, wo der Riss sich hinbewegte. Er wanderte direkt auf die Schule zu, ungehindert unter dem Schutzring aus Flammen hindurch.

Mayla legte all ihre Wut in einen Blitz, den sie vom Himmel herabbeschwor. Rasch ließ sie ihn auf Marianna niederfahren, und unter seiner Gewalt fiel die Hexe zu Boden. Sie stöhnte auf, doch rührte sich kaum mehr, sodass Mayla endlich sicher vor einem erneuten Angriff war. Sie wartete keine Sekunde, sondern stürzte los und rannte zwischen den anderen Dorfbewohnern hindurch, die von den Jägern stark zurückgedrängt wurden. Aber sie durfte jetzt nicht darauf achten. Sie musste die Kinder retten! Hals über Kopf hetzte sie auf die Schule zu und blies den Feuerring aus, um das Gebäude oben zu halten. Doch der Riss war schneller als sie. Schon fraß er sich in das Fundament des Schulgebäudes und löste es vom Boden. Die Schule rutschte zur Seite, hin zum Abgrund. Verdammt. Wie konnte sie die Kleinen retten?

Eine Idee schoss ihr in den Kopf, die völlig absurd schien, doch sie musste es versuchen. Wenn es jemandem gelingen konnte, dann ihr. Schließlich war sie eine von Flammenstein und ihre Kräfte mächtiger als die der meisten anderen.

»Vola!«, brüllte sie und stellte sich vor, wie das Schulgebäude ein paar Meter hoch in die Luft flog. Doch die Erdspalte zog es bereits in die Tiefe und jede Sekunde konnte es darin verschwunden sein. So schwer es war, Mayla löste den Blick von dem tief klaffenden Riss und dem abrutschenden Schulgebäude, und schloss die Augen. Hochkonzentriert blendete sie alle Umgebungsgeräusche aus und sah vor ihrem inneren Auge die Schule durch die Luft schweben. Sie erspürte die Magie um sich herum, die der Bäume und Pflanzen, der Tiere und der anderen Hexen. Die Energie pulsierte durch ihre Adern, als sie erneut ansetzte. Es musste gelingen. Es musste einfach! »Vola!«

Langsam öffnete sie die Augen und lachte erleichtert auf, als sie ihren Hexenspruch verwirklicht sah. Ihre Hände zitterten und mit aller Kraft schaffte sie es, das Gebäude oben zu halten. Jetzt musste sie es nur noch zur Seite schweben lassen, damit die Kinder in Sicherheit waren. Sie biss die Zähne zusammen und mobilisierte erneut all ihre Energie, als das Haus endlich ein kleines Stück zur Seite flog. In winzig kleinen Schritten hexte sie es vom Abgrund fort.

Ein Stoß wie ein elektrischer Schlag in ihren Rücken ließ sie zu Boden gehen. Gleichzeitig krachte die Schule auf den Boden und blieb wankend auf der Kante stehen. Langsam neigte sie sich zur Seite auf die Schlucht zu. Mayla musste die Kinder retten, doch instinktiv spürte sie den nächsten Zauber auf sich zu zischen. Rasch drehte sie sich um und blies eine Wand aus Feuer, obwohl ihr Rücken höllisch schmerzte und sie sich kaum bewegen konnte. Drei Jäger standen hinter ihr und hexten auf die Feuerwand ein, doch ihre Flüche drangen nicht hindurch.

Sofort drehte Mayla sich wieder dem Schulgebäude zu und rannte hin. Es wankte auf der Kante des Abgrundes. Sie hörte die Kinder schreien. Wo zum Teufel war die Lehrerin? »Commove!«, brüllte sie und stellte sich vor, wie die Schule zurück auf den sicheren Boden gezogen wurde. In winzig kleinen Bewegungen glitt das Gebäude fort von der Schlucht, die bereits unzählige Häuser verschluckt hatte. Endlich stand die Schule sicher und Mayla rannte hin, um nach den Kindern zu sehen.

»Alles okay bei euch?«, rief sie, noch bevor sie die Tür aufgezogen hatte, doch kein Schüler antwortete.

Von einer grauenhaften Angst erfüllt, zerrte sie die Tür weit auf und sah in das Gebäude. Die Tische und Stühle waren alle an der Wand, die sich dem Abgrund zugeneigt hatte, chaotisch übereinander geschichtet. Davor und dazwischen weinten und stöhnten die Kinder, aber so leise, dass Mayla sie von draußen nicht gehört hatte.

»Kommt, schnell, raus hier!«

Die Kinder waren unter Schock, kaum eines rührte sich. Kurzerhand rannte Mayla zu ihnen und nahm zwei von ihnen an die Hand. Doch die anderen bewegten sich immer noch nicht.

»Ich bin Mayla, die Enkelin von Melinda. Ich bin hier, um euch zu helfen. Kommt mit, ich bringe euch in Sicherheit!« Endlich stand ein größeres Mädchen mit zwei blonden Zöpfen auf und nahm die beiden Kleinsten an die Hand. Ein älterer Junge trug einen anderen Huckepack, dessen Beine aufgeschrammt waren, und endlich war die Schockstarre überwunden. Nacheinander drängten die Kinder zu Mayla, ein jedes wollte mit seiner kleinen Hand nach Maylas greifen, und sie achtete darauf, dass niemand alleine ging und die beiden Kleinsten bei ihr waren. Gemeinsam hetzten sie zur Tür.

»Wo ist eure Lehrerin?«

Der Junge zeigte nach draußen. »Sie kämpft!«

Mayla blickte in die Richtung, in die er deutete, und schluckte. Hinter ihr tobte noch immer ein heftiges Gefecht. Wo waren die Kinder sicher? Wo sollte sie sie verstecken vor den Jägern und vor allem vor Vincent?

»Kommt mit!« Sie nickte nach links und zusammen rannten sie von dem tiefen Riss in der Erde und den Kämpfen fort, bis sie nahe dem Tannenwald und somit in der Nähe der glitzernden Mauer standen. Doch die Mauer existierte nicht mehr. Der Schutz um die Weltenfalte war aufgebrochen, sodass sie ungehindert mit den Kindern in den Wald rennen konnte.

»Weiter, weiter!« Mayla blieb stehen und lotste die Kinder aus dem Dorf zwischen die Bäume, bis die letzten aus der Schusslinie waren und sie das Schlusslicht bildete. Doch ein Zauber verirrte sich zu ihnen und zischte nur um Haaresbreite an einem kleinen Jungen vorbei.

»Habt keine Angst!«, betonte Mayla, obwohl sie innerlich am Zittern war. Wie konnte sie die Kinder schützen, ohne zu viel Aufmerksamkeit auf sie zu lenken?

Endlich fiel es ihr ein. Sie musste eine Weltenfalte erschaffen und mit einem Bann besiegeln. Darin waren die Kinder geschützt!

»Contrahe, munde!«, dachte sie und stellte sich vor, wie der Bereich, in dem die Kinder beisammenstanden, sich zusammenklappte und verschwand und wieder aufklappte. Vor ihrem inneren Auge malte sie sich einen Schutzkreis aus und raunte: »Tuta mundum liberorum!«

Ein Glitzern wanderte außen um die Kinder herum und baute sich wie eine schützende Kuppel über ihnen auf.

Erleichtert atmete Mayla auf. »Niemand kann euch entdecken. Bleibt im Schutz der Kuppel und wartet hier, bis der Kampf vorbei ist!«

»Aber meine Mami!«, rief ein Mädchen und Mayla lief zu ihr. Sie hockte sich vor die Kleine, auf deren verstaubtem Gesicht die kullernden Tränen Spuren hinterließen. Mitfühlend strich sie ihr über die Arme.

»Hab keine Angst. Deine Mami ist eine starke Frau. Und jetzt werde ich ihr und den anderen helfen, die bösen Leute wieder zu vertreiben. In Ordnung?«

Die Kleine nickte, doch dann stürmte sie zu Mayla und drückte sich an sie. Sie schlang ihre kurzen Arme um Maylas Hals, hielt sich an ihr fest, und als würde ihr erst dann bewusst, was sie getan hatte, ließ sie sie unvermittelt wieder los und sah Mayla traurig an.

Zärtlich strich Mayla der Kleinen über den Rücken, die geräuschvoll schniefte. »Wie heißt du?«

»Juna.«

»Juna, hast du schon etwas über Kräuterzauber in der Schule gelernt?«

Die Kleine nickte.

»Dann weißt du doch bestimmt, wie du mit den Tannennadeln die Schrammen des kleinen Jungen heilen kannst, oder?«

Juna nickte eifrig und machte sich sogleich daran, die Nadeln aufzusammeln.

Mayla lächelte den Kindern aufmunternd zu. »Gleich seid ihr wieder bei euren Eltern. Habt Vertrauen!« Dann drehte sie sich um und versiegelte hinter sich noch einmal den Schutz, damit den Kindern nichts geschehen konnte.

Wie lange hatte diese Aktion gedauert? Was war in der Zwischenzeit passiert? Schnell rannte sie zurück in das Dorf und überblickte das Geschehen.

Die Jäger waren in der Überzahl und drängten die Feuerhexen näher an den Abgrund, der die Siedlung verwüstet hatte. Jedes Haus war beschädigt durch das Erdbeben und den Riss, viele nicht mehr an Ort und Stelle. Unzählige leblose Körper lagen auf dem Boden.

Aber ihre Oma entdeckte Mayla noch zwischen den Kämpfern. Sie und Vincent lieferten sich ein scharfes Duell, Blitze krachten vom Himmel auf ihn nieder, doch er wehrte alles scheinbar gelassen ab.

Verdammt, sie waren in der Unterzahl. Sie brauchten Hilfe. Mit geschlossenen Augen richtete Mayla ihre Gedanken auf Karli und dachte sofort: »Komm nicht her, mein Schatz, aber sag auf Burg Donnersberg Bescheid. Wir brauchen Hilfe, sonst vernichtet uns der neue Zirkel!« Zusätzlich schickte sie ihm Bilder von der Verwüstung.

Ein hohes Miauen wanderte durch ihre Gedanken und sie wusste, der kleine Kater hatte sie verstanden. Hoffentlich kamen ihre Leute, obwohl sie als Verstoßene so lange Zeit in diesem Hauptquartier nicht willkommen gewesen waren.

Kampfbereit hob Mayla die Hände und griff die Jäger von der Seite an. Gleichzeitig rannte sie zu ihren Leuten, um nicht unwillentlich die Jäger zu den Kindern und der verborgenen Falte zu führen. Sicher war sicher. Besser, die Kämpfe fanden nicht zu nahe bei ihnen statt.

Einen Zauber nach dem anderen hexte sie auf die Angreifer, Schweiß rann ihr die Stirn hinab und ließ einzelne Haarsträhnen an ihrem Gesicht kleben. Mit dem Handrücken wischte sie sie beiseite und hexte einen Dirumpe-Zauber nach dem anderen, um jedweden Gegenstand in der Nähe der Jäger explodieren zu lassen. Mithilfe des Dearma-Zaubers gelang es ihr, ein paar Gegner zu entwaffnen, und sie blies immer wieder Flammen auf die Angreifer, mit denen sie sie zurückdrängte. Doch zahlenmäßig waren sie Vincent und seinen Leuten weit unterlegen.

In der Mitte all dieses Treibens focht Melinda noch immer mit Vincent ein Hexenduell, keiner drang durch den Schutz des anderes, keinem gelang ein entwaffnender oder tödlicher Stoß. Sie wirbelten mit den Händen durch die Lüfte, Lichtfunken blitzten zwischen ihnen hin und her und es schien kein Ende in Sicht.

Erneut drang eine Schar Angreifer auf das Dorf zu. Wie lange würden die Feuerhexen noch durchhalten?

Geschrei ertönte und weitere Zauber schossen umher, als endlich ein vertrautes Gesicht hinter den Jägern auftauchte. Violett. Und neben ihr standen Angelika, Eduardo, Anna, Thomas und die anderen Mitglieder aus dem Inneren Kreis. Alle außer Artus selbst waren gekommen, um ihnen beizustehen. Zusätzlich entdeckte sie ein paar Verstoßene, die abends auf Burg Donnersberg eingekehrt waren.

Von zwei Seiten wurden die Jäger angegriffen, und obwohl sie zahlenmäßig noch immer überlegen waren, drängten sich ihre Gegner in der Mitte zusammen. Selbst Vincent tat ein paar Schritte rückwärts und hielt inne. Er überblickte die Toten, die am Boden lagen, und lachte auf. Dabei rann ein Schrecken über Maylas Rücken.

»Ihr seid nirgends mehr vor mir sicher! Ich komme wieder. Und nach und nach werde ich alle, die sich mir in den Weg stellen, vernichten!« Mit den Worten umfasste er seinen Amulettschlüssel und verschwand ebenso wie seine Jäger, als würde sein Zauber all seine Zirkelmitglieder umfassen.

Erschöpft fielen einige Dorfbewohner auf die Knie, andere sahen sich entsetzt um. Die Siedlung war komplett zerstört, Feuer brannten an mehreren Ecken und kein Haus sah mehr aus wie zuvor. Viele waren entzwei gebrochen, Wände waren eingestürzt und sämtliche Fenster zersprungen. Der tiefe Abgrund, der sich mitten durch das Hauptquartier zog, hatte unzählige Gebäude und Gegenstände mit sich in die Tiefe gezogen. Ob auch Menschen darunter waren, konnte Mayla auf die Ferne nicht ausmachen.

Sie rannte zu ihrer Oma, die inmitten der Verstoßenen stand. »Geht es dir gut?«, rief sie ihr entgegen.

Melinda nickte nur und fuhr sich durch die weißen Locken. Sie sah geschafft aus, der Kampf war nicht spurlos an ihr vorübergegangen.

»Was ist passiert?«, fragte Angelika, die sich fassungslos umsah. »Wie konnten sie eindringen?«

»Sie sind stärker geworden.« Ungläubig schüttelte Melinda den Kopf. »Sie kämpfen mithilfe der alten Magie. Aber wieso Vincent selbst immer mächtiger wird, erschließt sich mir nicht.« Müde strich sie sich über die Stirn, dann trat ein entschlossener Ausdruck auf ihr Gesicht und sie blickte sich ihrerseits um. »Seht, wer uns zu Hilfe gekommen ist!«, rief sie den noch lebenden Dorfbewohnern zu, die argwöhnisch Abstand hielten zu den Verstoßenen.

»Wo sind unsere Kinder?«, schrie eine Frau und deutete auf die Stelle, wo die Schule gestanden hatte und vor der die

Lehrerin leblos auf der verbrannten Erde lag. »Keine Sorge«, erklärte Mayla sogleich. »Ich habe sie alle in Sicherheit gebracht. Aber vielleicht sollten sie die vielen Toten lieber nicht zu Gesicht bekommen.«

»Wir müssen aufräumen!«, rief ein Mann.

»Nein, wir müssen uns erst einmal in Sicherheit bringen. Uns und vor allem die Kinder!«, entgegnete ein anderer.

»Aber hier sind wir es nicht mehr …«, jammerte eine junge Frau traurig.

»Auf unserer Burg seid ihr alle herzlich willkommen!«, verkündete Angelika.

»Danke, liebe Angelika. Das ist eine sehr gute Idee!« Lächelnd ergriff Melinda die Hand ihrer langjährigen Freundin. »Wer mit auf die Burg will, der packt innerhalb von einer halben Stunde seine Sachen zusammen und kommt zum Dorfeingang.«

»Aber die Toten?«

»Wir werden sie nebeneinander aufbahren und zurückkommen, sobald es uns möglich ist«, betonte Emilia, die mit der Unterstützung der anderen Ratsmitglieder sofort daran ging, ihren Worten Taten folgen zu lassen.

»Wo sind die Kinder?«, trat erneut die Frau, die bereits gefragt hatte, an Mayla heran und hinter ihr hasteten andere besorgte Mütter und Väter näher.

»Ich führe euch zu ihnen.«

Eilig liefen sie über den verwüsteten Boden, stiegen über zerbrochene Hauswände und umgefallene Zaunpfähle, bis sie in den Wald und an die Stelle gelangten, wo die Kinder auf ihre Eltern warteten. Sie waren nicht zu sehen, doch Mayla wusste genau, wo sich die verborgene Weltenfalte befand. Sie löste den Schutz um die Falte auf und sogleich rannten die Kinder hinaus. Überglücklich fielen sich die Familien in die Arme und alle bedankten sich inniglich bei Mayla. Zum Glück war es ihr gelungen, die Kinder zu retten. Zufrieden beobachtete sie das Herzen und Küssen, und kehrte zu ihrer Oma und Violett zurück.

»Wo ist eigentlich Georg?«, fragte sie ihre Freundin.

»Er ist bei der Polizei.« Violett blickte sich um. »Gut, dass du uns gerufen hast, Mayla. Wie furchtbar sie in unserem schönen Hauptquartier gewütet haben.«

»Das werden wir alles zu gegebener Zeit wieder aufbauen«, betonte Melinda. »Es ist nicht das erste Mal, dass dies getan werden muss, und wir werden es schaffen.«

Gemeinsam mit ihrer Oma holten sie ein paar Sachen aus dem zerstörten Haus, unter anderem das dicke Grimoire und andere alte Bücher, und dann sprangen sie gemeinsam auf Burg Donnersberg. Niemand blieb zurück, keiner lehnte die Einladung ab und so reichten einander die Zirkelmitglieder und die Verstoßenen zum ersten Mal seit über dreißig Jahren die Hände.

Kapitel 17

Auf der Burg wies Angelika den obdachlosen Feuerhexen Zimmer zu. Es war schön zu sehen, wie nach und nach das Misstrauen ihr gegenüber abnahm. Mayla ging mit ihrer Oma und den übrigen Mitgliedern des Inneren Zirkels unterdessen in den Burgsaal. »Wo ist eigentlich Artus?«

Doch niemand wusste die Antwort.

Susana ließ sich neben ihr an der Tafel nieder und befühlte eine violette Verfärbung, die über ihren Unterarm verlief. »Wie ist es Vincent gelungen in das Hauptquartier einzudringen? Die Jäger, die noch Mitglieder des Feuerzirkels sind, können es betreten, klar, aber er hätte das magische Tor eigentlich nicht durchschreiten und die Dorffalte gar nicht sehen dürfen.«

»Ich kann es mir auch nicht erklären«, stöhnte Melinda und bei diesen Worten sah sie müder aus als je zuvor. Sie war unverletzt aus dem Kampf mit Vincent hervorgegangen, doch Mayla sah ihr an, dass sie viel Energie für das Duell verbraucht hatte. »Mayla und ich haben den Schutz gestern gemeinsam erneuert. So stark kann Vincent eigentlich noch nicht sein.«

Erschöpft ließ sich Mayla an der Tafel nieder. »Könnte es etwas damit zu tun haben, dass er damit angefangen hat, die alte Magie in sich zu vereinen?«

Melinda fuhr zu ihr herum, die Augen weit aufgerissen.

»Er hat was? Wieso weiß ich davon nichts?«

Mayla horchte auf. »Ich habe es gestern erfahren und Artus wollte dir sofort Bescheid geben. Hast du seine Nachricht nicht bekommen?«

Melinda kniff die weißen Brauen zusammen. »Nein, ich habe keine Nachricht von ihm erhalten.« Suchend blickte sie auf. »Wo ist er überhaupt?«

Violett zuckte mit den knochigen Schultern. »Seit heute morgen ist er verschwunden. Niemand hat ihn gesehen.«

»Erzähl, Mayla! Woher hast du diese Information?«, fragte Melinda, während sie sich weiterhin misstrauisch umblickte.

»Ich habe Tom getroffen.« Mayla erwartete lautstarke Vorwürfe, doch ihre Oma schien keineswegs überrascht.

»Was hat er dir erzählt?«

»Dass sein Vater nicht nur auf Rache aus ist, sondern auch in seinem Metallzirkel die alte Magie vereinen will. Als er meine Mutter Emma getötet hat und beinahe alle Montgomerys und die de Rochats ebenso, hat er ihre Kräfte gesammelt und in sich aufgenommen. Jetzt fehlt ihm nur noch die Kraft der Wasserhexen, um die alte Magie komplett zusammenzuführen.«

»Deshalb war er so stark. Und durch Emmas Energie konnte er in das Hauptquartier eindringen.« Melinda schloss die Augen und atmete tief aus. »Zum Teufel mit diesem verfluchten von Eisenfels! Wieso bist du nicht sofort zu mir geeilt, nachdem du davon erfahren hast? Zum Donnerwetter, Mayla! Was hast du dir dabei gedacht?«

»Das wollte ich, aber dann habe ich noch eine weitere Nachricht von Tom erhalten.«

»Noch eine?« Melinda und die anderen sahen sie überrascht an.

»Wieso hast du uns nichts davon erzählt?«, wollte Violett wissen.

»Weil ich keine Zeit verlieren durfte. Es ging darum, dass von Eisenfels erfahren hat, wo ich aufgewachsen bin. Er wollte meine Eltern holen, um sie als Druckmittel gegen mich einzusetzen.«

»Und deshalb warst du die ganze Nacht damit beschäftigt, sie zu retten, anstatt zu mir zu kommen und mich zu warnen«, analysierte Melinda.

»Ja.«

»Geschickt.« Eduardo tippte mit zwei Fingern auf den Tisch. »Tom hat sich durch die erste Botschaft dein Vertrauen erschlichen und anschließend hat er dich abgelenkt.«

»Was? Was willst du damit sagen?«

»Er hat dir etwas vorgemacht!«

»Nein! Das hat er nicht. Er meint es ernst, er …«

»Mayla.« Erbost sah Matthew sie an. »Eduardo könnte richtig liegen. Es wäre schon ein verflucht großer Zufall, wenn …«

»Nein, er liegt falsch! Ich fühle, dass ich Tom vertrauen kann.« Sie wollte nach dem herzförmigen Anhänger an ihrer Kette greifen, doch die hing nicht mehr an ihrem Hals. Ihre Hand wanderte zu ihrer Hosentasche, ertastete die Kette und den Anhänger, holte sie hervor und ließ sie durch die Finger gleiten. Sie hörte selbst, wie verbohrt und naiv sie in den Ohren der anderen klingen musste, aber sie lauschte der Stimme ihres Instinkts, ihres Herzens, und diese Stimme war eindeutig. »Ich vertraue ihm und ihr alle solltet das auch tun. Nur durch ihn haben wir diese Informationen erhalten. Und er hat gesagt, er sucht nach einem Heilmittel, damit wir die vergessenen Flüche zukünftig heilen können.«

»Wir hatten doch darüber gesprochen, dass wir durch Alleingänge die anderen gefährden!«, überging Melinda ihre Argumente.

»Stopp, ich bin nicht schuld, dass sie angreifen konnten.«

Eine tiefe Zornesfalte erschien zwischen Melindas weißen Brauen. »Wenn ich schon gestern Abend von all dem erfahren hätte, wäre die Sache heute möglicherweise anders ausgegangen.«

»Moment!«, ging Anna dazwischen. »Artus wollte dir seine Katze schicken! Das hat er gesagt und deshalb ist Mayla länger bei uns geblieben. Sie wollte sofort zu dir. Artus allerdings hat sie gebremst. Wir alle haben gehört, wie er ihr zugesichert hat, dass er es übernimmt, dir davon zu berichten. Hast du etwa gar keine Nachricht von ihm bekommen?«

Hellhörig richtete sich Melinda in ihrem Stuhl auf. »Nein, das habe ich nicht.«

Angelika war zurückgekommen und hatte schweigsam die Unterhaltung mitverfolgt. Nun aber konnte sie nicht länger an sich halten. »Ich weiß nicht, was du damit sagen willst, Anna, aber mein Mann ist frei von jeder Schuld. Seit über fünfzig Jahren bin ich mit ihm verheiratet und wenn ich jemandem blind vertraue, so ist er es.«

»Wieso hat er Melinda dann nicht die versprochene Nachricht überbracht?«, hakte Anna nach.

»Er hat die letzte Nacht nicht in seinem Bett verbracht. Ich weiß nicht, wo er gestern Abend hin verschwunden ist, aber ich würde meine Hand für ihn ins Feuer legen!«

Betretenes Schweigen folgte, bis Anna erneut das Wort erhob. »Entweder Artus oder Tom … So wie es aussieht, sagt einer von beiden nicht die Wahrheit. Und ich persönlich würde für Tom meine Hand ins Feuer legen!«

Melinda betrachtete Angelika lange, ohne etwas dazu zu sagen. Doch Mayla meinte zu hören, wie ihre Oma mit sich selbst in Gedanken über dieses Problem disputierte.

»Ich suche ihn und dann klärt sich all das auf!« Sofort stürmte Angelika aus dem Saal.

Eduardo blickte ihr kopfschüttelnd hinterher. »Ich kann sie verstehen, aber wir müssen jeden in Betracht ziehen.«

»Lasst sie ihn suchen und wir überlegen in der Zwischenzeit, wie es weitergeht.« Melinda winkte, worauf unzählige Kaffeekannen und Tassen auf der Tafel erschienen, und Mayla zauberte ihre Schachteln Pralinen dazu.

Nach und nach kamen auch die Feuerhexen, deren Dorf zerstört worden war, in den Burgsaal und gesellten sich zu den anderen an die lange Tafel. Als Georg den Saal betrat, lief Mayla ihm sogleich entgegen. »Was ist denn hier los?«

»Vincent hat das Hauptquartier des Feuerzirkels überfallen und mit seinen Leuten zerstört. Sie waren dort in großer Gefahr.«

Georg entglitten die Gesichtszüge. »Er hat was?«

Rasch erzählte sie ihm, was geschehen war.

»Er konnte in das Hauptquartier eindringen? Verdammt, dann können sich die Hexen nirgends mehr vor ihm verbergen. Wir müssen die Familie De Fonte warnen. Er darf sie nicht erwischen.«

»Nein, bestimmt sind sie dort sicher. Er hat bislang niemanden von ihnen ermordet und seiner Kräfte beraubt, weshalb er das Hauptquartier streng genommen nicht betreten kann. Die Wasserenergie fehlt ihm noch, um die alte Magie vollends in sich zu vereinen.«

»Dann hat es ja endlich mal ein Gutes, dass sich Alessia und ihre Kinder so lange Zeit versteckt haben.« Grübelnd strich er sich über die Lippen. »Wir müssen ihn unbedingt aufhalten. Aber wie?«

Violett war zu ihnen getreten und schenkte ihm ein Lächeln. »Hallo Georg. Warst du erfolgreich?« Eine leichte Röte stieg ihr in die Wangen, als er sie ansah.

»Ja, es gibt einige, die nicht abgeneigt sind. Ein paar Polizisten wollen der Sache mit den verschwundenen Hexen nicht mehr nachgehen, obwohl es so dringlich ist. Sie geben vor, von Eisenfels aufhalten zu wollen, doch in Wahrheit sitzen sie tatenlos herum und tun nichts. Viele meiner Kollegen werden skeptisch. Sie sind bereit, euch anzuhören.«

»Das ist ja wunderbar.« Violett strahlte und für einen Moment sah es so aus, als wollte sie ihm um den Hals fallen. Doch sie hielt sich zurück und umarmte stattdessen Mayla. »Ganz ehrlich, ich hasse das Leben als Verstoßene. Wie gerne würde ich wieder aktives Mitglied im Feuerzirkel sein, an den Sitzungen teilnehmen, durch die Städte bummeln und mich mit alten Freunden treffen. Ohne Siegelring herumzulaufen, wird von Jahr zu Jahr schwieriger.«

»Das ist unsere Chance!« Mayla lächelte sie aufmunternd an und wandte sich wieder an Georg. »Wie bist du mit ihnen verblieben?«

»Ich wollte mit Melinda, Angelika und Artus sprechen, wie wir eine Zusammenkunft auf neutralem Boden veranstalten können, damit sich alle wohlfühlen und ein vernünftiges Wort gesprochen werden kann.«

»Artus ist seltsamerweise verschwunden. Er hat die Nachricht gestern Abend nicht an meine Oma übermittelt, wie er es mir zugesagt hat. Und laut Angelika hat er die Nacht nicht in seinem Bett verbracht.«

Nachdenklich strich er sich durch den kupferroten Bart.

»Das ist seltsam. Und wegen der Nachricht von Tom bist du auch nicht mehr persönlich zu deiner Oma gegangen. Das sieht mir nach einem …«

»Georg, ich ahne schon, was du sagen willst. Aber ich vertraue Tom.«

»Ich weiß, dass du das tust, aber mir vertraust du hoffentlich auch. Deshalb kannst du mich ruhig mal aussprechen lassen.«

Sie schmunzelte. »Ich höre?«

Georg verschränkte die Arme vor der Brust. »Jemand will, dass wir Tom nicht mehr vertrauen.«

Violetts Augen wurden kugelrund. »Vincent! Er weiß, dass er bei uns war. Vielleicht war das mit deinen Eltern wirklich nur ein Ablenkungsmanöver.«

»Aber es waren Jäger da! Das kannst du doch bestätigen, Georg. Wer weiß, was sie mit meinen Eltern oder mit Heike angestellt hätten!«

»Ja, sie haben uns die ganze Nacht auf Trab gehalten und uns gezwungen, versteckt zu bleiben, sodass du nicht zu deiner Oma konntest. Schon ein verdammt großer Zufall, meinst du nicht?«

Nachdenklich nickte Mayla. »Ihr könntet beide recht haben. Vincent will nicht, dass wir Tom vertrauen. Also muss er erfahren haben, dass sich Tom mit mir getroffen hat. Dann steckt er in großer Gefahr!« Ihre Augen weiteten sich vor Sorge.

Georg schüttelte den Kopf. »Das muss nicht sein. Eventuell will Vincent lediglich vorbeugen für den Fall, dass Tom etwas von dem verrät, was Vincent plant.«

Violett legte ihr die Hand auf den Arm. »Tom passt schon auf sich auf.«

Mayla seufzte auf. Wie gerne würde sie ihn sicher an ihrer Seite wissen. Plötzlich fiel ihr etwas ein. »Aber wieso hat Artus die Botschaft nicht übermittelt?«

»Das müssen wir unbedingt herausfinden.« Georg krempelte die Ärmel seines Hemdes hoch und scannte mit seinem Polizistenblick die Burg. »Ich werde ebenfalls nach ihm suchen. Bis später.« Mit festen Schritten stapfte er die Treppen nach oben und verschwand wenig später aus ihrem Blickfeld. Violett sah ihm hinterher und konnte einen schmachtenden Ausdruck auf ihrem Gesicht nicht verbergen.

Mayla registrierte es mit einem Lächeln. »Du magst ihn, oder?«

Violett wurde feuerrot. »Nein, er ist einfach nur … echt nett.«

Mayla nahm die Hand ihrer Freundin, woraufhin deren Armreife aneinanderklimperten. »Er und ich, wir sind nur Freunde.«

Unsicher blickte Violett sie aus ihren hübschen grauen Augen an. »Weiß er das auch?«

Mayla nickte, worauf sich ein breites Grinsen auf dem Gesicht ihrer Freundin ausbreitete.

»Gut zu wissen.« Mit geröteten Wangen zwinkerte Violett ihr zu und gemeinsam gingen sie zurück in den Saal. Sie steuerten Maylas Oma an, die inmitten der anderen eifrig am Planen und Überlegen war.

»Wir müssen Alessia warnen!«, rief ein Feuerhexer. »Sie ist in ihrem Hauptquartier nicht mehr sicher. Alles hängt jetzt davon ab, dass Vincent sie und ihre Familie nicht erwischt.«

»Nein, im Gegenteil, Alessia muss dort bleiben!«, betonte Melinda.

Mayla pflichtete ihr bei.

»Ich wette, er hat den Feuerzirkel überfallen, um sie und ihre Familie zu verunsichern und herauszulocken.«

»Weiß er, dass wir hier sind?«, fragte eine andere Frau aus dem Dorf. »Sind unsere Kinder sicher vor ihm?«

»Ich habe einen Schild um die Burg gelegt«, betonte Melinda.

»Aber den Schutzbann um unser Dorf konnte er auch brechen!«

»Der Schutz um den Zirkel hält alle, die keine Feuerhexen sind, fern. Er hat bei ihm nicht gewirkt, weil er Feuermagie in sich trägt. Aber der Schutzschild um die Burg begründet sich nicht darauf, lediglich Mitglieder anderer Zirkel davon abzuhalten, sie zu betreten. Dieser Schutz richtet sich gegen jeden Eindringling, egal welche Energie er in sich trägt. Wollen wir hoffen, dass es ausreicht, ihn aufzuhalten.« Melinda winkte Mayla und Violett, mit ihr zu gehen. »Kommt, wir müssen in die Bibliothek. Ich brauche eure Hilfe.«

»Aber vorher brauche ich noch ein paar Pralinen!« Mayla zauberte eine Packung herbei und auf dem Weg in die Bibliothek, zwischen einer Edelpraline und einer Rumkugel, sollte sie erzählen, was Tom ihr anvertraut hatte. Im Detail legte Mayla den beiden dar, was Tom ihr verraten hatte. Sie berichtete auch von dem Heiltrunk und wie man ihn zubereiten musste.

Ihre Oma nickte verstehend. »Ich weiß, was er meint. Einen solchen Heiltrank kann ich zusammen mit Anna, John und Pierre brauen. Ich kümmere mich gleich darum. Aber zuerst zeige ich euch, womit ihr zwei schon mal anfangt.«

Melinda führte die zwei in die Bibliothek, wo sich in einer Ecke mehrere alte Bücher auf einem Arbeitstisch stapelten. »Ich habe jedes Buch mitgenommen, das in meinem Besitz ist. Wir müssen sie alle so rasch als irgend möglich querlesen. Wer etwas über die alte Magie oder die vergessenen Flüche findet, sagt sofort Bescheid. Alles klar?«

Violetts Augen strahlten angesichts der alten Werke, die in keiner öffentlichen Bibliothek zu finden waren. »Wir fangen sofort an.«

Während sich Mayla und Violett über die Texte beugten, eilte Melinda davon, um einen Heiltrunk aufzusetzen. Es dauerte nicht lange und sie kehrte wieder zurück. Gemeinsam studierten die drei das alte Wissen. Mayla ließ sich eine Praline nach der anderen in den Mund fliegen – schließlich hatte sie einiges nachzuholen –, bis sie aufsprang.

»Ha! Ich habe etwas! Hier in ›Rosalind von Flammenstein, Altes Wissen‹. Ich lese es euch mal vor.

Seit die Zirkel gegründet wurden, gibt es die Angst, dass jemand versuchen könnte, die alte Magie wieder zu vereinen, um die Macht über die Hexenwelt an sich zu reißen. Viele Leute behaupten, das wäre unmöglich. Doch es gibt genügend schwarze Magier, die auch vor den abscheulichsten Experimenten nicht zurückschrecken. Es ist immer davon auszugehen, dass es eines Tages jemandem gelingen könnte.«

Violetts Augen leuchteten. »Super, danach haben wir gesucht. Lies weiter.«

»Solange die magischen Steine separiert bleiben, gilt diese Vereinigung nicht für die gesamte Hexenwelt, sondern nur für denjenigen, der den Zauber spricht.«

Mayla sah auf. »Die magischen Steine … Die hat Vincent wenigstens nicht.«

Melinda nickte. »Ich habe unseren versteckt.«

»Aber Artus hat doch unseren an sich genommen!«, rief Mayla aus.

Sogleich schüttelte Melinda den Kopf. »Ich habe ihn längst zurückgeholt. Mach dir darum keine Gedanken, der Stein ist in Sicherheit. Um ihn müssen wir nicht fürchten. Aber steht dort irgendetwas, wie man denjenigen aufhalten kann, der die alte Magie in sich vereint?« Neugierig beugte sich auch Melinda über das Buch, das vor Mayla lag, und überflog die vergilbten Seiten.

»Sollte es jemandem gelingen, die alte Magie in sich zu vereinen, so ist derjenige nur mit der gebündelten Kraft der mächtigen Zirkelfamilien aufzuhalten.«

»Die gebündelte Kraft.« Violett sah Melinda an. »Ist damit gemeint, dass von jedem Zirkel ein Mitglied der Gründerfamilie mitwirken muss?«

»Davon ist auszugehen. Und das könnte uns sogar gelingen. Wir zwei, Mayla, Phylis …«

»Aber Phylis ist kein Gründungsmitglied«, gab Violett zu bedenken.

»Dafür ist sie die stärkste Erdhexe, die ich kenne. In weitestem Sinne könnte man auch sie als Mitglied einer mächtigen Zirkelfamilie bezeichnen. Wir müssen es versuchen. Dazu noch Gabrielle, Tom und Andrew.«

Mayla wurde blass. »Hoffentlich ist Andrew nicht längst auf eigene Faust losgezogen, um Vincent aufzuhalten.«

Melinda sah sie entschlossen an. »Wir müssen uns mit ihm treffen und ihm erzählen, was wir herausgefunden haben. Ich hoffe nur, dass er nach seinem überstürzten Verschwinden gestern überhaupt noch an unserer Seite stehen wird.«

Mayla spielte mit der Kette in ihrer Hosentasche. »Darum kümmere ich mich! Ich habe eine Idee, wie ich ihn dazu bringen kann, endlich mit uns zusammenzuarbeiten.«

»Gut, aber komm so schnell wie möglich zurück auf die Burg. Es ist gefährlich dort draußen ...« Ein sorgenbehafteter Ausdruck trat auf Melindas Gesicht und Mayla lächelte ihre Oma zuversichtlich an.

»Keine Sorge! Ich weiß, was ich zu tun habe.«

Kapitel 18

Nachdem Mayla in den Schwarzwald gesprungen war und dort eine zusätzliche Weltenfalte erschaffen hatte, bereitete sie zwei Nuntia-Zauber vor, die sie Karli an die Empfänger überbringen ließ. Hoffentlich funktionierte ihr Plan. Aber trotz all der Vorkommnisse der letzten Wochen war sie im Grunde ihres Herzens noch immer überzeugte Optimistin, weshalb sie sich voller Vorfreude die Hände rieb.

Als die Zeit verstrich und niemand auftauchte, wurde sie nervös, lief auf und ab und strich sich immer wieder über die Arme. Würde ihr Plan funktionieren?

Endlich sah sie das ersehnte Funkeln neben einer kleinen Tanne und im nächsten Moment materialisierte sich Andrew vor ihr. Sogleich blies er einen Schutzring aus Wind um sich, doch Mayla strahlte ihn unverwandt an.

»Andrew, ich bin so froh, dass du gekommen bist.«

Sein Blick war kalt und ablehnend. Misstrauisch blickte er sich in dem verlassenen Waldstück um, in dem nichts als Nadelbäume, ihre Schösslinge, Moos und Farne zu sehen waren.

»Was willst du?«

»Wir haben herausgefunden, wie wir gemeinsam Vincent aufhalten können.«

»Ich dachte, ich hätte mich klar ausgedrückt. Ich werde ihn auf eigene Faust erledigen!«

»Das wird dir nicht gelingen. Er hat begonnen, die alte Kraft in sich zu vereinen. Hör zu, Andrew, wir brauchen dich. Nur wenn Mitglieder der mächtigen Zirkelfamilien Seite an Seite stehen, können wir ihn noch aufhalten.«

»Und mit Mitgliedern aller Zirkelfamilien meinst du wahrscheinlich auch Tom ... oder sollte ich lieber Valerius sagen?«

»Er auch, ja, und ...«

»Ich werde niemals an der Seite eines von Eisenfels stehen.« Seine Kiefer mahlten und schon glaubte Mayla, er würde einfach wieder verschwinden, doch er hielt inne.

»Bitte, Andrew. Ich kann mir vorstellen, wieso es dir schwerfällt, ihm und uns allen zu vertrauen, aber wir haben keine andere Möglichkeit, Vincent aufzuhalten.«

»Du hast keine Ahnung von mir und meinem Leben!«, brüllte er, doch Mayla zuckte nicht zurück.

»Auch meine Eltern wurden getötet. Trotzdem weiß ich, dass wir nur mit Tom eine Chance haben. Wir müssen einander die Hände reichen.«

»Ich werde niemandem jemals wieder die Hände reichen!«

»Das ist nicht schön zu hören«, ertönte eine Männerstimme.

Andrew fuhr erschrocken herum und seine Augen weiteten sich für einen Moment, als er sich Cesaro Aguilera gegenübersah.

Mayla lächelte den dickbäuchigen Spanier an. »Ich freue mich, dass du gekommen bist. Danke, Cesaro.«

Andrew verengte die dunkel lodernden Augen zu Schlitzen. »Du hast das eingefädelt?«

»Ich dachte, es ist Zeit für eine Aussprache!«

»Du …«

»Andrew, bitte.« Cesaro trat an ihn heran und streckte die Hände nach ihm aus. Trotz des Wirbelsturmes kam er ihm näher und näher. Was würde geschehen, wenn seine Hände den Schutz berührten? Würde er zurückgeschleudert? Lebensbedrohlich verletzt? Doch Cesaro lächelte und lief unablässig auf Andrew zu. Seine Fingerspitzen berührten jeden Moment den Wirbelsturm, der um Andrew tobte. Kurz bevor er bei ihm angelangte, verpuffte der Wind und zischte durch die Zweige der Tannen davon. Cesaro nahm Andrews Hände und lächelte ihn an.

»Gracias a Dios, dass ich dich endlich wiedersehe …« Obwohl Cesaro ihm kaum bis zur Schulter reichte, nahm er ihn in den Arm, wie es nur ein Vater bei seinem Sohn tun konnte. Und Andrew ließ es zu. Doch dann richtete er sich wieder auf und trat einen Schritt von Cesaro zurück.

»Bleib fern von mir! Du weißt, wie gefährlich ich bin«, rief Andrew, es klang verzweifelt.

»Du bist nicht gefährlich. Was damals geschehen ist, war ein Unfall. Das hätte jedem passieren können.«

»Aber es ist mir passiert und es ist meine Schuld, dass Sofia nicht mehr lebt!«

»Nein, das war ein Versehen.«

»Doch, ich habe heimlich mit eurem Grimoire geübt, obwohl ihr es mir verboten habt. Ich habe die Formel gesprochen, durch die sie gestorben ist.«

Tränen traten Mayla in die Augen angesichts der Verzweiflung in Andrews Stimme.

»Du hast deine geliebte Frau verloren, nur weil ihr so gut wart und mich bei euch aufgenommen habt. Ich habe euch zu einem Leben in der Einsamkeit verdammt – und wie habe ich es euch gedankt? Indem ich einen von euch getötet habe!«

Cesaro lächelte traurig. »Du warst noch jung und wusstest nicht, was du anrichten kannst. Wir hätten dich niemals bremsen sollen, deine starken Kräfte auszutesten. Dann hättest du gewusst, wie du sie kontrollieren kannst. Ich habe dich immer wieder aufgefordert, deine Energie zu verbergen. Es ist meine Schuld, Andrew. Ich hätte dich mehr unterstützen müssen.«

»Du hast mich immer unterstützt, Papa.«

»Wieso bist du dann einfach fortgegangen?«

»Wie könnte ich mir je verzeihen, was ich Mama angetan habe? In mir lauert Böses. Alle um mich herum sind in Gefahr.«

»Andrew, das stimmt nicht. Du bist ein guter Junge, ein guter Mann. Sieh dich an! Du versuchst, denjenigen aufzuhalten, der unermessliches Übel über uns gebracht hat. Obwohl du so lange unter den Jägern gelebt hast, erkenne ich, dass dein Herz immer noch rein ist. Ich weiß, dass du so getan hast, aber du hast niemals unter den Jägern getötet und gequält, wie sie es tun.«

»Woher weißt du …?«

»Glaubst du wirklich, ich hätte meinen wichtigsten Auftrag, dich zu beschützen, aufgegeben, nur weil du von mir fortgegangen bist? Ich habe dich nie verlassen, mein Sohn. Ich habe immer versucht dir den Rücken freizuhalten.«

Andrew schwieg still und sah Cesaro traurig an. »Wie könnte ich mir je verzeihen …«

»Ich habe dir längst verziehen, und Sofia«, er deutete hinauf in den Himmel, »sie gewiss auch. Sie hat dich geliebt wie einen eigenen Sohn. Und sie hätte nicht gewollt, dass dieser Unfall – denn das war es, ein Unfall und keine Absicht! Sie hätte nicht gewollt, dass es uns entzweit.«

Andrew atmete tief durch.

»Verzeih dir, mein Junge, und bitte verzeih auch mir.«

Unvermittelt nahm Andrew Cesaro in den Arm. »Es gibt nichts zu verzeihen!«

Während sich die beiden endlich aussprachen, zog sich Mayla unauffällig zurück. Sie wollte die zwei unter keinen Umständen stören. Nur so konnte sie Andrew dazu bewegen, an ihrer Seite zu stehen.

Sie hatte nicht gewusst, was damals bei den Aguileras geschehen war. Doch sie hatte geahnt, dass ein Treffen der beiden die Dinge ins Reine bringen konnte. Und selbst wenn es ihnen nicht gelingen sollte, Vincent aufzuhalten, so waren doch wenigstens die beiden wieder im Herzen miteinander vereint.

Cesaro blickte auf und nickte Mayla zu. Sie winkte, umschloss den Amulettschlüssel, und sprang zurück auf die Burg. Es gab viel zu tun.

Bevor sie zu den anderen in den Burgsaal ging, schlich sie sich in die Küche und schmierte sich ein paar Brote. Ihr Magen knurrte so laut, dass es nicht mehr auszuhalten war. Nach dem Imbiss fühlte sie sich gestärkt, und frohen Mutes kehrte sie zu den anderen in den Burgsaal zurück.

Melinda, Violett, die übrigen Mitglieder des Inneren Kreises und die Bewohner aus dem zerstörten Hexendorf waren noch immer am Diskutieren.

»Ist Artus mittlerweile aufgetaucht?«, fragte sie Violett, doch die schüttelte nur den Kopf.

»Georg und Angelika suchen seit Stunden nach ihm, bislang ohne Erfolg.«

»Artus als Verräter, es ist kaum vorstellbar«, überlegte Anna, worauf sogleich wieder eine hitzige Debatte entbrannte. Sie diskutierten noch eine Weile, bis Georg und Angelika zurück in den Burgsaal kamen.

»Habt ihr meinen Mann mittlerweile irgendwo gesehen?«, fragte die Burgherrin ungewohnt fahrig.

Violett warf ihr einen zweiflerischen Blick zu. »Nein, habt ihr ihn immer noch nicht gefunden?«

Georg schüttelte den Kopf. »Nein, nichts. Es fehlt jede Spur von ihm.«

»Er ist ein Verräter!«, tönte ein Hexer aus dem Dorf, der schon eine Weile stumm zugehört hatte.

»Ich verbitte mir solche Kommentare!« Angelika sah ihn streng an. »Vergesst nicht, wer euch Obdach gewährt!«

Die anderen murmelten und murrten weiter, doch laute Gegenworte blieben aus.

»Artus?«, drang eine dünne weibliche Stimme aus der Burghalle in den Saal hinein. »Artus? Bist du da?«

Kreidebleich stürzten Melinda und Angelika in die Halle, dicht gefolgt von Mayla, Violett und einigen anderen. In der Halle stand eine alte Frau, deren schulterlanges graues Haar in großen Wellen um den Kopf gelegt war. Ihre Augen waren wässrig und der Blick aus den hellblauen Augen verängstigt. Dennoch stellte sie sich wie eine Glucke vor einen schlaksigen Mann, dessen hellblondes Haar von einzelnen grauen Strähnen durchzogen war, und vor eine Frau, die Mayla kannte. Es war Gabrielle De Fonte. In dem Moment dämmerte es ihr.

Alessia De Fonte und ihre einzigen Nachkommen …

»Alessia, was tust du hier, um Gottes willen?«, rief Melinda aufgebracht. Gleichzeitig sah sie sich wachsam um, als befürchte sie sofort einen Übergriff durch die Jäger oder Vincent höchstpersönlich.

Mit hochgezogenen Schultern schielte die Oberhexe in der Halle umher, als könnte hinter jeder Ritterrüstung ein Feind hervorspringen. Sie bedachte Mayla, Violett und die übrigen mit skeptischen Blicken, bevor sie sich wieder auf Melinda konzentrierte.

»Artus hat uns eine Nachricht zukommen lassen. Der Feuerzirkel wurde überfallen und nirgends sind wir mehr vor Vincent sicher. Er hat gesagt, ich solle mit Gabrielle und Francesco zu euch kommen.«

»Was?« Angelika starrte sie ungläubig an. »Wann hat er dir die Nachricht geschickt? Und wie?«

»Vor weniger als einer Stunde! Ich habe einen Nuntia-Zauber erhalten.«

Mayla und Violett sahen einander sprachlos an.

Angelika fuhr sich an die Stirn.

»Aber wie kann das …?«

»Artus hat euch gesagt, ihr sollt herkommen?« Mayla sah Gabrielle entsetzt an. »Aber das war nicht richtig. Nur noch eure Energie fehlt Vincent, um die alte Magie zu vereinen. Ihr hättet in eurem Hauptquartier bleiben müssen.«

»Das wollten wir auch. Nur weil Artus uns die Botschaft geschickt hat, scheuche ich doch nicht meine Kinder aus dem sicheren Nest und überlasse sie den Löwen zum Fraß. Aber wir wurden von unseren eigenen Leuten angegriffen.«

»Wie bitte?« Mayla sah Gabrielle und deren Bruder mit geweiteten Augen an. »Wen meint ihr damit?«

Francesco hielt sich zurück, während Gabrielle aufbrauste: »Unsere eigenen Leute. Die Mitglieder des Wasserzirkels. Sie haben ebenfalls von dem Angriff auf den Feuerzirkel gehört und haben uns – nicht zu Unrecht – Tatenlosigkeit vorgeworfen. Nur deshalb sei es so weit gekommen, haben sie gebrüllt.«

Alessia japste nach Luft. Das Grauen stand in ihren puppenartigen Augen. »Ich muss meine Kinder schützen. Das ist meine oberste Pflicht!«

»Kommt erst einmal rein«, forderte Violett sie auf und wies mit der Hand in den Saal.

»Nein, ihr dürft nicht bleiben.« Melinda schüttelte vehement den Kopf. »Er wird damit rechnen, dass ihr herkommt, um bei uns Schutz zu suchen. Bestimmt haben seine Leute die Wasserhexen aufgestachelt, damit sie in eurem Hauptquartier ein solches Chaos veranstalten und euch vertreiben. Wir brauchen ein anderes Versteck.«

Gabrielle ballte die Hände zu Fäusten. »Ich bin es satt, mich zu verstecken! Ich werde euch helfen und …«

»Aber wenn er dich erwischt, ist es vorbei. Dann wird er nicht mehr aufzuhalten sein«, mahnte Melinda. »Er hat die Erd-, die Feuer- und die Luftenergie bereits in sich vereint. Metall trägt er ohnehin in sich. Wenn er einen von euch ermordet und seiner Kräfte beraubt, wird es beinahe unmöglich, noch etwas gegen ihn auszurichten.«

»Ich sag es doch, mein Kind, wir müssen uns verstecken!« Alessia legte ihre faltige Hand auf Gabrielles. Obwohl sie die älteste lebende Hexe der Familie war, fehlte ihr die Vitalität, die die anderen alten Frauen umgab. Ihr Gesicht war blass und runzelig, ihre Haut schlaff und welk. Wenn Mayla es nicht besser wüsste, hätte sie gewettet, dass es sich um eine völlig normale Frau und nicht um eine Hexe, ganz zu schweigen um die mächtige Oberhexe des Wasserzirkels handelte.

»Alessia De Fonte?« Georg kam in die Halle. »Habe ich Eure Stimmen richtig erkannt. Was tut Ihr hier?« Hinter ihm kamen John und Eduardo hinzu, die nicht minder entsetzt waren, die Familie zu sehen. Sogleich stellten sie sich schützend um sie herum auf, als wären sie ihre Leibgarde und als wären die Oberhexe und ihre erwachsenen Kinder nicht dazu in der Lage, sich selbst zu schützen.

Ein Donnern hallte über die Burg, das sie in ihren Grundfesten erbeben ließ. Putz rieselte von der Decke, eine Ritterrüstung kippte zur Seite und landete scheppernd auf dem Steinboden. Mayla und Violett sahen einander fragend an, während sich Alessias hellblauen Augen vor Schreck weiteten.

»Er kommt …«

Kapitel 19

Wir brauchen ein anderes Versteck für euch!« Melinda grübelte. »Wollt ihr in mein Haus, in dem ich mich ein paar Wochen verborgen gehalten habe?«

Georg fuhr sich durch den roten Bart. »Nein, das kennen die Jäger, da sämtliche Polizisten dort gewesen sind. Es ist zu naheliegend! Wollt ihr in meine Wohnung?«

»Sämtliche Quartiere von Mitgliedern der Opposition fallen weg.« Mayla sah Violett fragend an. »Ich würde ja meine Wohnung in der Menschenwelt vorschlagen, aber auch die kennen die Jäger bereits.«

»Wir bringen sie zu Bertha!«, schlug Eduardo vor. »Sie beherbergt jeden, ohne Fragen zu stellen, und das Hotel befindet sich in einer neutralen Zone. Er würde niemals damit rechnen, dass wir die De Fontes an einem so unsicheren Ort verbergen.«

»Aber wollte sie es nicht schließen und ihre Verwandten besuchen?«, fragte Mayla.

Ein erneutes Donnern erscholl über der Burg und gab ihrem Namen alle Ehre. Still blickten sie zur Decke empor, als könnten sie sehen, wie das Grauen näher kam. Im Saal erhoben sich Geschrei und eine Unruhe, die bis zu ihnen drang.

»Wir haben keine Alternative!«, rief Melinda. »Auf der Stelle müssen wir euch wegbringen. Am liebsten würde ich euch begleiten, aber damit rechnet er. Ihr dürft nicht einmal in meiner Nähe sein.«

»Ich bringe sie«, schlug Violett vor.

»Und ich komme auch mit«, bekräftigte Eduardo.

Gabrielle sah Mayla und Melinda entschlossen an. »Ich würde gerne an eurer Seite kämpfen. Glaubt mir, das ist das letzte Mal, dass ihr auf meine Hilfe verzichten müsst. Das schwöre ich euch beim Namen meiner Familie!«

Mayla umarmte sie zum Abschied.

»Kommt!« Alessia hielt ihren Kindern die zittrigen Hände hin. »Lasst uns keine Zeit verlieren.«

»Viel Glück«, rief Mayla hinter ihnen her und Violett verschwand mit einem Zwinkern gemeinsam mit Eduardo, Alessia, Francesco und Gabrielle.

»Am liebsten würde ich mit ihnen gehen!« Mayla blickte auf ihre Hände. »Aber auch das wäre vermutlich zu auffällig.«

»Das wäre es.« Georg stemmte die Hände in die Seiten. »Wir verteidigen die Burg und die Leute hier.«

»Aber wie können wir ihn aufhalten? Vielleicht hätten wir doch Gabrielle hierbehalten und Phylis, Andrew und Tom rufen sollen.«

Ein drittes Donnern ließ die Wände erzittern und verkündete die baldige Ankunft ihrer Feinde.

Melinda schüttelte den Kopf. »Solange Vincent die Magie noch nicht gänzlich in sich vereint hat, könnte es uns auch ohne sie gelingen, ihn aufzuhalten. Er darf Gabrielle nicht erwischen. Es wäre zu leichtsinnig, sie hier zu behalten. Schnell, wir sollten uns vorbereiten!«

Sie eilten zurück in den Burgsaal, wo bereits sämtliche Anwesenden ihre Zauberstäbe gezückt hielten und sich mit dem Rücken zueinander im Kreis aufstellten, die Kinder in der Mitte.

»Wir müssen die Kleinen wegbringen«, forderte Melinda.

»Wir sollten sie in einer Falte verstecken!«, schlug Mayla vor. »Ich kümmere mich darum.« Sie lief zu ihnen und winkte die Kinder mit sich. Die Kleinen kannten sie bereits. Nachdem sie sich von ihren Eltern verabschiedet hatten, liefen sie, ohne zu zögern, hinter Mayla her. Nur zwei kleine Mädchen begannen zu weinen und krallten sich an ihren Müttern fest.

Tröstend streichelte Mayla einer der Kleinen über den braunen Haarschopf und sah ihre Mutter an. »Es wäre ohnehin besser, wenn die Kinder nicht völlig auf sich gestellt wären. Wir wissen nicht, was passieren wird.«

»Du hast vollkommen recht. Hast du gehört, Malea, ich komme mit. Mami bleibt bei dir.« Die Kleine krallte sich um den Hals ihrer Mutter, als befürchtete sie noch immer, jemand könnte sie von ihr wegzerren. Auch die Mutter des anderen weinenden Kindes begleitete sie.

Gemeinsam mit Georg lotste Mayla die Schar zum Ausgang des Saals. Das nächste Donnern fegte die ersten Gemälde von den Wänden, die mitsamt ihrer schweren Holzrahmen auf den Boden krachten. Sie rannten um die Bilder herum, so schnell es mit den Kindern möglich war. Viele von den Kleinen hatten Angst und blickten immer wieder hinauf zur Decke.

Georg zwinkerte einem der Jungs zu, der so ängstlich aussah, dass es einem das Herz zusammenschnürte. »Das wird ein herrliches Abenteuer. Du wirst schon sehen.«

Der Kleine nickte tapfer und flitzte mit seinen Freunden weiter.

In der Vorhalle angelangt, blickte sich Mayla unsicher um. »Wo sollen wir euch verstecken? Im Gewölbekeller?«

»Aber was, wenn die Burg einstürzt?«, flüsterte Georg ihr zu.

»Dann bringen wir sie in die Bibliothek.«

Sie hetzten hinauf, durch die dunklen Gänge hin zu dem großen Lesesaal. In Windeseile hexte Mayla eine Weltenfalte inmitten der Bücherregale, die sie mit einem zusätzlichen Schutz versah, sodass kein Fluch eindringen konnte und niemand die Kinder entdeckte. Die Kleinen waren ungewohnt still, keines von ihnen sprach ein Wort. Eng standen sie beieinander wie Pinguine und sahen sich ängstlich um. Mayla hätte sie am liebsten einzeln in den Arm genommen, doch sie mussten den Kindern all das als Spiel verkaufen, damit die sich nicht fürchteten.

»So, ihr dürft jetzt ganz alleine hier oben in der Bibliothek bleiben und …« Sie sah die beiden Mütter fragend an, die sich rasch als Helen und Franziska vorstellten. »Und Franziska und Helen werden euch ein paar wunderschöne Geschichten erzählen. Das wird ein wunderbares Abenteuer, okay?«

»Geschichten?« Die Augen der Kinder begannen zu strahlen und sie setzten sich im Kreis um die zwei Mütter auf den Boden. Helen und Franziska begannen sogleich, von einem tollpatschigen Bären und seinem kleinen frechen Freund, dem Eichhörnchen, zu erzählen. Die Kinder lachten auf und hingen gebannt an den Lippen der Erzählerinnen. Dennoch fiel Mayla es schwer, sich von ihnen zu lösen.

Georg zog sie sanft von ihnen weg. »Komm, Mayla, wir werden unten gebraucht.«

»Du hast recht.«

Sie schloss die Falte, sodass sie für niemanden mehr sichtbar war, und gemeinsam mit Georg verließ sie die Bibliothek. »Ich hoffe, das reicht angesichts der Macht, die Vincent mittlerweile in sich trägt.«

»Du hast dein Möglichstes getan. Jetzt liegt es an uns allen, ihn und seine Anhänger aufzuhalten.« Er nahm ihre Hand und drückte sie, und als Mayla aufblickte, sah sie ihn schmunzeln wie eh und je. Erleichtert lächelte sie ihn an und atmete tief durch. Endlich konnten sie einfach gute Freunde sein.

Ein lautes Krachen drang durch die Burg und instinktiv hockten sie sich auf den steinernen Boden. Geschrei ertönte, und laute Rufe durchmischt mit fremden Stimmen hallten durch die Burg. Erschrocken sahen sich Mayla und Georg an.

»Sie sind da.«

Zusammen rannten sie den engen Gang entlang zu den Treppen. Doch die ersten Jäger kamen ihnen bereits entgegen. Flüche schossen auf sie zu und Mayla blies blitzschnell eine Wand aus Feuer, an der die Zauber abprallten. Aber die Angreifer ließen nicht ab, schossen einen Bann nach dem anderen, sodass Mayla den Schutz nicht unterbrechen, geschweige denn die Eindringlinge angreifen konnte.

»Wir müssen nach unten, den anderen helfen! Wie kommen wir an denen vorbei?«

»Hab Geduld, Mayla, sie werden bald von uns ablassen.« Den Zauberstab erhoben hielt er sich neben ihr bereit. Vor so vielen Wochen hatte sie ihn kennengelernt und nun standen sie Seite an Seite im letzten Gefecht. War dies das letzte Gefecht? Würde sich hier und heute, auf Burg Donnersberg, das zukünftige Geschick der Hexenwelt entscheiden?

Schreie drangen von unten zu ihnen hoch.

»Wir können nicht abwarten, Georg, wir müssen es riskieren. Halt dich bereit«, wisperte sie ihm zu. »Eins, zwei drei!« Sie blies die Flammen aus und sofort schoss ein Strahl aus gelbweißem Licht aus seinem Zauberstab auf die Angreifer zu, doch die hatten ihrerseits einen Schutz vor sich gehext.

»Nun wollen wir mal sehen, was ich gelernt habe.« Mayla hob die Hände und schmetterte einen Blitz auf die Jäger, worauf deren Schutzschild zerbarst. Sie schickte noch einen Bewusstlos-Zauber hinterher, worauf ihre Gegner zu Boden fielen und bewegungslos liegen blieben.

»Wow, Mayla.« Georg schaute sie an, als sähe er sie zum ersten Mal.

»Und jetzt weiter!«

Sie stürmten zu den Treppen, doch weitere Angreifer schleuderten ihnen Flüche entgegen. »Defende!«, schrien Mayla und Georg im Chor und die herannahenden Flüche zerplatzten in der Luft.

»Dirumpe!«, brüllte Georg, worauf eine Säule zerbrach und die Gesteinsbrocken auf die Jäger fielen. Die Angreifer wandten sich von ihnen ab, um sich zu schützen, und die Ablenkung reichte Mayla aus. Erneut feuerte sie einen Bewusstlos-Zauber auf die Hexer, worauf zwei von ihnen in die Knie sanken und regungslos liegen blieben. Doch die anderen jagten einen Fluch auf sie, der Mayla nur um wenige Millimeter verfehlte. Er krachte in eine Tür schräg hinter ihr, die quietschend aufging.

Unbewusst folgte Mayla dem Fluch mit den Augen und warf nur einen flüchtigen Blick in das Zimmer, als ihr der Mund aufklappte. In dem kleinen Zimmer mitten auf dem Holzboden lag jemand. Sie konnte nur eine regungslose

Hand sehen und einen Arm, doch der königliche Mantel war unverkennbar.

Bevor sie hinlaufen konnte, traf ein Angriffszauber ihre Hand und sie fluchte. Blitzschnell blies sie eine Wand aus Flammen vor sie.

»Komm, Georg, sieh dir das an!«

Sein Blick huschte nur für einen Moment zu dem Zimmer. »Nein, wir müssen …« Doch dann schwieg er still. Mit offenem Mund trat er neben Mayla in den Raum und endlich konnten sie einen Blick auf den am Boden liegenden Mann werfen.

Es war Artus von Donnersberg.

Schnell bückten sie sich zu ihm und Mayla befühlte seinen schwachen Puls. »Was ist mit ihm?«

»Vielmehr ist die Frage: Wer hat ihm das angetan?« Georg sprang auf und suchte das Zimmer ab, doch es war unbewohnt. Weder das Bett war zerwühlt noch befand sich Kleidung im Schrank oder in der Kommode. Kein Buch lag auf dem Nachttisch und kein Müll im Eimer neben der Tür. Kein einziger Hinweis war zu finden, der eine Vermutung zuließ, wer den Burgherren außer Gefecht gesetzt und eingesperrt hatte.

»Verdammt, wie lange liegt er schon hier? Jemand muss verhindert haben, dass er die Nachricht an meine Oma weiterleitet!« Maylas Augen weiteten sich vor Schreck. »Es gibt noch einen Maulwurf im Inneren Kreis!«

»Du hast recht. So muss es gewesen sein. Und dieser jemand war vorhin noch auf der Burg, um Artus mit einem Zauber zu manipulieren, sodass er Alessia die Botschaft geschickt hat, sie solle herkommen.«

»Georg, wer könnte das gewesen sein?«

Er tastete Artus ab und suchte nach irgendwelchen Anhaltspunkten, die ihnen mehr verraten konnten. Doch es war nichts aufzufinden. Er richtete seinen Zauberstab auf den bewusstlosen Burgherren. »Indicia!« Nichts geschah und Georg fuhr sich durch den Bart. »Der Verantwortliche hat seine Spuren auf jeden Fall gründlich verwischt.«

Mayla hielt ihre Hände über von Donnersberg und raunte: »Sana!« Doch der Burgherr regte sich nicht.

Georg schüttelte den Kopf. »Er braucht einen Heiltrank. Sein Puls ist schwach, aber gleichmäßig. Wir müssen ihn erst mal hier liegen lassen und uns später um ihn kümmern. In diesem Zimmer ist er wenigstens außer Gefahr.«

»Aber bestimmt haben die Jäger gesehen, dass wir hier drinnen waren!« Wie zur Bestätigung hörten sie die Flüche der Angreifer durch die Luft zischen, Bilder von den Wänden krachen und gläserne Lampenschirme auf dem Steinboden zerschellen.

»Wir versiegeln die Tür mit einem Zauber und versuchen nach unten zu kommen. Dann sagen wir Angelika Bescheid.«

»In Ordnung.« Plötzlich stockte Mayla und blickte auf. »Riechst du das?«

Georg schüttelte den Kopf. »Was meinst du?«

»Pfefferminz! Es riecht nach Pfefferminz!«

»Und?«

»Artus hat noch nie so gerochen – und das weiß ich, weil ich eine verdammt gute Nase habe. Ich kenne nur einen, den der Geruch wie ein Schatten verfolgt.«

Er horchte auf. »Wen?«

»Eduardo.«

»Eduardo? Du willst damit sagen, dass … er …?«

»Ich wette es.«

Erschrocken schlug sich Mayla an die Stirn. »Gemeinsam mit Violett hat er Alessia, Francesco und Gabrielle zu Berthas Hotel begleitet! Wir müssen sofort hinterher und sie warnen!«

»Mist, du hast recht. Jetzt rieche ich es auch. Aber der Schutz um die Burg, er ist so weit noch intakt, dass wir nur von der Halle aus wegspringen können.«

»Dann müssen wir sofort dorthin!« Mayla packte ihn an der Hand und zog ihn mit sich. Sie rannten zurück in den Gang, schlossen die Tür und versiegelten sie. Dann drehten sie sich wieder den Jägern zu, die noch immer Flüche auf die Wand aus Flammen donnerten. Mayla ließ sie ersticken und das Gefecht ging weiter.

Immer mehr Angreifer stießen zu ihnen vor. Verdammt, wie konnten sie in die Halle gelangen? War Vincent schon hier? Kämpfte er mit ihrer Oma? Wenn Eduardo Vincent wissen ließ, wo sich die Wasserhexen befanden, war es vorbei. Jede Sekunde zählte!

Entschlossen, endlich weiter voranzukommen, blies Mayla ein Meer aus Flammen auf die Angreifer, die erschrocken zurückdrängten. Einige sprangen über das Treppengeländer nach unten, um dem Feuer zu entkommen.

Als sie abließ, jagte Georg zahllose Zauber auf die Verbliebenen, sodass sie wieder ein großes Stück vorankamen. Verbissen kämpften sie gegen die Jäger, die reihenweise zu Boden gingen, und Mayla und er stürmten weiter die Treppe hinunter. Sie hexten sich den Weg frei, bis sie endlich in der Halle waren.

»Wir müssen den anderen Bescheid sagen!«, rief Mayla.

»Nein, wir dürfen keine Zeit verlieren. Und wer weiß, ob wir es zu ihnen schaffen würden.« Lichtblitze zischten durch die Luft. Mayla und Georg duckten sich rasch, um nicht getroffen zu werden.

»Verdammt, du hast recht.« Sie hielt ihm die Hand hin, umfasste den Amulettschlüssel und dachte: »Perduce nos in domum Berthae!«, und gemeinsam sprangen sie in Berthas Hotel.

Dort war alles dunkel. Nicht ein Gast befand sich in dem Empfangsraum oder auf den Treppen nach oben. Keine Stimme war zu hören. Das Hotel musste bereits geschlossen sein.

»Violett?« Mayla blies eine Flamme auf ihre Fingerspitze. Der flackernde Schein erhellte die dunklen Holzmöbel und warf einen langen Schimmer auf den Dielenboden. Mayla drehte sich langsam im Kreis. Niemand war zu sehen. »Wieso haben Violett und die De Fontes es so dunkel gelassen?«

»Bestimmt wollten sie nicht, dass den Leuten von der Straße aus auffällt, dass sich jemand im Hotel befindet, da Bertha doch nicht da ist. Lux!« Auf Georgs Zauberstab erschien ebenfalls eine kleine Flamme, die gemeinsam mit Maylas durch das verlassene Hotel flackerndes Licht warf. »Bleib hinter mir.«

»Aber ich …«

»Schließlich ist er auch auf deinen Tod aus.«

Ein Schauer rann ihr über den Rücken. Aber sie mussten Alessia, Gabrielle, Francesco und Violett warnen. »Meine Kräfte sind stärker als deine. Die Zeit ist vorbei, dass ich mich hinter dir verstecke, Georg.«

Sein Blick sprach mehr als tausend Bände. Das war ihm egal. Er war der Mann, der Beschützer. Es ging nicht, dass sie vor ihm lief.

Mayla schmunzelte halbherzig.

»Wir schaffen das gemeinsam, okay?«

»In Ordnung. Vielleicht sind sie ja noch versteckt und Eduardo hat Vincent bislang nicht benachrichtigen können.«

»Das hoffe ich.«

Sie schlichen in den verlassenen Raum, in dem Mayla vor Wochen ein Frühstück genossen und gemeinsam mit der alten Bertha geredet hatte. »Zum Glück ist Bertha längst zu ihren Verwandten.«

»Nicht auszudenken, wenn sie und andere Hotelgäste in die Schusslinie geraten wären.«

Georg lief weiter und Mayla mit ihm mit. Auf leisen Sohlen verließen sie den Raum und wandten sich der Treppe zu. »Lass uns oben weitersuchen.«

Sie nickte. Die Hände erhoben, schlich sie neben ihm die Stufen hoch. Auch hier war alles dunkel, sämtliche Türen verschlossen und vor jedem Fenster die dicken Vorhänge zugezogen. »Wo sind sie nur hin?«

»Das wüsste ich auch gerne.« Georg hob seinen Zauberstab, sodass der Schein der Flamme höher reichte, doch es war immer noch niemand zu sehen.

»Ich werde sie mithilfe des Such-Zaubers finden!« Mayla konzentrierte sich auf ihre Freundin und dachte: »Quaere Violettam!« Aus ihren Fingerspitzen drang ein feines Glitzern, das sich einmal im Kreis drehte und hinter ihnen die Treppe nach unten flog. Sofort eilten sie hinter dem Funkeln her. Es zog sich in spiralförmigen Kreisen durch die Luft, waberte die Stufen nach unten und zischte um die Ecke, bis es mitten im Frühstücksraum verweilte. Doch dort war nichts zu sehen. Das Glitzern drehte Kreise in der Luft und verschwand.

Georg runzelte die Stirn. »Wie kann das sein?«

Mit schräg gelegtem Kopf betrachtete Mayla den Ort, an dem nichts Auffälliges zu sehen war, als ihr eine Idee kam. »Vielleicht gibt es an dieser Stelle eine Weltenfalte. Auch wenn der Raum nicht kleiner aussieht als sonst …« Unschlüssig sah sie sich um.

»Eine Falte? Das wäre eine Erklärung. Aber wer hat sie erschaffen? Meinst du, Vincent ist längst hier und hat Gabrielle oder einen der anderen gezwungen, eine zu bilden?«

»Vincent ist auch dazu in der Lage, Tom kann es auch. Wahrscheinlich ist er schon hier.« Erschrocken sah sie auf. »Wenn Eduardo uns ausspioniert hat, dann hat er Vincent erzählt, dass ich mich mit Tom getroffen habe.«

Georg nickte. »Und deshalb wurden noch in derselben Nacht die Jäger zum Haus deiner Eltern geschickt. Unauffällig haben sie Tom davon erfahren lassen, damit der dir Bescheid gibt. Dadurch warst du abgelenkt und konntest Melinda nicht davon erzählen, was Tom dir verraten hat.«

»Gut möglich. Und jetzt lass uns keine Zeit mehr verlieren!« Ein Schaudern wanderte über ihre Schultern, während sie in sich hineinhorchte. Etwas sehr Dunkles wartete in diesem Haus, etwas Kaltes und Unberechenbares. Und es verbarg sich in dieser Falte.

»Ich werde sie öffnen.«

Georg hob den Zauberstab. »Wir machen es zusammen.«

»Ich schaffe das alleine! Aber was auch immer ich öffnen werde, halte dich bereit!«

Georg sah sie beinahe ehrfürchtig an, als begreife er erst jetzt, wer sie war, von wem sie abstammte und zu welchen Zaubern sie in der Lage war. Er atmete tief durch, nickte und beobachtete sie gespannt. Doch dann hielt er sie am Arm. »Wir müssen den anderen Bescheid geben. Wenn ich eins gelernt habe als Polizist, dann dass man niemals in unbekannte Welten geht, ohne dass jemand weiß, wo man sich befindet.«

»Okay, aber wie? Karli ist noch so klein. Nicht auszudenken, wenn er auf der Burg in die Schusslinie gerät, um meine Botschaft zu übermitteln!«

»Das wird er nicht, glaub mir. Er kommuniziert auch mit den anderen Seelentieren über seine Gedanken. Aber zur Sicherheit werde ich meine Eule schicken. Sie kann den Botschaftszauber direkt zu Melinda, Angelika und dem Polizeirevier bringen.« Er nahm einen Salz- und einen Pfefferstreuer von einem der Tische und bereitete den Nuntia-Zauber vor. Rasch fasste er zusammen, was sie herausgefunden hatten, und bettete die Botschaft in das Salz- und das Pfeffergefäß. Anschließend rief er Creola, seine Eule, damit sie die Botschaften überbrachte.

Mayla wartete ungeduldig, assistierte so gut es ging, bis Creola endlich mit den Nachrichten davongeflogen war. »Bereit?«

Er nickte.

Sie schloss ihrerseits die Augen und spürte in sich hinein. Es war eine große Welt, die sich vor ihnen verbarg, das fühlte sie. Tief atmete sie ein und wappnete sich für den Zauber.

»Te aperi, munde contracte!«

Ein Riss drang senkrecht durch die Luft und teilte den Frühstücksraum in zwei Hälften. Die Stühle und Tische wurden zu den Seiten geschoben, aber es erschien keine Erweiterung des Raumes, nein. Der Boden brach auf und dazwischen eröffnete sich eine neue Welt. Und als sie sich in ihrer vollen Größe vor ihnen zeigte, blieben sie wie erstarrt stehen.

Kapitel 20

Vor ihnen befand sich ein Wald, der so groß war, dass von Berthas Hotel nichts mehr zu sehen war. Nur mit den Füßen standen sie noch auf den alten Dielen des Frühstücksraums und direkt vor ihnen erstreckte sich ein belaubter und mit Baumnadeln übersäter Boden. Es war ein düsterer Mischwald, der sich vor ihnen auftat und der kaum zu überblicken war. Etwas entfernt entdeckten sie eine Anhöhe, einen Hügel. Was sich dort befand, konnten sie nicht einmal erahnen, da die mächtigen Bäume die Sicht versperrten.

Der Duft nach feuchter Erde und Fichtennadeln drang ihnen entgegen. Unbewusst nahm Georg Mayla an der Hand, bevor er sie ungläubig ansah. »Ich hatte keine Ahnung, dass sich in dieser Falte, so nah beim Polizeirevier, eine derart große verborgene Weltenfalte erstreckt. Sie muss uralt sein.«

»Wie aus einer längst vergessenen Zeit …«

»Sie wird weitaus älter sein als das Dorf selbst, zumindest älter als dieses Gebäude. Woher wusste Vincent, dass sie sich hier befindet?«

»Das kannst du ihn gleich selbst fragen.« Tief atmete sie durch und trat beherzt einen Schritt auf den belaubten Boden. Georg hielt sie zurück.

»Wir sollten auf Verstärkung warten.«

»Jede Sekunde, die wir tatenlos bleiben, steigt die Gefahr, dass er Alessia, Gabrielle oder Francesco getötet hat und ihre

Kräfte in sich aufnimmt. Und Violett steckt vielleicht auch in Lebensgefahr! Wir dürfen nicht warten, sondern müssen sofort handeln!«

Georg nickte, dann straffte er die Schultern und lief mit ihr. Nebeneinander schlichen sie in Richtung des Hügels. Denn dass sie die Antworten auf ihre Fragen und ebenso Alessia, Gabrielle, Francesco, Violett und Eduardo dort oben finden würden, dessen waren sie sich beide gewiss.

Es war totenstill. Kein Käuzchen schrie, kein Laub knisterte, kein einziger Vogel sang sein Lied. Wachsam sah sich Mayla um. »Ich höre gar nichts. Nicht einmal ein paar Mäuse oder Häschen. Nichts raschelt außer unserer Schritte.«

»Seltsam. Sehr, sehr seltsam.«

Eine dunkle Ahnung kroch Mayla den Rücken hinauf. Beobachtete sie jemand? Schnell drehte sie sich um, doch es war niemand zu sehen. Unwillkürlich zog sie die Schultern hoch, während sie den Blick durch den verlassenen Wald streifen ließ.

Ein schwarzer Katzenschwanz tauchte zu ihren Füßen zwischen den Farnen auf, worauf Mayla beinahe das Herz stehenblieb. »Karli? Was tust du hier? Du darfst nicht …«

Doch unter den großen Blättern hervor kam nicht ihr junges Seelentier, sondern Kitty. Sie maunzte laut, verzweifelt, und Mayla bückte sich sogleich zu ihr.

»Was hast du? Ist Tom in Gefahr?«

Kitty miaute noch lauter, klagender, doch bevor Mayla sie auf den Arm nehmen konnte, sprang sie davon. Nur ihr Schwanz lugte noch zwischen den Farnen hervor. Kurzerhand rannte Mayla hinter ihr her.

»Warte!« Georg spurtete mit ihr. »Wir müssen vorsichtig sein!«

»Nein, etwas stimmt nicht. Ich kann es fühlen, obwohl sie nicht mein Seelentier ist. Ich kenne sie und ich vertraue ihr. Schnell, Georg, komm!«

Das klagende Miauen erstarb, doch die Pfoten raschelten durch das Laub auf dem Boden, sodass sie ihr weiter folgen konnten. Kitty rannte so schnell, dass sie sie immer wieder aus den Augen verloren. Doch wenn sie still standen, hörten sie ihre Tapser und entdeckten die Spitze ihres Schwanzes. Sie folgten ihr, bis sie an den Fuß des Hügels gelangten, den Kitty eilig hinaufsprang. Ehrfürchtig blieben sie stehen, verharrten einen Moment und blickten die Anhöhe hinauf. Sie hatten richtig gelegen. Dort oben war es. Der Ort, an dem sie finden würden, wonach sie suchten.

Der Hügel war dicht bewachsen. Unzählige Linden wuchsen Seite an Seite, sodass sie nicht sehen konnten, was sich oben befand. Oder wer sie erwartete …

Eilig folgten sie Kitty. Sie waren nur noch wenige Schritte von der Hügelkuppe entfernt, als Georg Mayla am Arm festhielt und mit dem Finger zwischen den Linden hindurch zu etwas zeigte, das sich oben auf dem Hügel befand.

Vor ihnen ragte eine Ruine empor, ein graues Gemäuer, von der Form her eine Kathedrale. Nur die Seitenwände standen noch. Kein Glas befand sich in den großen Fenstern, die nach oben spitz zuliefen und deren Rahmen gänzlich unbeschädigt waren. Doch es war, als offenbarten sie einen Blick in eine vergangene Epoche. Die alte Ära der Magie.

Funken tanzten um die vergessenen Steine und dichter Nebel stand um das alte Gemäuer herum, das sich durch die hohen umstehenden Linden wie in der Dämmerung befand. Wie viel Uhr war es überhaupt? Die Zeit schien stillzustehen.

»Was ist das für ein Bau?«

Georg blickte es demütig an. »Ich habe nicht den blassesten Schimmer … Aber ich bin mir ziemlich sicher, dass Alessia und Violett nicht von sich aus hierher gegangen sind.«

Kitty kam wieder angerannt und maunzte. Sofort eilte sie seitlich an dem Bau vorbei. Mayla und Georg wechselten einen kurzen Blick, dann folgten sie ihr an dichten Büschen vorbei, in sicherer Entfernung zu der Ruine. Plötzlich hielt Mayla inne und zeigte auf einen Schatten, der sich auf dem Boden zwischen den Sträuchern vor ihnen erstreckte. Lag da jemand? Leise schlichen sie näher, bis Mayla karottenrotes Haar ausmachte.

»Violett!« Sie stürzte zu ihrer Freundin, dicht gefolgt von Georg. Gleichzeitig sanken sie neben ihr auf den kalten Boden und beugten sich über sie.

»Violett? Kannst du mich hören?«

Georg fühlte ihren Puls. »Sie lebt noch.«

Sogleich breitete Mayla ihre Hände über ihr aus. »Sana!« Doch der Zauber wirkte nicht, ihre Freundin erlangte ihr Bewusstsein nicht wieder zurück. Kalter Schweiß bedeckte ihre Stirn und ihr Puls ging schwächer. »Georg, du musst sie mitnehmen und zu jemandem bringen, der ihr helfen kann.«

»Aber deine Oma ist beschäftigt und wer sonst würde sich einer Verstoßenen annehmen?« Er fuhr sich mit den Händen durchs Haar, bis ein entschlossener Ausdruck auf sein Gesicht trat. »Ich bringe sie ins Krankenhaus. Sie müssen ihr einfach helfen.«

»Vielleicht ist es ein vergessener Fluch gewesen. Andrew hat gesagt, um ihn heilen zu können, muss man Tränke brauen, in denen man die alte Magie wieder vereint. Tom hat es mir auch erklärt. Wenn eine Hexe aus jedem Zirkel bei der

Zubereitung hilft und sie einen mächtigen Heiltrank brauen, kann das viele der vergessenen Flüche heilen. Hoffentlich kennt sich eine der Ärztinnen aus.«

Georg nahm Violett bereits auf den Arm und besorgt betrachtete er ihre flatternden Lider. »Wir dürfen keine Zeit verlieren. Komm!«

»Nein, du musst ohne mich gehen.«

»Mayla, du spinnst wohl! Du kannst doch nicht alleine gegen von Eisenfels kämpfen!«

»Georg, hab Vertrauen!« Sie lächelte ihn an, obwohl ihr selbst der kalte Angstschweiß ausbrach bei dem Gedanken, ohne ihn weiterzugehen. Aber welche Wahl hatte sie? Es war niemand außer ihr da, um Vincent aufzuhalten. Sie musste Alessia und ihre Kinder retten, musste verhindern, dass er ihre Magie in sich aufnahm und Tom etwas antat. Oder zumindest ihn davon abhalten, Tom und die Wasserhexen zu töten, bis Verstärkung eintraf. »Die Falte ist noch offen. Jeder, dem du Bescheid gegeben hast, wird kommen und mir helfen. Aber Violett braucht dich jetzt. Bitte, sie darf nicht sterben!«

Georg betrachtete die blasse Violett auf seinem Arm. Mayla meinte so etwas wie Zärtlichkeit in seinem Blick mitschwingen zu sehen, und nickte.

»Sobald ich sie in guten Händen weiß, komme ich zurück!«

»Beeil dich, jede Minute zählt.«

Mit gemischten Gefühlen sah sie ihm hinterher, wie er über den Hügel und durch den Wald zurückrannte. Violetts lange rote Strähnen wehten über seinem Arm, seine Schritte knisterten durch den verlassenen Wald und leise hörte sie ihn flüstern: »Halte durch, Violett, halte durch.«

Es dauerte keine zwei Minuten und von den beiden war nichts mehr zu sehen oder zu hören. Entschlossen drehte sich Mayla um – und sah Kitty direkt vor sich auf dem Waldboden sitzen. Erneut miaute sie klagend, sprang auf und lief um die verfallene Kathedrale. Mayla wusste, dort erwartete sie etwas Furchtbares, etwas Grauenvolles. Etwas Mächtiges und Beängstigendes hing in der Luft und sie fühlte starke Energien um sich herum. Aber Tom brauchte ihre Hilfe und die De Fontes waren mit Sicherheit auch hier irgendwo.

Wo war Vincent? Wieso hatte er sich nicht längst gezeigt? So wie sie seine dunkle Präsenz spürte, so musste er auch ihre Anwesenheit wahrnehmen, oder?

Den Kopf eingezogen schlich sie hinter Kitty her, so leise wie möglich, weiter um die Ruine. Der Nebel stand still, als beschütze er etwas, das sich in dem verfallenen Gebäude befand. Als sie die Rückseite erreichte, sah sie eine breite Öffnung in der Mauer, durch die sie in das Innere gelangen konnte. Kitty blieb stehen und herzzerreißend maunzend wies sie mit der feuchten Nase in das Innere.

»Du kannst es nicht betreten? Aber wieso?« Mayla versuchte in die Ruine hineinzusehen, doch der dichte Nebel verhinderte es. Sie stockte. Was erwartete sie innerhalb des Gemäuers? Wurde Tom dort gefangen gehalten? Und Alessia, Gabrielle und Francesco ebenso?

Beherzt hob sie die Hände, bereitete sich innerlich darauf vor, einen Schutzring aus Flammen um sich zu blasen, und ging langsam auf die Öffnung zu. Immer wieder sah sie sich zu den Seiten um, die Ohren gespitzt, wachsam – war doch niemand da, der ihr Rückendeckung geben konnte.

Kitty verblieb hinter dem Buschwerk und blickte ihr nach. Ihre gelben Augen funkelten zwischen den Blättern hindurch und dabei schwieg die Katze still. Wo war Tom? Weshalb hatte Kitty sie gerufen? Was stellte Vincent mit seinem einzigen Sohn an? Aber würde er ihm überhaupt etwas antun? Immerhin erlosch mit Toms Tod die Linie der von Eisenfels. Das konnte doch kaum in Vincents Interesse liegen! Aus welchem Grund hielt er Tom fest, weshalb Kitty so aufgeregt war?

Bedächtig betrat sie das alte Gemäuer, dessen Boden komplett mit Gras überwuchert war, durchschritt den dichten Nebel und stockte. Das Bild, das sich ihr bot, versetzte ihr einen derartigen Schock, dass sie für einen Moment vergaß zu atmen.

Der Innenraum der Kathedrale, unterteilt in drei Schiffe, war weitaus größer noch, als es von außen den Anschein gehabt hatte. Die Fläche war beinahe so groß wie ein Fußballfeld. Während der hintere Teil komplett im Schatten lag, war der vordere Abschnitt gut beleuchtet. In der Mitte stand ein steinerner Altar, auf dem unzählige Kerzen brannten. Und in einer großen goldenen Schale daneben loderten weiße Flammen, die dem intensiven Duft nach zu urteilen Kräuter verbrannten. Weihrauch, Rosmarin und Pfeffer und dazwischen lag noch ein Geruch, der ihr unbekannt war.

Und neben diesem Altar stand er. Vincent von Eisenfels. Ein Windstoß wehte durch die Kathedrale und blähte seinen langen dunklen Mantel auf. Er trug ein Grinsen auf dem nicht mehr ganz so blassen Gesicht, das von schwarzgrauen Strähnen eingerahmt wurde, und in seinen dunklen Augen las sie die Gewissheit, dass nichts und niemand ihn mehr aufhalten konnte.

Direkt bei ihm befanden sich drei große Käfige. In je einem davon lagen Francesco, Alessia und Gabrielle bewusstlos auf dem Boden und ein Schein waberte von ihnen weg, hin zu den Gitterstäben. Den angewandten Zauber erkannte sie. Ein ähnliches Bild hatte sich auf ewig in ihr Gedächtnis eingebrannt, denn in genau so einem Käfig hatte ihre Oma gelegen. Vincent hatte die De Fontes bereits erwischt und war dabei, mithilfe des Exsugo-Zaubers sie ihrer Kräfte zu berauben.

Mayla hob die Hände, um einen mächtigen Blitz heraufzubeschwören, als er arrogant mit der Zunge schnalzte.

»Überlege dir gut, ob du mich angreifen willst, Närrische von Flammenstein, denn sobald du das tust, hat dein kleiner Freund nichts mehr zu lachen.« Lässig winkte er mit der Hand, worauf aus dem Schatten der Mauern ein schlaksiger Typ hervortrat, den sie nur zu gut kannte. Es war Eduardo. Er war weder in Ketten noch unter offensichtlichem Zwang. Er war tatsächlich der zweite Verräter, nach dem sie gesucht hatten. Doch nicht sein Erscheinen und diese Erkenntnis waren es, die Mayla beinahe von den Füßen riss, nein. Eduardo hob die Arme und in seinen langen, dürren Händen hielt er ein kleines schwarzes Fellknäuel.

Karli.

In dem Moment, als Mayla das sah, schossen die Gefühle des kleinen Katers auf sie ein. Angst, Sorge, sein Herz klopfte irre schnell und Mayla selbst spürte die kalte klauenartige Hand, die ihn so fest im Nacken hielt, dass er nicht fortspringen konnte.

»Wieso hast du mich nicht gerufen?«, fragte Mayla Karli in Gedanken.

Bilder und Gefühle drangen in sie ein. Er hatte sie nicht in Gefahr bringen wollen, hatte erkannt, dass er ein Druckmittel gegen sie sein sollte. Deshalb hatte der kleine Kerl keine Verbindung zu ihr aufgebaut, seine Gefühle vor ihr verschlossen.

Und nur weil sie zu viel Angst um ihn gehabt und vorhin nicht gedanklich Kontakt zu ihm aufgebaut hatte, nur weil sie abgelenkt gewesen war und nicht einen Moment ihre Fühler nach ihm ausgestreckt hatte, um ihn ja nicht unbeabsichtigt zu sich zu locken, hatte sie keinen Verdacht geschöpft.

O Karli, hab keine Angst!

Von Tom fehlte jede Spur, doch Kitty maunzte kläglich irgendwo hinter der Kathedrale. Wieso auch immer sie das Innere nicht betreten konnte, größte Angst um ihr Junges quälte sie. Die Katzenmutter hatte Mayla hergeführt, damit sie Karli rettete.

Was konnte sie tun? Wie bekam sie Karli aus Eduardos Griff? Sollte sie einfach einen Blitz auf ihn schleudern? Aber sobald sie das tat, würde Vincent ihr einen Fluch auf den Hals hexen und sie mit Sicherheit auch in so einen Käfig sperren, um sich ihre Kräfte zu schnappen. Während sie fieberhaft nachdachte, war ihr eines klar: Irgendwie musste sie Vincent zum Reden bringen, ihn ablenken, um Zeit zu gewinnen!

»Liegt es nicht selbst unter deiner Würde, ein kleines Katzenjunges zu quälen?«, brüllte sie ihm entgegen und gab ihr bestes, jegliche Angst, die sie vor diesem Mann und seinen Kräften empfand, aus ihrer Stimme zu entfernen.

»Karli, ich rette dich, halte durch«, redete sie gleichzeitig ihrem Seelentier mental gut zu. Er sollte ihre Sorge nicht spüren, der kleine Kater sollte sich geborgen fühlen. Sie würde ihn irgendwie befreien. Es musste ihr einfach gelingen!

Vincent lachte. Ahnte er, dass sie Zeit schinden wollte?

Verächtlich sah sie hinüber zu Eduardo.

»Und du, Verräter, hast du keine Ehrfurcht vor der alten Magie? Hast du nicht begriffen, dass sich die Seelentiere ihrer bedienen, und was du damit anrichtest, eines von ihnen zu bedrohen? In der Natur und allen Tieren liegt die vereinte Kraft verborgen. Glaubst du wirklich, du wirst stärker werden, wenn du die Grundlagen der Magie noch immer nicht verstanden hast?«

Doch Eduardo reagierte nicht, sondern schaute nur immer wieder ehrerbietig zu Vincent, um kein Kopfnicken oder eine andere befehlshaberische Geste zu verpassen. Wie ein Schoßhund. Wie ein willenloses Ding!

Vincent von Eisenfels lachte und das tiefe, hämische Geräusch hallte ungebremst zwischen den Wänden der zerstörten Kathedrale wider. »Du hast nicht begriffen, wie die alte Kraft funktioniert!«

Endlich, er hatte angebissen.

»Wieso habe ich es nicht begriffen? Was glaubst du, wie die alte Magie funktioniert?«

»Tiere sind viel zu schwach und dumm. Sie haben nicht den blassesten Schimmer, mit welcher Kraft sie sich fortbewegen und welche Energie sie nutzen. Nur wer der alten Magie würdig ist, kann sie in sich vereinen. Nur wer stark genug ist und vor nichts zurückschreckt, wer Mut beweist und eisernen Willen, der wird in der Lage sein, sie in sich zusammenzuführen. Und wer wäre besser dazu geeignet, eisernen Willen zu bezeugen, als ein von Eisenfels! Und schon bald wirst du dich von meiner neugewonnenen Macht überzeugen können … sofern du dann noch am Leben bist.«

Der Schein um die De Fontes wurde bereits schwächer. Wie lange würden sie durchhalten? Ihre Oma hatte dem Exsugo-Zauber wochenlang standgehalten. Aber sie war eine außergewöhnliche Hexe und bei ihr war es nicht Vincent persönlich gewesen, der den Zauber gesprochen hatte.

Weiterreden, sie musste weiterreden, bis ihr eine Lösung einfiel oder Verstärkung eintraf. »Aber Magie hat nichts mit Macht zu tun. Magie lebt in allem, in den Pflanzen, in der Natur, und auch in Tieren, egal ob Seelentier oder nicht.«

»Die Magie lebt in demjenigen, der dazu in der Lage ist, sie zu nutzen! Und da nur du hier aufgetaucht bist und viel zu nett und naiv bist, um die wahren Zauber anzuwenden, die deine Kräfte bereichern, wirst du bald nur noch eine kleine Randnotiz in der Geschichte sein.« Er hob die Hände, bereit, sie mit einem Fluch auszuschalten, doch er wartete ab, als bereite ihm dieses Spiel ein seltsames Vergnügen.

Ein starkes Feuer prasselte durch sie hindurch. Nur für einen kurzen Moment schloss sie die Augen und konzentrierte sich auf die Kraft, die in diesem alten Gemäuer und dem vergessenen Wald lag. Sie erspürte Kittys Magie und Karlis, und wie Melinda es ihr beigebracht hatte, verschmolz sie gedanklich mit diesem Kreislauf der Energien.

»Ich bin Mayla von Flammenstein. Ich stamme ab von Melinda, der größten Hexe der letzten Jahrhunderte, und von Lore von Flammenstein, einer der mächtigsten Hexen aller Zeit!« Abwehrbereit hob sie die Hände und wappnete sich, einen mächtigen Kreis aus Flammen um sich zu blasen. Aber sie wartete. Sobald der Schutz vor ihr war, konnte sie nicht mehr durch einen einzigen Zauber Karli retten. War der Feuerring einmal vor ihr, fiel sofort auf, wenn sie ihn wieder ausblies.

»Der Magie sind keine Grenzen gesetzt!«, kamen ihr die Worte ihrer Oma in den Sinn. Als liefe ein Film vor ihrem inneren Auge ab, spulten all die Hexenstunden an der Seite ihrer Oma durch ihren Kopf. Irgendetwas musste sie gelernt haben. Irgendeinen Zauber, der ihr jetzt nutzen konnte. Doch sobald sie Karli frei hexte, griff Vincent sie an und es war niemand mehr da, der die De Fontes retten und Vincent aufhalten konnte – ganz zu schweigen von der Frage, ob Karli es ohne sie hier hinausschaffen würde. Und der kleine Kerl hielt sich so tapfer. Er fiepte nicht und hielt seine Angst unter Kontrolle, das konnte sie spüren. Ein tiefes Vertrauen flatterte von ihm zu ihr herüber und es schnürte ihr die Brust zusammen. Den Teufel würde sie tun und ihren geliebten kleinen Partner im Stich lassen.

»Was nützt es dir, die Nachfahrin dieser Frauen zu sein, wenn du doch völlig einsam vor mir stehst.«

»Wer den Kreislauf der Magie erspürt, ist nicht alleine«, schoss es Mayla durch den Kopf. Instinktiv schloss sie die Augen. Erneut versank sie in den Gefühlen der Umgebung, tauchte ein in alles, was sie umgab. Sie spürte die Energie der Pflanzen, dieses uralten, starken Waldes, die Kraft dieses alten Gemäuers, das nicht dazu geschaffen worden war, um Böses darin zu verrichten, und sie fühlte Kitty, die ein paar Meter von ihr entfernt hinter den Büschen wartete. Aber sie spürte noch etwas anderes. Eine starke Macht, die nichts mit Vincent zu tun hatte. Sie kam näher, kam direkt auf sie zu und würde gleich bei ihr sein. War das Tom?

Hab Vertrauen, schossen ihr ihre eigenen Worte in den Sinn und ohne noch einen Moment zu zögern, stellte sie sich vor, wie Eduardo bewusstlos zu Boden fiel, und dachte: »Animo linquatur!«

Während der Italiener lautlos zu Boden sackte und Karli blitzschnell aus seinem Arm fortsprang, tauchte neben ihr die Kraft auf, die sie kommen gespürt hatte.

Es war Andrew Steven Montgomery.

Vincent zögerte keine Sekunde und jagte ihnen einen Fluch auf den Hals, doch sofort blies Andrew einen Ring aus Wind um sie herum, der unter dem Fluch erzitterte.

»Woher wusstest du, dass ich hier bin?«

Er lächelte sie kurz an und das Grün seiner Augen leuchtete stark und zuversichtlich. Er hatte die Dunkelheit in sich verdrängt. »Georg hat mich gerufen.«

»Was tust du hier, du elender Spitzel!«, schrie von Eisenfels und schmetterte einen so mächtigen Fluch auf sie, dass Andrews Schutz erlosch. Doch Mayla hatte bereits eine Feuerwand vor sie geblasen, an der sein Zauber abprallte.

Das Glimmen um Francesco erlosch und schlaff wie ein Sack sank er noch tiefer auf den Boden seines Käfigs. Um Himmels willen, war seine komplette Magie aus ihm herausgesaugt?

»Die Zeit ist reif!«, rief eine dunkle Stimme aus den Schatten hinter Vincent. Wer war das? War etwa jemand bei ihm? Die Stimme war rau, als hätte sie lange nicht mehr gesprochen.

Aus den Schatten schälte sich eine große, schlanke Gestalt, die in einen weiten schwarzen Umhang gehüllt war, den Kopf verborgen unter einer Kapuze. Langsam lief sie auf den Altar zu und umfasste den Käfig, in dem Francesco leblos lag.

Wer war das? Und wieso hatte Mayla die Person nicht gespürt? Weil sie direkt hinter Vincent gestanden hatte?

Mit weit aufgerissenen Augen beobachtete sie die Prozedur und schickte einen erneuten Bewusstlos-Zauber auf die großgewachsene Gestalt, doch mit einem minimalen Winken ihrer Linken wehrte diese den Zauber ab.

»Wer bist du?«, rief Mayla.

Ein tiefes Lachen ertönte. Langsam streifte die Gestalt die Kapuze von ihrem Kopf und zum Vorschein kam eine alte Frau. Sie hatte schlohweißes Haar, das wild um ihre Schultern flatterte, dunkle, beinahe schwarze Augen und war ebenso groß wie Vincent selbst. Ihr Gesicht war von tiefen Runzeln durchfurcht und ihre Stimme rau und alt.

»Erkennst du mich nicht, Erbin der Flammensteins?«

Als sie der Frau ins Gesicht blickte, fuhr ein Schrecken durch ihre Glieder.

Es war die alte Bertha.

Kapitel 21

Vor ihr stand die Frau, die Mayla in ihrer ersten Nacht als Hexe beherbergt, die sie und Tom in jener Nacht belauscht, und der sie vertraut hatte. Nicht nur sie, auch ihre Oma hatte dieser alten Hexe ihr Vertrauen geschenkt, tat es immer noch. Und endlich war das Geheimnis gelüftet, wer damals Emma und ihr Versteck an Vincent verraten hatte.

»Bertha …«

Sie war diejenige, die den Zirkel weitergeführt, ihn möglicherweise sogar gegründet und die während Vincents Gefangenschaft die Jäger formiert hatte. Sie war der Anführer, von dem Andrew erzählt, den er aber niemals getroffen hatte.

»So hast du mich kennengelernt, aber mein richtiger Name lautet Valentina Viktoria von Eisenfels.«

»Aber wieso …?«

»Du willst einen Grund hören? Deine Vorfahren und die der anderen Gründungsfamilien haben uns um unseren verdienten Platz gebracht. Wir waren mindestens ebenso mächtig wie ihr, wenn nicht noch stärker. Ihr wart eifersüchtig auf unsere Macht und wolltet uns durch die Gründung der Zirkel in den Hintergrund drängen! Doch dieses Zerwürfnis wird heute enden und für alle Zeit vorbei sein. Ich werde die alte Magie in mir vereinen und die Kraft wird nicht nur auf mich, sondern auch auf meine Nachfahren Vincent und

Valerius übergehen. Auf alle meine Blutsverwandten. Unsere Zirkelmitglieder werden unsere Anhänger sein, denn auch sie werden die alte Kraft in sich aufnehmen, sobald ich den letzten Zauber gesprochen habe.« Mit den Worten wandte sie sich erneut Francescos Käfig zu. Sie raunte eine Formel, die Mayla nicht verstand, und die Energie in den Stäben formte sich zu einer glänzenden Kugel, die sie zwischen ihre alten Finger nahm.

»Wir müssen sie aufhalten!« Mayla blies die Feuerwand aus und sofort schleuderte Andrew einen Windzauber auf die alte Hexe, doch Vincent wehrte ihn ab. Breitbeinig stellte er sich vor seine Mutter und wandte sich Mayla und Andrew zu. »Ihr könnt uns nicht mehr besiegen.«

Er schoss einen Fluch auf sie. Mayla konzentrierte sich auf den Muskel, den sie seit Tagen in ihrem Herzen spürte und der ihr aufzeigte, dass sie stärker und stärker wurde. Darüber hinaus erspürte sie den Kreislauf der Magie. Während Andrew sie mit einem Defende-Zauber verteidigte, beschwor sie einen Blitz herauf, der auf von Eisenfels krachte. Er verlor das Gleichgewicht unter der Macht des Zaubers und torkelte, doch sofort rappelte er sich wieder auf. Die Zähne zusammengebissen beschwor Vincent selbst einen Blitz zwischen seinen Händen. Sofort blies Mayla eine Feuerwand, auf die das gleißend helle Licht donnerte. Verdammt, seit wann konnte er Feuerzauber? War das Emmas Energie?

Dann holte Vincent tief Luft und blies einen Orkan auf sie, der Mayla und Andrew zurückschleuderte, als hätte Mayla keinen Schutz vor sie gehext.

»Kommt raus! Er ist zu stark!«

Mayla drehte sich um. Da war Tom. Endlich. Er war gekommen und schien unversehrt. Er stand im Eingang der

Kathedrale, nur sein Gesicht drang aus dem dichten Nebel hervor.

»Wir müssen erst noch Gabrielle und Alessia retten. Und schau, Bertha ist dabei, die alte Magie zu vereinen!«

Tom sprang zu ihnen und hexte lautlos einen Schutz, bevor der Fluch seines Vaters Mayla in den Rücken traf. Dann hielt er Mayla und Andrew die Hand hin. »Nur zusammen sind wir stark genug.«

Misstrauisch sah Andrew ihn an. »Bist du nicht auch ein von Eisenfels?«

»Für mein Blut kann ich nichts, aber für meine Taten. Nimm jetzt meine Hand.«

Kurzerhand ergriff Andrew seine Linke und Mayla seine Rechte, Tom stand in der Mitte und langsam liefen sie auf Vincent und Bertha zu.

Die alte Hexe hatte die Energiekugel in eine Metallschüssel gleiten lassen, in der bereits eine seltsam glitzernde, gelbliche Flüssigkeit schwamm. Sie hob die Hände und richtete sie darauf. Funken stoben aus ihren Fingerspitzen in das Gefäß, ein heftiger Wind kam auf und das Gemisch drehte sich schneller und schneller. Bertha raunte eine Formel und lachte laut auf.

»So wird nun die alte Magie in Eisen verewigt!« Ein Lichtschein glomm aus der Schüssel hin zu Bertha und Vincent, der sich lila färbte. In einer Art Trance standen sie still, die Arme zu den Seiten angehoben und den Blick gen Himmel gerichtet. Um sie herum erstrahlte alles hell, während der lila Schein in sie eindrang.

»Sie vereinen die Magie!«

Erneut beschwor Mayla einen Blitz herauf und ließ ihn auf Vincent und Bertha hinabschießen. Doch eine funkelnde

Kuppel bildete sich um die beiden, an der der Blitz abprallte und auf einen der Käfige zu zischte.

»O nein, Gabrielle!« Mayla wollte zu ihr springen, doch Tom hielt sie zurück, als unvermittelt die Tür ihres Gefängnisses aufbrach.

Ungläubig sah Andrew zu der offen stehenden Gittertür. »Wie ist das möglich?«

Doch Mayla ließ sich nicht länger zurückhalten. Solange Bertha und Vincent abgelenkt waren, mussten sie zumindest Gabrielle retten. Sie rannte zu dem Käfig, kroch so weit hinein, dass sie Gabrielles Fuß erwischte, und zog sie aus dem Gefängnis. Tom war sofort neben ihr und half ihr, die Bewusstlose herauszuholen. Andrew blies einen Schutzwind vor sie, auch wenn der vermutlich nichts mehr ausrichten konnte gegen die vereinte Magie der von Eisenfels. Gabrielles schlaffer Körper rutschte über die Schwelle und Tom nahm sie auf den Arm.

Mayla rannte zu Alessias Käfig und rüttelte an der Tür, doch sie war zu. In dem Moment versiegte der Schein um Alessia und auch sie sackte leblos noch tiefer auf den Boden ihrer Zelle. »Verdammt! Ist sie tot?«

»Es sieht so aus.« Tom nickte zum Ausgang. »Nichts wie weg hier!«

Mayla sah hinüber zu Vincent und Bertha, die mit ausgestreckten Armen gen Himmel blickten. Die Kuppel über ihnen verfärbte sich lila, ein ekstatischer Ausdruck lag auf ihren Gesichtern und Funken sprühten zwischen ihren Fingerspitzen umher.

»Aber wir müssen sie stoppen.«

Tom warf sich Gabrielle über die Schulter. »Dafür ist es zu spät, Mayla! Komm!«

Die drei rannten auf den dicken Nebel zu, der den Eingang der Kathedrale vor dem Wald abschirmte, und stürmten durch ihn hindurch zu den Linden. Von Kitty und Karli fehlte jede Spur, doch nie wieder würde Mayla aus Angst die Verbindung zu dem Kleinen kappen. Sie fühlte in sich hinein und hörte ihn fiepen. Er war in Sicherheit. Kitty hatte ihn fortgebracht. Erleichtert atmete Mayla auf, und gemeinsam mit Tom und Andrew rannte sie über den Lindenhain den Hügel hinunter.

»Schnell, raus hier!«

»Wie gelingt es uns nun, Vincent aufzuhalten, verfluchter Mist?« Andrew ballte im Lauf die Hände zu Fäusten und wurde langsamer. »Ich habe mir geschworen, den Tod meiner Eltern zu rächen.«

»Das kannst du nicht, wenn du selbst stirbst. Wir brauchen Verstärkung. Komm mit uns!«

Den Hügel hinab stürmten sie durch den dichten Wald, bis sie in der Ferne die Holzdielen von Berthas Hotel entdeckten.

»Wieso ist die Käfigtür durch deinen Blitz aufgegangen, Mayla?«, rief Andrew schnaufend. »Das war doch nur Feuerenergie! Wie bei deiner Oma hätten wir die alte Kraft vereinen müssen, um den Zauber zu stoppen und die Gitter aufzubrechen.«

Trotz des Seitenstechens rannte Mayla weiter. »Vielleicht hat es ausgereicht, dass wir drei uns an den Händen gehalten haben.«

»Nein, das kann nicht sein.«

»Dann hat es bestimmt etwas damit zu tun, dass mein Blitz auf das Energiefeld getroffen ist, unter dem Bertha die alte Magie vereint hat. Aber auf jeden Fall braucht Gabrielle schnellstmöglich den Trank, den meine Oma bekommen hat. So schnell es geht! Zum Glück war sie nicht so lange dem Zauber ausgesetzt.«

»Erst mal müssen wir hier raus!« Tom rannte mit Gabrielle über der Schulter weiter durch den Wald, bis er mit lauten Schritten die Dielen betrat. Hinter ihm stürmten Mayla und Andrew aus der verborgenen Weltenfalte hinaus und sie liefen direkt in die Arme von Angelika, Melinda, Anna und Thomas, die in den Frühstücksraum gestürzt kamen.

Melinda beugte sich sogleich über Gabrielle. »Was ist geschehen?«

Mayla keuchte. »Bertha, sie ist Vincents Mutter. Sie ist die Oberhexe des neuen Zirkels, des Zirkels der alten Magie.«

»Bertha?« Alle Kraft schien aus ihrer Oma zu entweichen und schnell hexte Mayla einen Stuhl herbei, auf den sich die alte Hexe wie in Trance setzte. »Bertha … Sie war es … Sie hat Emma verraten …« Eine Träne löste sich von Melindas Augenwinkel und wanderte ihre Wange hinab. Als sie von ihrem Kinn abtropfte, kehrte ein entschlossener Ausdruck auf ihr Gesicht zurück. Langsam sah sie hinüber zu Tom. »Hast du das all die Jahre gewusst?«

Er schüttelte den Kopf. »Sie ist verschwunden, noch bevor mein Vater eingesperrt wurde. Ich hatte keine Ahnung, wohin sie gegangen ist, und habe sie seit über dreißig Jahren nicht mehr gesehen. Aber ich muss zugeben, dass ich Bertha nicht ein einziges Mal unter die Augen getreten bin. Mein Gefühl riet mir immer, mich von ihr fernzuhalten. Ich weiß nicht, womöglich habe ich etwas geahnt. Deshalb bin ich niemals bei ihr gewesen. Ich hätte meinem Gefühl nachgehen und herausfinden sollen, wer sie ist. Es tut mir leid.« Er legte die Hand auf seine Brust.

»Mir tut es leid, dass ich ihr je vertraut habe!« Die bekannten tiefen Zornesfalten erschienen auf Melindas Stirn und abrupt erhob sie sich. »Was ist geschehen, Mayla?«

»Sie hatten die De Fontes in Käfigen und haben sie mithilfe des Exsugo-Zaubers ihrer Kräfte beraubt. Francesco ist gestorben. Mit seiner Wasserenergie haben sie es geschafft.«

»Und Alessia?«

Andrew blickte zornig zurück. »Sie ist kurz darauf auch gestorben …«

»Verdammt.« Melinda betrachtete Gabrielle, deren Gesicht auffallend blass war, und wandte sich an Angelika. »Kannst du dich um sie kümmern?«

»Selbstverständlich. Ich bringe sie zu Violett und Georg.«

Maylas Herz machte einen Satz. »Heißt das, Violett geht es gut?«

Angelikas Blick verfinsterte sich. »Das wird sich erst noch zeigen. Tom, du hast Mayla gesagt, wir müssen einen Trank brauen, in dem die alte Magie vereint wird. Kannst du mir mehr dazu sagen?«

»Ich habe noch etwas dazu in der Bibliothek gefunden. Wenn ich es richtig verstanden habe, musst du einen starken Kräutersud kochen und eine Hexe aus jedem Zirkel muss einmal ihren Zauber in den Sud blasen.«

»Alles klar.« Angelika hexte Gabrielle schwebend neben sich und nahm sie an der Hand. Gleichzeitig umfasste sie ihren Amulettschlüssel. Wohin sie sprang, sprach sie nicht laut aus.

Anna spähte in den Wald, der sich vor ihnen erstreckte. »Unglaublich, ich wusste nichts von dieser Weltenfalte. Sie muss hunderte Jahre alt sein. Was können wir noch tun, um die von Eisenfels aufzuhalten?«

Mayla kam eine Idee. »Wir müssen die Falte versiegeln! Wir rufen noch Phylis und dann sind wir genug starke Hexen. Es könnte gelingen.«

Tom schüttelte den Kopf. »Das glaube ich nicht. Ich weiß nicht, wer die Falte erschaffen hat, aber sie muss sehr, sehr alt sein. Noch bevor Bertha ihr Hotel eröffnet hat, war dieser Lindenhain mitsamt der Kathedrale versiegelt. Sie muss schon lange hiervon gewusst haben, weshalb sie dieses Hotel gekauft hat. Und da niemand von uns diese Falte erschaffen hat, können wir sie auch nicht versiegeln.«

»Sollen wir es nicht wenigstens versuchen?« Fragend blickte Mayla zu Melinda.

»Nein, Tom hat recht. Nur eine Falte, die man selbst erschaffen hat, kann man verschließen, sodass jemand darin gefangen ist.«

»Aber was bleibt uns dann zu tun? Es kann doch nicht vorbei sein! Wir müssen etwas gegen sie ausrichten!»

»Ich bin auch dafür weiterzukämpfen!« Andrew stellte sich neben Mayla. »Gemeinsam muss es uns gelingen.«

»Natürlich kämpfen wir weiter! Zusammen mit Tom werden wir die alte Magie vereinen.« Melinda nickte entschlossen. »Phylis werde ich rufen, aber uns fehlt das Wasser!«

»Deinen Käfig in Südengland haben wir auch ohne Metall aufbekommen. Vielleicht reichen vier Elemente aus«, überlegte Mayla laut.

»Seltsam. Stimmt, daran habe ich noch gar nicht gedacht.« Tom runzelte die Stirn.

»Oder aber Metall ist nicht so wichtig.« Anna klopfte Tom auf den Unterarm. »Nichts für ungut. Aber bis vor kurzem hattet ihr keinen Zirkel.«

Tom schüttelte den Kopf.

»Nein, das kann nicht sein. Ohne Metall geht es nicht. In den Büchern, die ich studiert habe, stand es ganz eindeutig: Auch wenn es niemals einen offiziellen Metallzirkel gegeben hat, so ist doch der Teil der alten Magie, den meine Familie bekommen hat, notwendig, um die Kraft wieder zu vereinen.«

»Wer war dabei, als ihr mich aus dem Käfig befreit habt?«, fragte Melinda.

Mayla erinnerte sich ganz genau. »Andrew, Anna, Georg und ich. Das war's!«

»Aber wie …« Plötzlich sah ihre Oma auf und blickte Mayla durchdringend an. »Wart Tom und du miteinander zusammen? Vorher?«

Mayla runzelte die Stirn. »Wir waren davor mal kurz zusammen, ja. Was hat das damit zu tun?«

»Kindchen, das meine ich nicht. Hattet ihr Sex?«

»Oma!«

Melinda klatschte in die Hände und auf ihrem Gesicht erschien ein Strahlen. »Du brauchst mir gar nicht zu antworten. Wieso habe ich es nicht längst erkannt? Jetzt sehe ich es klar und deutlich vor mir.«

»Was denn?«

»Du bist schwanger! Von ihm!« Mit dem Finger zeigte sie auf Tom und klatschte erneut in die Hände.

»Nein, das kann doch gar nicht sein. Ich … Oma, ich …« Ein Stich durchfuhr Mayla, der nichts mit Magie zu tun hatte, und ein Kloß bildete sich in ihrem Hals angesichts der Wahrheit, die sie ihrer Oma beichten musste. »Ich kann keine Kinder bekommen.«

Ihre Oma lachte auf. »Wie kommst du denn auf so einen Blödsinn?«

Ernst sah Mayla sie an. »Ein Arzt hat es mir diagnostiziert. Schon vor Wochen.«

»Ein Arzt? Etwa so ein Pfuscher von den Menschen?«

»Ja, und mit Henning, meinem damaligen Freund, hat es auch monatelang nicht geklappt.«

»Natürlich hat es nicht geklappt. Er ist doch ein Mensch.«

»Was willst du mir damit sagen?«

»Dass du sehr wohl fruchtbar bist. Eine von Flammenstein, die keine Kinder bekommen kann ... so ein Blödsinn! Hexen können sich natürlich nur mit Hexern fortpflanzen. Schon immer.«

Mayla klappte der Mund auf. Bedeutete das etwa ...? Mit klopfendem Herzen fühlte sie in sich hinein und legte die Hände auf ihren Bauch. Als wäre sie blind gewesen und könnte endlich klar sehen, spürte sie eine Energie in sich, die von ihr war und gleichzeitig auch nicht. In ihrem Bauch war jemand, dort war ... dort war ein ... ein Kind. Tränen traten ihr in die Augen, der Kloß in ihrer Kehle verflüchtigte sich und ihr Herz sprang ihr beinahe aus der Brust, als sie tief einatmete. Langsam blickte sie auf und sah zu Tom, der sie lächelnd ansah. »Tom, es stimmt. Ich kann es fühlen. Ich ... Wir bekommen ein Kind.«

Ein Strahlen erschien auf Toms Gesicht und er wirkte so hell und rein, so glücklich, wie sie ihn noch nie zuvor gesehen hatte. Vorsichtig hob er die Hand, sah sie fragend an, und als sie zustimmend nickte, legte er seine Linke auf ihre und damit auf ihren Bauch.

»Mayla, ich bin sprachlos. Ich weiß nicht, was ich sagen soll.«

Melinda lächelte. »Und damit wird der ewige Streit zu Ende gehen.«

»Was meinst du, Oma?«

»Der Erbe der von Eisenfels wird in der Feuermagie aufgehen.«

»Weil der Mann den Zirkel seiner Frau annimmt?«

»Genau. Das Kind trägt zwar die Energie beider in sich, doch die Feuermagie wird die Kraft sein, die es wirken kann. Somit geht die Linie der von Eisenfels in die von Flammensteins über und keiner eurer Nachfahren wird je wieder mit diesem uralten Konflikt ringen müssen.«

Mayla sah zu Tom. »Das ist gut, oder was meinst du?« Wie reagierte er angesichts der Tatsache, dass sein Erbe sich gewissermaßen in Luft auflöste?

Doch Tom lachte sie überglücklich an. »Es ist das Beste, was passieren konnte.«

Ein Wind kam auf, der von dem Lindenhain zu ihnen hereinwehte. Es knackte und Bäume krachten zu Boden. Das Donnern schallte bis zu ihnen und Mayla packte Toms Hand. Er drückte sie und lächelte sie zuversichtlich an.

»Wir werden einen Weg finden! Wir haben die Gründerenergie von Metall, Feuer und Wind – und dazu Erde durch Anna, und Wasser durch Thomas. Wir können es schaffen, sie zu stoppen. Wir müssen es versuchen.«

»Erinnert ihr euch an den Zauber, den ihr gesprochen habt, um mich zu befreien?«, fragte Melinda.

Mayla sah Anna, Thomas und Andrew an. »Aer et terra, ignis et aqua …«

»… nostro iussu, foedus facite!«, beendete Anna den Satz.

»Gut. Wir stellen uns nebeneinander auf, verbinden unsere Kräfte und dann werden wir sie mit einem Donnerwetter begrüßen! Aber nicht in dieser Bruchbude, die vor Verrat und Dunkelheit trieft. Kommt!« Melinda straffte die schmalen Schultern. Entschieden marschierte sie zur Tür hinaus auf die Straße, und die anderen folgten ihr auf den Fuß.

Kapitel 22

Die Straße vor dem Hotel war wie leer gefegt, als wüssten die Dorfbewohner, dass etwas Gefährliches geschah.

»Es ist so ruhig …« Wachsam blickte sich Mayla in der verlassenen Stadt um. »Was ist eigentlich auf Burg Donnersberg geschehen? Wüten dort noch die Angreifer?«

»Nein, die Jäger haben erbittert gegen uns gekämpft. Aber plötzlich sind sie alle in die Eingangshalle zurückgestürmt und weggesprungen. Da wussten wir, dass irgendetwas geschehen sein musste.«

»Wahrscheinlich war das der Moment, in dem die Magie vereint wurde«, mutmaßte Tom. »Die Stürmung der Burg war ein Ablenkungsmanöver und es hat leider funktioniert.«

»Hast du davon gewusst?«, fragte Andrew.

»Nein, ich war in der Bibliothek und habe nach Möglichkeiten gesucht, die verbundene Magie aufzuhalten, als Kitty mich gerufen hat.«

»Und welche Möglichkeiten haben wir?«, fragte Melinda. »Hast du eine Lösung parat?«

»Ich habe nichts darüber gefunden, wie sie aufgehalten werden kann. In den Büchern stand nur immer wieder, dass man Respekt haben sollte vor der vereinten Kraft und ihrer würdig sein muss.«

»Ihrer würdig sein – was genau ist damit gemeint?«, überlegte Anna.

Ein lauter Schlag dröhnte aus dem Hotel auf die Straße und sofort packten sie einander an den Händen. Mayla stand neben Tom und spürte seine Wärme und Energie durch seine Hände. Sie sah ihn an und er zwinkerte ihr aufmunternd zu.

»Wir bleiben zusammen.«

Sie nickte und fühlte erneut in sich hinein. Lächelnd legte sie die andere Hand auf ihren Bauch. Noch immer konnte sie es nicht fassen. Sie trug tatsächlich ein Kind in sich ... Tränen wollten ihr in die Augen treten, doch sie rang sie zurück. Bevor sie sich in vollem Maße freuen würde, mussten sie Bertha und Vincent aufhalten. Das Kind musste eine Zukunft haben! Unvermittelt nahm Anna ihre Hand und Mayla lächelte sie an. »Habe ich schon gesagt, wie froh ich bin, dass du und Thomas gekommen seid?«

Anna schmunzelte, dann schloss sie die Augen und sammelte sich wie die anderen auch. Ohne dass einer anfing zu zählen, holten sie gleichzeitig Luft und begannen die Formel zu sprechen.

»Aer et terra,

ignis et aqua,

nostro iussu,

focdus facite!«

Wind wirbelte auf, Feuerfunken sprühten über ihre Köpfe, Wassertropfen fielen auf sie hinab und ihre Füße schienen mit der Erde zu verschmelzen. Gleichzeitig drang das Gefühl von eiserner Stärke durch sie hindurch und ein lilafarbenes Licht erhob sich über ihnen.

In dem Moment stürmten Bertha und Vincent hinaus auf die Straße. Bevor sie einen Zauber sprechen konnten, beschwor Melinda einen Blitz herauf, Mayla konzentrierte sich und versuchte ihre Energie mit in den Blitz zu legen und

gemeinsam ließen sie ihn auf Vincent und Bertha niederfahren. Doch die zwei hoben nur ihre Hände und über ihnen
erschien eine durchsichtige, glitzernde Kuppel, an der der
Lichtstrahl abprallte und zu Boden donnerte.

Thomas holte tief Luft und blies auf sie. Eine Wolke zog
am Himmel auf und warf so viele Regentropfen über den
beiden ab, dass sie fortgeschwemmt zu werden drohten.
Doch auch dieser Zauber prallte an der Kuppel ab, worauf
alle Wassertropfen laut zischend verdampften.

Anna ließ die Erde erbeben, wodurch alles um sie herum
erzitterte. Gleichzeitig blies Andrew einen Wind auf ihre
Gegner, einen regelrechten Orkan. Doch auch der Zauber
konnte nichts ausrichten, prallte ab an der magischen Kuppel, als wären sie Kinder, die sich an ihren ersten Zauber-
tricks versuchten.

Mayla sah zu Tom, der die Zähne zusammenbiss, aber
bislang keinen Zauber gegen Vincent und Bertha gehext
hatte, als wäre er gehemmt. Es war seine Familie, sein Fleisch
und Blut, aber er war anders. Er war nicht wie sie, wollte
nicht zu ihnen gehören und nicht mitansehen, mit welcher
Brutalität sie nach der Herrschaft griffen. Dennoch zögerte er,
sie anzugreifen, gegen seine eigene Familie zu kämpfen.

»Tom«, wisperte sie, doch er reagierte nicht. Sein Gesicht
war blasser als sonst und seine dunklen Augen unablässig
auf seinen Vater und seine Großmutter gerichtet. Er focht
einen inneren Kampf, obwohl er sich längst entschieden
hatte, auf welcher Seite er stand. Endlich sammelte er seine
Kräfte und wollte sie auf seine Familie schleudern, doch
irgendetwas schien ihn daran zu hindern. Bevor Tom zu
einem Zauber ansetzte, warf Vincent seinerseits einen Fluch
auf Mayla.

»Tutare«, brüllten sie unisono, und der Fluch krachte auf ihre lila schimmernde Schutzwand. Sofort brach der Schutz, Vincents Kräfte waren zu mächtig. Der nächste Fluch kam sogleich hinterher und zerstörte ihre Zusammenkunft der alten Magie. Der lila Schein verpuffte und sie fielen zurück auf den Boden.

Hinter ihnen materialisierten sich unzählige Jäger und stürmten auf sie zu. Die jungen Männer grölten und wedelten mit ihren Zauberstäben durch die Luft. Doch von der anderen Seite drängten Polizisten aus dem Revier, unter ihnen Georg. Die anderen von Burg Donnersberg kamen ebenfalls zu ihnen gesprungen und sofort rappelten sich Mayla, Tom und die anderen wieder auf.

»Ihr seid nicht alleine!«, rief einer der Polizisten, dem Georg sogleich kollegial auf die Schulter schlug.

»Wir stehen zusammen!«, brüllte Viola, die gemeinsam mit den anderen Hexen aus dem Feuerhauptquartier zu ihnen gestürmt kam.

Mayla und die anderen liefen ein paar Schritte rückwärts, um mit ihren Freunden und Verbündeten zusammenzustehen, während sich die Jäger hinter Bertha und Vincent aufstellten.

Maylas Herz klopfte schnell in ihrer Brust und während sie die Hände hob – obgleich sie nicht wusste, ob sie irgendetwas damit gegen Bertha und Vincent auszurichten vermochte – schoss eine Erkenntnis in ihren Sinn.

Das war das letzte Gefecht.

Die Straßen waren erfüllt von Magie, ein Glitzern waberte über das Kopfsteinpflaster und die Häuser schienen sich zu den Seiten wegzuducken wie Zuschauer, die Angst hatten, etwas von den Kämpfen in der Arena abzubekommen.

Die Sonne war bereits am Untergehen und die Schatten wurden länger. Über ihnen kreisten zig Eulen und Krähen, und Katzen schlichen an den Hauswänden entlang. Die erste Haustür sprang auf und eine Hexe in den Vierzigern mit wallendem langem Haar kam zielstrebig heraus und mit gezücktem Zauberstab zu Mayla und den anderen gelaufen. Ihr folgte ein Mann mit Vollbart, der die Brauen grimmig zusammenzog und nicht minder entschlossen zu ihnen lief. Weitere Haustüren schlugen auf und immer mehr Hexen stürmten daraus hervor. Ein jeder von ihnen stellte sich zu Mayla und ihren Verbündeten, und erhob seinen Zauberstab gegen Vincent und Bertha.

Alle hielten die Luft an, keiner tat den ersten Schritt, als würden sie alle darauf hoffen, dass dieser Kampf niemals begann und ihnen sein brutales Ende und die Folgen erspart blieben.

Bertha lachte laut und durchbrach damit die angespannte Stille. »Egal wie viele ihr werdet, wir haben die alte Magie. Wir sind übermächtig und ihr könnt uns nicht mehr aufhalten. Akzeptiert die Familie Eisenfels als neues Oberhaupt der magischen Welt und wir werden euch verschonen. Doch wenn auch nur einer den Zauberstab gegen uns erhebt, so wird es für euch alle eine bittere Strafe geben. Und nun komm endlich, Valerius, die Show ist vorbei. Komm zu uns und offenbare allen, wessen Erbe du bist.«

Tom biss die Zähne zusammen und sofort fasste Mayla ihn an der Hand. »Du gehörst nicht zu ihnen.«

Vincent von Eisenfels richtete seine dunklen Augen auf ihn. »Ich kann in dein Herz sehen, Valerius, du trägst noch immer meine Uhr. Auch du bist Teil des neuen Zirkels und hast die alte Magie in dir vereint.«

Mayla sah ihn erschrocken an. »Das kann doch gar nicht sein!«

»Doch, es stimmt.« Tom griff nach der Uhr, die sich in der Tasche seiner Lederjacke verbarg, und holte sie hervor. Sofort begann sie rot zu glühen, als würde das Eisen, aus dem sie gemacht wurde, im Feuer schwelen und geschmiedet werden. »Aber ich wollte dieses Erbe niemals! Habe es abgelehnt, seit ich fünf Jahre alt war.«

»Dann greif sie an!«, raunte Anna. »Du hast die Macht dazu!«

»Nein, ich will diese Magie nicht zum Angreifen nutzen. Sie gehört mir nicht! Sie ist übermächtig – zu mächtig für mich. Ich wurde nicht mit ihr geboren, deshalb bin ich ihrer nicht würdig!« Er löste die Kette der glühenden Taschenuhr von seinem Gürtel und warf sie von sich. Mit einem metallenen Klong fiel sie auf den Steinboden.

Vincent verengte die dunklen Augen zu Schlitzen und baute sich zu seiner vollen Größe auf. »Nur weil du die Uhr ablegst, bist du nicht aus unserem Zirkel entlassen. Das Metall hat dich auf ewig an uns geschmiedet!«

Mayla sah zu Melinda, die denselben Gedanken zu haben schien. Mit zwei Schritten standen sie nebeneinander, gaben sich die Hände und konzentrierten sich auf die Uhr.

Bertha schien zu ahnen, was sie vorhatten, und hob die Hände zu einem Fluch. Mayla und Melinda ließen alarmiert ab von dem Zauber, um sich zu verteidigen. Doch blitzschnell stellte sich Tom vor die beiden und errichtete ein mächtiges Schutzschild. Verbissen blickte er zu der Frau, die seine Oma war.

»Ich werde mit der Magie niemals angreifen, aber schützen werde ich diejenigen, dir mir lieb und teuer sind.«

»Sie nutzen dich nur aus, um uns zu schaden! Komm her, Sohn! Öffne die Augen und tritt an meine Seite. Dein Platz war schon immer neben mir, denn alle anderen werden dir niemals glauben, niemals in Frieden mit dir leben wollen.«

Tom sah seinen Vater ablehnend an. »Nein! Ich vertraue ihr.«

»Niemandem kannst du vertrauen! Sie alle sind uns in den Rücken gefallen, vor so vielen Jahren. Hast du vergessen, was ich dir als Kind beigebracht habe?«

»Das habe ich nicht. Aber was auch immer damals geschehen ist, beide Seiten waren nicht unschuldig. Und wir, die wir heute leben, müssen diesen ewigen Groll endlich hinter uns lassen und uns die Hände reichen. Es ist vorbei. Der Konflikt wird mit der nächsten Generation erlöschen!«

»Was sagst du?« Bertha hob die Arme und warf Mayla einen hektischen Blick zu. Sie schaute auf ihren Bauch und entsetzt riss sie die dunklen Augen auf. Sie hatte begriffen, sah die Zukunft ihrer Familie in einer anderen Familie weitergehen und schrie auf, dass Mayla sich am liebsten die Ohren zugehalten hätte. »Dieses Kind darf niemals geboren werden!« Zwischen ihren Händen knisterte es, lilafarbene Blitze schossen zwischen ihnen hervor und mit aller Macht donnerte sie einen Fluch auf Mayla. Doch Tom biss die Zähne zusammen. Sein Körper erzitterte, während er sich mit all seinen Sinnen auf den Schutz vor ihnen konzentrierte.

Mayla strich ihm sanft über den Rücken, worauf seine Hände zu glühen begannen und der Schutz sich verstärkte. Berthas Fluch prallte daran ab und Mayla und Melinda verloren keine weitere Sekunde. Erneut richteten sie ihre Konzentration auf die Taschenuhr. Das Metall wurde roter und roter, bis die Uhr gelb glühte und anschließend weiß. Das

Eisen wurde so heiß, dass es begann zu schmelzen, und wie flüssiges Feuer floss es über die Straße. Laut zischend sickerte es zwischen den Steinen in den Boden. Dampf stieg über dem Kopfsteinpflaster auf und bezeugte, dass von dem Zauber in der Uhr nichts zurückgeblieben war

Tom atmete schwer, als drücke ihm jemand die Luft ab. Dann fiel er auf die Knie und griff an sein Herz.

»Damit habt ihr ihm keinen Gefallen getan!« Vincent hob seine Hände und gleichzeitig bliesen Mayla und Melinda eine Flammenwand vor sich, doch sein Fluch schoss durch sie hindurch, als hätte es gar keinen Schutz gegeben. Haarscharf verfehlte er Mayla und Anna, und prallte auf das Kopfsteinpflaster. Erschrocken sahen Mayla und Melinda sich an.

»Ihr habt keine Macht mehr. Selbst die Kräfte der von Flammensteins können nichts mehr gegen uns ausrichten.«

Und als wäre das das Stichwort, entbrannten die Kämpfe. Die Jäger schmetterten ihre Zauber auf sie und auch ihre Magie war stärker geworden. Ihre Flüche durchschossen die Schutzschilde der Verbündeten, als existierten diese gar nicht. Die Verbündeten stellten sich zusammen, um ihre Kräfte zu bündeln, doch die Jäger rückten unablässig weiter vor und drängten die Polizisten und die anderen Hexen zurück.

Tom kämpfte sich wieder hoch. Mayla half ihm auf die Füße. »Tom …«

»Mach dir keine Gedanken.« Erneut hexte er einen Schutzschild vor sich, an dem Berthas Flüche wirkungslos abprallten. Besaß er noch immer die alte Magie, obwohl die Taschenuhr zerstört war?

Fassungslos sah Melinda sich um.

»Unsere Kraft reicht nicht.«

»Mit mir zusammen vielleicht schon.« Phylis tauchte hinter ihnen auf und nahm sogleich Mayla und Melinda bei der Hand. »Ich habe einen Spruch in einem alten Buch gefunden. Wir brauchen noch Wasser und Metall, dann können wir es schaffen, sie aufzuhalten.«

Thomas zeigte auf Tom, der mit erhobenen Händen den Schutzschild vor ihnen aufrecht hielt. »Aber in ihm ist die alte Magie vereint. Er könnte gegen sie kämpfen!«

Melinda schnitt ihm das Wort ab. »Er achtet die alte Kraft zu sehr, um sie zum Kampf einzusetzen. Und er hat recht. Er wurde nicht mit ihr geboren, also kann er sie nicht benutzen, ohne schlimmste Folgen zu erwarten.« Sie wandte sich an Phylis. »Wie müssen wir vorgehen?«

»Es geht darum, unsere Kräfte zu bündeln und in diesem Bündnis die alte Magie zu erwecken. Diese Magie können wir bedenkenlos anwenden, da sie nur durch unsere Verbindung intakt bleibt! Am besten, die Oberhexen vereinen sich. Auf diese Weise können wir es schaffen«, erklärte Phylis.

»Aber Gabrielle ist verletzt und Alessia und Francesco tot. Wer ist die stärkste Wasserhexe hier vor Ort?«, wisperte Mayla und sah sich sogleich um. Sie suchten die Menge ab und entdeckten niemanden, dessen Kräfte so herausragend stark waren, um damit Vincent und Bertha aufhalten zu können.

In ihrem Augenwinkel nahm Mayla eine Bewegung wahr. Eine Frau, die sich aus dem Hotel hinauskämpfte, gestützt von … Angelika!

Sie kniff die Augen zusammen und erkannte die blonde Frau, die sich mühsam zu ihnen kämpfte.

Es war Gabrielle.

Mayla stürzte zu ihr hin, dicht gefolgt von Andrew.

Vincent entdeckte sie und schleuderte einen Zauber auf Angelika und Gabrielle, doch Tom lenkte ihn ab, sodass er gegen die Hauswand krachte. Putz rieselte von den Wänden, während Andrew und Mayla halfen, Gabrielle zu Melinda und Phylis zu bringen. Tom baute sich unterdessen vor ihnen auf und verstärkte den Schutz. Vincent und Bertha feuerten einen Zauber nach dem anderen auf ihn, doch sie alle zerbarsten an Toms Schild. Schweiß bildete sich auf seiner Stirn, doch er hielt den Schutz aufrecht.

Gabrielle blinzelte mehrmals und Mayla nahm sie fest an der Hand. »Was tust du hier? Du musst dich regenerieren!«

»Francesco und meine Mutter sind tot.« Sie schluchzte auf, doch nur einmal. Dann hob sie den Kopf und in ihren blauen Augen lag Entschlossenheit. »Ich bin die einzige, die euch helfen kann.«

Andrew sah sie zweifelnd an. »Aber du bist geschwächt. Deine Kräfte, der Exsugo-Zauber …«

Angelika schüttelte den Kopf. »Sie war nur kurze Zeit in dem Käfig und hat sich mit aller Kraft gegen den Bann gewehrt. Sie ist geschwächt, aber ihre Energie wurde nicht vollständig abgeschöpft.«

»Vor allem bin ich jetzt die Oberhexe des Wasserzirkels. Ich drücke mich nicht vor meiner Verantwortung. Mithilfe meiner Macht können wir sie aufhalten.«

Mayla und Andrew wechselten einen kurzen Blick, dann nickten sie Melinda und Phylis zu. »Wir müssen es versuchen!«

Keuchend sah Gabrielle auf, dann straffte sie die Schultern, befreite sich aus den Griffen der anderen und hob das Kinn.

»Was muss ich tun?«

Schnell erklärte Mayla ihr, wie sie die alte Magie vereinen konnten. Phylis nickte bestätigend.

»Wenn wir mächtigen Hexen unsere Kräfte verbinden, werden wir ebenso stark sein wie die zwei. So stand es zumindest in dem Buch. Und wenn wir sie nur lange genug reizen, ihnen lange genug standhalten, wird die alte Magie sie vernichten, denn ihre Körper sind nicht dafür geschaffen.«

»Die Magie wird sie vernichten?« Mayla sah entsetzt zu Tom. »Was ist mit ihm?«

»Solange er die Kräfte nur zur Verteidigung einsetzt, könnte er verschont bleiben.«

Hoffend betrachtete Mayla Tom. Hatte er auch davon gelesen? Oder es geahnt? Setzte er die Kräfte deshalb nur zur Verteidigung ein?

Melinda ballte die kleinen Hände zu Fäusten und das Feuer loderte in ihren Augen. »Wunderbar. Mayla, Andrew, Phylis und Gabrielle, wir bilden einen Kreis und dann sollen die beiden uns kennenlernen!«

Phylis schüttelte den Kopf. »Tom muss noch dazu. Sonst fehlt uns das Metall!«

Melinda deutete auf Mayla. »Das hat sich erledigt.«

»Wie …?« Ihre Augen weiteten sich, als sie auf Maylas Bauch blickte. »Aber wie kann das …«

»Das erklären wir später. Und jetzt auf.«

Sie holten Luft und erneut tönte die lange vergessene Formel durch die Luft.

»Aer et terra,

ignis et aqua,

nostro iussu,

foedus facite!«

Der lila Schein bildete sich über ihnen, formte eine Kuppel und hüllte sie ein. Langsam lösten Mayla und Melinda ihre Hände, stellten sich mit den anderen in eine Reihe und liefen auf Bertha und Vincent zu.

Tom sah unruhig zu Mayla. Er wollte den Schutzschild nicht aufgeben, denn sofort würden Bertha und Vincent auf Mayla ihre Flüche jagen. Sie wollten sie unter allen Umständen tot sehen, bevor durch das Kind in ihr die Energie der Familie für immer verloren war.

Doch Melinda nickte ihm zuversichtlich zu. Mayla sah ihn an und mit ihren Augen sagte sie: »Hab Vertrauen!« Tief atmete er durch, bevor er kaum merklich mit dem Kopf nickte und der Schild sich in Luft auflöste.

Sofort schoss Bertha einen lilafarbenen Blitz auf Mayla. Doch Mayla, Melinda, Phylis, Gabrielle und Andrew pusteten ihnen entgegen, womit sie den Fluch abwehrten.

Vincent riss sich den langen Mantel von den Schultern und warf ihn zu Boden. Dann ballte er die Hände zu Fäusten, wobei die Adern an seinen Armen deutlich hervortraten. Er bündelte seine Energie und schleuderte sie auf Mayla. Doch auch der Zauber konnte von den Verbündeten abgewehrt werden.

Hochrot im Gesicht hob Bertha die Hände zum nächsten Fluch, gleichzeitig mit Vincent. Ihre Gesichter waren rasend vor Zorn, die Augen weit aufgerissen und sie schleuderten einen Zauber nach dem anderen auf Mayla.

Mayla spürte jedes Mal ihre Kräfte erschaudern, wenn sie einen der Flüche abwehrten, doch sie ließ sich nicht anmerken, wie viel Energie es sie kostete. Ihre rechte Hand lag in Andrews und er gab ihr Kraft, genauso wie ihre Oma, Phylis und Gabrielle, mit denen sie verbunden war.

Tom haderte mit sich, sie konnte es sehen. Er wollte die neuen Kräfte nutzen, um sie zu verteidigen, doch das durfte er nicht. Sonst konnte die alte Magie auch ihn vernichten.

Als Bertha und Vincent zum nächsten Schlag ansetzten, wusste Mayla instinktiv, dass ihr Schutz nicht standhalten würde. Aber mit derselben Gewissheit erkannte sie: Das würde der Spruch sein, der Bertha und Vincent überfordern und vernichten würde. Sie mussten ihn zaubern. Und sie würden den Fluch wieder auf Mayla schmettern. Angst bemächtigte sich ihrer, doch sie zwang sich zur Ruhe. Sie musste Vertrauen haben. Womöglich irrte sie sich und ihre vereinte Magie reichte aus, den Fluch abzuwehren.

Und vor allem durfte Tom ihre Unsicherheit nicht spüren. Er durfte nicht wissen, was sie dachte. Unter allen Umständen musste sie ihn daran hindern, dass er seine übermächtigen Kräfte zum Kampf einsetzte.

Scheinbar sorglos lächelte sie Bertha und Vincent entgegen, was die beiden noch mehr zu reizen schien. Sie hoben die Hände und Lichtblitze sprudelten aus ihren Fingerspitzen. Dunkle Wolken zogen am Himmel auf und warfen große Schatten auf die Straße. Die Luft knisterte vor Anspannung. Eine Krähe und eine Katze schrien auf, und die anderen Seelentiere stimmten mit ein. Es hörte sich an wie das finale Musikstück des Todes.

Ungeachtet dessen schmetterten Bertha und Vincent ihre Energie auf Mayla, worauf ein Blitz vom Himmel auf sie niederschoss und ein lilafarbener Wirbelwind um sie herum tobte. Dicke Regentropfen prasselten auf sie herab und die Erde unter ihren Füßen erbebte. Die Amulette, die sie trugen, begannen heiß zu glühen und der Wind wurde noch stärker, bis sich dichter Rauch um die beiden bildete, auf die der Blitz darniederfuhr. Funken sprühten, der Rauch wurde dichter und dichter und Schreckensschreie, scheinbar wie aus einer Kehle, hallten über die Straße, sodass alle im Kampf innehielten. Die Jäger schauten ebenso entsetzt auf das Spektakel wie die Verbündeten. Ein jeder stand still und beobachtete, wie sich der Rauch allmählich verflüchtigte und ein weiter schwarzer Umhang und ein dunkler Mantel auf dem Boden lagen. Etwas glomm und schwelte neben den Kleidungsstücken, ein kleiner Haufen Asche. Alles, was von Bertha und Vincent von Eisenfels übrig geblieben war.

Melinda trat einen Schritt vor. »Die alte Magie. Sie hat sie vernichtet!«

Entsetzt zerrten die Jäger ihre Amulette von den Köpfen, die sie an die Familie von Eisenfels gebunden hatten. Sie warfen sie mit einem metallenen Klong auf die Straße und rannten davon. Sofort nahmen die Polizisten und die Verbündeten die Verfolgung auf.

In all dem Trubel schauten endlich Melinda, Phylis, Andrew und Gabrielle einander an und sahen erst jetzt, dass Mayla auf dem Boden lag, über ihr war Tom. Und beide regten sich nicht mehr.

Kapitel 23

Vogelgezwitscher weckte Mayla und sie streckte sich. Müde blinzelnd öffnete sie die Augen, als ihr die Erinnerungen an die Gegenüberstellung mit Bertha und Vincent ins Gedächtnis stach. Erschreckt riss sie die Augen auf und kämpfte sich hoch. Sie lag in einem Bett, inmitten weißer sauberer Laken. Über ihr war die gehäkelte Decke ihrer Mutter ausgebreitet. Was war geschehen?

Sie fühlte sich schwer und erschöpft, doch nacheinander hob sie mühsam die Beine über die Bettkante und wollte aufstehen.

»Mayla, was tust du? Du musst dich ausruhen!«

Irritiert sah sie sich um. Neben ihrem Bett saß Georg. Er trug wie immer ein kariertes Hemd, legte eine Fußballzeitschrift auf einen gläsernen Beistelltisch und trat an ihr Bett.

»Wo bin ich? Was ist passiert? Und wo ist Tom?«

»Beruhige dich erst mal. Du warst mehrere Tage bewusstlos.«

»Mehrere Tage? Aber …«

Die Erinnerung kam zurück und sofort legte sie ihre Hand auf den Bauch. War das Kleine noch da? Sie fühlte nichts. Panik drohte sie zu überfallen, doch sie atmete tief durch. Erneut spürte sie in sich hinein und ein warmes, kleines Flämmchen fühlte sie in ihrem Inneren lodern, das ein weiches Lächeln auf ihr Gesicht zauberte. »Du bist noch bei mir …«

»Mach dir keine Gedanken. Dem kleinen Würmchen ist nichts geschehen. Und auch du wirst dich schon bald erholt haben.«

Sie sah sich um. Wo auch immer sie sich befand, in wessen Bett sie lag, hier war sie noch niemals zuvor gewesen! »Wo ist Tom? Wo sind wir?«

»Wir sind in Griechenland, auf der Insel Lesbos. Phylis hat uns ihr Anwesen zur Verfügung gestellt, damit wir uns erholen können.«

»Uns?«

»Nicht nur uns beiden, keine Sorge.« Schelmisch zwinkerte er ihr zu.

»Wo ist Violett?«

»Ich bin hier.« Stürmisch kam ihre Freundin ins Zimmer gestürzt, ließ sich neben ihr auf das Bett fallen und umarmte sie überschwänglich. »Ich habe deine Stimme gehört. Wie fühlst du dich?«

»Gut, aber wie geht's dir? Wurdest du komplett von dem vergessenen Fluch geheilt?«

Violett warf Georg einen bewundernden Blick zu. Dabei wurden ihre Ohren knallrot. »Ja, Georg hat mich gerettet. Er hat mich zu einer Heilerin ins Krankenhaus gebracht und ihr von dem Fluch erzählt und von Toms und Andrews Erklärungen, wie man ihn aufhalten kann. Die Heilerin hat sich mit ihren Kollegen beratschlagt und gemeinsam haben sie einen starken Trank gebraut, der mir geholfen hat.«

Georg lächelte sie an und der Blick, mit dem er sie bedachte, sprach Bände. Sanft ergriff er Violetts Hand und drückte sie.

Überglücklich sah Mayla von einem zum anderen, als ein hohes Fiepen durch den Raum wanderte.

»Karli?«

Zuerst sah sie nur den kurzen Schwanz, dessen Spitze eingeringelt war. Dann hüpfte der kleine Kater auf ihr Bett und ließ sich stampfend und schnurrend auf ihrem Schoß nieder. Liebe, Sorge, Aufregung und Dankbarkeit strömten durch Mayla hindurch und sie strich dem kleinen Fellknäuel zärtlich über das Köpfchen. »Ist ja gut, mein Schatz. Jetzt wird alles wieder gut.« Dann sah sie zu Georg und Violett. »Oder? Was ist mit den anderen passiert? Wurden die Jäger gefangen?«

»Viele von ihnen, aber einige sind noch auf der Flucht. Artus ist auf dem Weg der Besserung. Aber das Beste ist, dass sämtliche Verordnungen gegen die sogenannten Verstoßenen aufgehoben wurden. Die Zeit des Versteckens ist vorbei. Wir werden alles wieder aufbauen.«

Mayla lächelte und strich Karli über das weiche schwarze Fell. »Das hört sich wunderbar an. Wo ist Tom?«

Georg blickte sie ernst an. »Er hat sich vor dich geworfen, bevor Berthas Fluch dich töten konnte.«

Mayla wurde kreidebleich. »Was? Wo ist er?«

»Er lebt«, beruhigte Violett sie sofort, »aber er ist noch nicht wieder bei Bewusstsein.«

Mayla stürmte auf, Karli auf dem Arm. »Wo ist er?«

»Bitte reg dich nicht auf, Mayla, denk an das Baby. Wenn du zu ihm willst, er liegt direkt nebenan.«

Eine Schwäche drang durch ihre Glieder, ließ sie einen Moment torkeln, bis sie sich wieder sicher auf den Beinen fühlte. Sogleich eilte sie aus dem Raum und in das Nachbarzimmer hinein.

Sie sah nicht den blauen Himmel, der mit der Nachmittagssonne gemeinsam durch das Fenster strahlte, hatte keinen Blick übrig für den üppig blühenden Oleander, der vor dem Fenster wuchs, oder die terrakottafarbenen Mosaikfliesen, nein. Sie sah nur dieses Bett, in dem dieser große Mann lag, der ihr so oft das Leben gerettet hatte, und der dennoch in den Kissen und Laken zu verschwinden drohte.

»Tom …«

Ohne den Blick von ihm abzuwenden, ließ sie sich neben ihm nieder. Sie setzte Karli zu Kitty, die ruhig eingekringelt neben Tom lag und über ihn wachte. Mayla strich ihm über die blasse Wange.

»Kitty, wie geht es ihm?«

Kitty maunzte, aber nur leise, um seine Ruhe nicht zu stören.

Vorsichtig strich Mayla ihm über das dunkle Haar, über die Bartstoppeln und erneut über die blassen Wangen. »Tom, kannst du mich hören?«

Doch er reagierte nicht.

»Mein Schatz, wie geht es dir?«, drang eine vertraute Stimme von hinten zu ihr.

Mayla drehte sich um. Melinda stand in der Tür. »Mir geht es gut, aber was ist mit Tom?«

»Weißt du, was er getan hat?«

Ein Kloß bildete sich in Maylas Hals, und erst jetzt spürte sie, dass sie wieder ihre Kette mit dem herzförmigen Anhänger trug. Jemand hatte sie ihr umgelegt. Während sie sogleich das Herz umfasste, antwortete sie mit erstickter Stimme: »Er hat den Todesfluch seiner Familie für mich abgefangen.«

Melinda nickte. Mitgefühl lag in ihrer Stimme, als sie erklärte: »Das hat er, mithilfe eines Schutzschildes. Aber aus Demut hat er nicht das volle Energiepotential der alten

Magie ausgeschöpft. Deshalb wurde der Fluch durch den Schild nur abgemildert, aber nicht aufgehalten. Und weil er sich vor dich geworfen hat, wurdest du verschont.«

Es war, als drücke ihr jemand die Kehle zu. Kein Wort kam aus ihrem Mund, nur ein Krächzen, und sie räusperte sich, bevor sie fragte, was ihr auf dem Herzen brannte: »Wird er sterben?«

»Das weiß ich nicht, denn die Magie folgt keinerlei Regeln. Wie ich es dir schon einmal gesagt habe: Beobachte sie, um zu lernen, und versuche niemals, sie in Gänze zu verstehen. Der Magie sind keinerlei Grenzen gesetzt. Und das gilt in jederlei Hinsicht.«

Mayla krallte sich an den Umhang ihrer Oma und sah sie eindringlich, nein, bittend und flehentlich an, als reiche nur der Wille dieser mächtigen Hexe aus, um ihn genesen zu lassen. »Wird er wieder gesund werden?«

Melinda zuckte bedauernd die Schultern. »Es sind die alten Kräfte. Ich weiß es nicht.«

»Habt ihr schon einen Trank gebraut, so einen wie für Violett? Vielleicht können wir ihn damit …«

»Natürlich. Wir haben alles in unserer Macht Stehende getan. Jetzt entscheidet er selbst oder die Magie … oder sie beide zusammen.«

Mit klammem Gefühl betrachtete sie ihn, das Herz in Sorge heftig schlagend und eine Hand auf ihren Bauch liegend, in dem ihr Kind heranwuchs.

»Tom … Unser Happy End liegt so nah. Komm zurück zu mir, zurück zu uns. Bitte!«

∞

Die Wochen vergingen und Mayla verließ Toms Bett nur zum Duschen. Selbst ihre Mahlzeiten nahm sie bei ihm im Zimmer ein.

Kitty und Karli waren die meiste Zeit bei ihr. Den ganzen Tag über hielt sie stumm seine Hand. Das erste Mal in ihrem Leben stand ihr überhaupt nicht der Sinn nach Reden, geschweige denn nach Schokolade.

Melinda versuchte Mayla zu überreden, zu ihren Eltern nach Kanada zu fliegen, über die der Zauber aufgelöst wurde und die eigenmächtig entschieden hatten, in Kanada zu bleiben. Da Anneliese Falk sich in jener Nacht an Mayla erinnert hatte, bestand die Chance, dass sie es wieder tat. Ihre Mutterliebe war schon einmal stärker gewesen als die eigentliche Regel, dass die Hexen vergessen wurden, sobald sie die Weltenfalten betraten. Doch Mayla weigerte sich, Tom alleine zu lassen.

Georg, Violett und Phylis waren abgereist. Phylis lebte in ihrem Haus im Hauptquartier des Erdzirkels und Georg und Violett kehrten nach Frankfurt zurück. Nur ihre Oma blieb bei ihr und Tom, und Mayla war unendlich froh darüber. Sie half ihr, ihn zu versorgen, damit er weder verdurstete noch verhungerte. Ansonsten ließ sie Mayla und ihn alleine, als warte sie nur darauf, dass der Zauber der Liebe ihn erweckte. Mehrmals in der Woche überprüfte Melinda, ob sie nicht doch irgendetwas für Tom tun konnte, doch immer war der Befund derselbe: Er muss selbst aus der Dunkelheit zurückfinden.

Heute war bereits der vierte Monat angebrochen, an dem Mayla an Toms Seite wachte. Karli saß auf ihrem Schoß und Kitty kuschelte eng an Toms Hüfte, um ihm Kraft zu spenden. Auch sie verließ ihn kaum.

Ein hohes Fiepen durchdrang den Raum, das nicht von Karli stammte.

Überrascht sah Mayla auf und sah ein karamellbraunes Kätzchen ins Zimmer marschieren.

»Hallo, wer bist du denn?«

Das braune Kätzchen fiepte laut und sofort sprang Kitty zu ihm und leckte ihm das Köpfchen.

»Ist das dein anderes Junges?« Mayla bückte sich zu dem kleinen Tier und streichelte vorsichtig über das weiche Fell. »Du bist ja süß. Hast du Hunger?«

Erneut fiepte es und sprang zu Karli auf Maylas Schoß. Es kuschelte sich an Maylas Bauch und begann zu schnurren. Kurz darauf jagte ein kaum spürbarer Energiestoß durch Maylas Unterleib. War das ihr Kleines gewesen?

Als sie begriff, traten Tränen in ihre Augen. »Wirst du das Seelentier unseres Kindes werden?«

Das kleine Kätzchen fiepte aufgeregt und stampfte auf Maylas Oberschenkeln.

Mayla lachte auf, nur kurz, dann strich sie Tom über die Hand. »Hast du gehört, Tom? Unser Kleines hat bereits ein Seelentier. Bald schon machst du die Augen auf und dann wirst du es selbst sehen können. Und dann kommt unser Kind und wir werden eine wunderbare Zeit zusammen verbringen. Niemals hätte ich gedacht, dass ich in der Lage sein würde, eine Familie zu gründen. Und jetzt ist das Würmchen unterwegs und nur noch du musst aufwachen. Dann werden wir uns ein schönes Häuschen kaufen und ein wunderbares Leben miteinander teilen. Ich würde sogar mit euch in die verlassene Hütte ziehen, wenn du nur endlich die Augen aufmachst!«

Doch Tom öffnete die Augen nicht.

Die Monate zogen ins Land und Toms Zustand veränderte sich nicht. Mayla verblieb unentwegt an seinem Lager, zunehmend blasser und trauriger. Melinda kontrollierte, dass sie ausreichend aß, aber ihre Oma brauchte sich diesbezüglich keine Sorgen zu machen. Trotz Toms Zustand schwelte das Glück in Mayla und sie würde den Teufel tun, ihr Baby zu gefährden. Sie aß regelmäßig, wenig, aber ausreichend, und sie trank genug. Nur an Bewegung und Zerstreuung mangelte es ihr. Melinda wagte es ab und an, zu erwähnen, dass Mayla beginnen musste weiterzuleben. Doch Mayla verbat es ihr, von Tom zu reden, als sei er bereits tot. Trotz der Einwände ihrer Oma verblieb sie bei ihm im Zimmer, felsenfest davon überzeugt, wenn ihn etwas aus diesem Zustand erlösen konnte, so war es die Liebe.

Nach einer Weile erreichte sie ein Brief von Heike, der sie für einen Moment aus ihren Sorgen riss. Die Freundin hatte sie noch immer nicht vergessen, und endlich erfuhr Mayla auch den Grund dafür. Die Hexe, bei der sie seit jener Flucht mit dem roten Opel im Laden aushalf, hatte ihr ein mächtiges Schutzamulett geschenkt, das das Vergessen verhinderte. Heike hatte dem Brief zwei dieser Amulette beigelegt, die für Maylas Eltern bestimmt waren. Dankbar drückte Mayla die Kostbarkeiten an ihre Brust und las den Brief wieder und wieder. Fortan schrieb sie sich mit ihrer Freundin einmal die Woche – ein kleiner Lichtblick in ihrem trüben Alltag.

Ihr Bauch wurde runder, ihre Gesichtszüge weicher, der Winter fegte über die griechische Insel und noch immer erwachte Tom nicht, bis eines Tages die Wehen einsetzten. Keine zwölf Stunden später war der Übergang vollzogen und Mayla die Mutter eines wundervollen Mädchens. Das Geschrei des Kindes durchdrang nicht nur das Haus, sondern auch Maylas Gedanken wie ein Weckruf, und sie hörte auf, Minute für Minute an Toms Bett zu sitzen.

Das Kind forderte sie, sie liebte es und ihm zuliebe musste sie einen Alltag einführen, der kindgerecht war. Nach einer Woche wählte sie einen Namen, auch wenn sie lieber gemeinsam mit Tom darüber entschieden hätte. Doch sie war sich sicher, dass er gegen die Namenswahl nichts einzuwenden haben würde. Sie gab ihrer Tochter den Namen Emma Anneliese.

Und wann immer Emma ihre zuckersüßen dunklen Augen zumachte, ließ Mayla die Wiege in Toms Zimmer schweben und wachte an seiner Seite. Jede Nacht schlief sie bei ihm, doch vormittags und nachmittags verbrachte sie die Stunden mit der Kleinen an der frischen Luft.

So schwer es ihr fiel, auch ohne Tom musste dieses Kind ein erfülltes Leben haben. Sie war dafür verantwortlich, dass die Kleine nicht voller Traurigkeit, sondern hoffnungsvoll und ausgeglichen aufwuchs. Sie verbarg die Angst um Tom und so oft sie in das lachende Gesicht ihrer kleinen Tochter blickte, meinte sie, seine Gesichtszüge in ihr zu erkennen.

Stundenlang schob sie Emma im Kinderwagen über die Insel, die sie nach und nach erkundete. Wie wunderschön Lesbos war, hatte sie nicht gewusst. Bislang war sie noch nie auf der griechischen Insel gewesen und selbst außerhalb der großen Weltenfalte, in der Phylis Haus stand, war die Landschaft ein Traum.

Mit jedem Tag, den Emma wuchs und gedieh, wurde Mayla glücklicher und ruhiger. Natürlich fehlte Tom zu ihrem Glück, aber das kleine Mädchen steckte voller Liebe und Fröhlichkeit, und dem konnte sich niemand entziehen. Schon mit vier Wochen begann sie zu lachen und sie hörte kaum mehr damit auf. Wie gerne wollte Mayla, dass Tom das sah. Aber wenigstens achtete sie darauf, dass er es so oft hörte, wie es möglich war.

Früh lernte Emma laufen und auch ihre Magie erwachte zeitig. Wenig später fing sie zu plappern an und wo immer sie hinlief, folgte ihr das kleine karamellfarbene Kätzchen auf den Fuß. Es dauerte, bis Mayla verstand, welchen Namen das Kätzchen hatte, und noch vor ihrem zweiten Geburtstag konnte Emma ihn sagen. Ihre Seelenkatze hieß Karamella.

Eines Nachmittags liefen Emma und Karamella spielend in Toms Zimmer. Mayla wachte gerade an seinem Bett und sah müde auf, als ihr kleiner Wirbelwind zu ihr hereinfegte.

Liebevoll ermahnte sie: »Nicht so laut, mein Schatz, Papi schläft.«

Emma verzog ihre roten Lippen zu einem Schmollmund. »Wann wacht Papi auf?«

»Das weiß ich nicht, Engel. Aber wir dürfen die Hoffnung niemals aufgeben, hörst du?«

Emma nickte und kämpfte sich das Bett hoch. Mayla half ihr und die Kleine beugte sich über Tom und gab ihm einen dicken Kuss. »Papi, Emma will spielen!«

Eine Träne stahl sich in Maylas Augenwinkel und sie wollte Emma von Tom wegziehen. Doch sie brachte es nicht übers Herz. Das kleine Kind verstand es nicht, dass er sie nicht hörte, denn Mayla hatte sie von Beginn an ermutigt mit ihm zu reden, als wäre er bei Bewusstsein. Und wer wusste schon, ob ihr helles Kinderlachen nicht dorthin zu dringen vermochte, wo sein Geist gefangen war.

»Papi, wach auf!« Emma drückte ihre kleinen Händchen auf Toms Brust und plötzlich erschien ein lilafarbener Schein an ihren Fingerspitzen. Er schwebte ungebremst aus ihnen heraus, hüllte Tom ein und legte sich wie eine Decke über ihn, bis der Schein in Tom einzudringen schien.

Kitty sprang auf und maunzte. Unruhig tigerte sie neben ihm über die Decke. Ungläubig betrachtete Mayla die Szene, unfähig, etwas zu sagen oder einzugreifen.

»Papi, aufwachen!« Emma kniff die Augen zusammen, ihre hohe Stirn legte sich in Falten und der lilafarbene Schein wurde stärker, bis Tom kaum merklich den Mund öffnete. Der Schein huschte zwischen seine Lippen und drang in sein Innerstes ein.

Mayla hielt die Luft an. Emma kniff noch fester die Augen zusammen, bevor sie sie wieder öffnete. »Papi?«

Ihre Stimme war so hoch, dennoch lag eine Traurigkeit darin, die ein so kleines Kind noch nicht empfinden sollte. Hatte sie trotz all der Liebe gespürt, dass Tom fehlte? Gespürt, dass er nicht so bei ihr war, wie er es sein sollte?

Toms Finger bewegten sich leicht. Langsam hob er seine Rechte und legte sie auf die winzigen Händchen, die noch immer auf seiner Brust ruhten. Dann verharrte er wieder regungslos. Mayla betrachtete es voller Staunen. Aber wie konnte das sein?

»Papi?«

Tom blinzelte, doch seine Lider erschlafften wieder. Hatte sie es sich nur eingebildet? Doch dann blinzelte er erneut.

Mayla sprang auf und beugte sich über ihn. »Tom? Oma, komm schnell!«

Und noch bevor Melinda in das Zimmer geeilt war, öffnete er seine Augen. Zunächst müde blickte er in das kleine rosafarbene Gesicht mit den dunklen Haaren und den dunklen Augen. Dann erschien ein zärtliches Lächeln auf seinem ausgemergelten Gesicht.

Sein Blick wanderte weiter zu Mayla und seine Augen strahlten.

»Tom? Das gibt es doch nicht. Du bist wieder wach?«

Melinda war längst in das Zimmer geeilt und betrachtete die kleine Emma, die freudig die Arme ausbreitete und ihrem Vater um den Hals fiel.

»Endlich, Papi!«

Mayla beugte sich über sie und zu dritt kuschelten sie miteinander, bis Mayla Emma sachte von Tom löste und auf den Schoß nahm.

»Wie ist das …?«, krächzte Tom und sogleich hielt Mayla ihm ein Glas Wasser an die Lippen. Emma sprang von ihrem Schoß und half, ihrem Vater zu trinken zu geben. Tom lachte über ihren Eifer, es war ein raues, kehliges Lachen. Inniglich drückte er die kleine Emma an sich.

»Mayla, was für ein zauberhaftes Kind. Ich danke dir. Ihr habt mich zurück ins Leben geholt. Die ganze Zeit habe ich euch gehört. Alles ist grau und kalt gewesen. Ich wusste nicht, wie ich zurückkommen kann, aber eure Stimmen und eure Wärme haben mich am Leben gehalten.«

Ungläubig beobachtete Mayla Tom und Emma, die sich in den Armen lagen, und sah zu Melinda, die grüblerisch mit der Hand durch ihre weißen Locken fuhr. »Was ist hier gerade geschehen? Das kann doch nicht Emma gewesen sein, oder?«

»Doch, ganz eindeutig. Sie ist es gewesen.«

»Aber wie ist das möglich? Sie ist noch so klein. Wie kann ihre Kraft stärker sein als die deine?«

Melinda beugte sich nah an Maylas Ohr, sodass Tom und Emma ihre Worte nicht hören konnten. »In ihr fließt Toms Blut, und somit auch das von Vincent und Bertha. Auch in ihr ist als Erbin der Familie von Eisenfels die alte Magie vereint.«

Erschrocken blickte Mayla erst Emma und dann ihre Oma an, die sich unauffällig eine dicke Träne aus dem Augenwinkel wischte. Maylas Gedanken überschlugen sich. »Aber dann darf sie sie nicht einsetzen, sonst wird sie sterben!«

»Dessen bin ich mir nicht sicher. Sie wurde damit geboren, deshalb könnte sie ihrer würdig sein. Aber in jedem Fall dürfen wir es niemandem verraten. Es muss unter allen Umständen unser Geheimnis bleiben.«

Mayla schaute ihr kleines Mädchen mit großen Augen an. Als sie erkannte, mit welcher Zärtlichkeit Tom und Emma einander ansahen, ging ihr Herz auf. Sie drängte ihre Sorgen beiseite und überglücklich schloss sie die beiden in die Arme.

Ende

Habt ihr Lust auf eine zusätzliche Szene mit Mayla und Tom? Dann tragt euch unter www.jennyvoelker.com in meine Lesergruppe ein. Ich freue mich auf euch!

Liebe Leser,

hiermit geht Maylas und Toms Geschichte zu Ende – und Emmas fängt gerade erst an. Aber daran wollen wir jetzt noch nicht denken. Es war eine aufregende Reise und ich danke euch, dass ihr sie gemeinsam mit Mayla und mir gegangen seid.

Viele liebe Menschen haben mich unterstützt, damit ich diese Trilogie schreiben konnte. Allen voran mein Mann, der nicht nur unermüdlich mit mir an den Texten gefeilt, sondern mir auch den Rücken freigehalten hat, damit ich mich täglich in die Weltenfalten stürzen konnte. Ein großer Dank geht diesmal auch an meine Tochter. Von ihr stammt die Idee, das Hauptquartier des Feuerzirkels ein verstecktes Hexendorf sein zu lassen. Ich hoffe, das hat euch gefallen.

Natürlich danke ich auch Juliane Buser, die diese wundervollen Cover für die drei Bücher erschaffen hat. Sie sind traumhaft schön und zeigen, wie viel Zauber zwischen den Seiten auf die Leser wartet.

Meinen Testleserinnen Jessy, Antje, Bianka und Christina möchte ich ebenso herzlich danken, und natürlich Chrissy, die sich auch diesmal den lateinischen Zauberformeln angenommen hat.

Was wäre eine Autorin alleine auf weiter Flur ohne ihre Kolleginnen? Danke, Lenia, Betty, Sissi, Carina, Minnie und Nadine, das wir uns gegenseitig unterstützen und immer füreinander da sind!

Ich hoffe, ihr nehmt mir das leicht offene und langgezogene Ende nicht krumm. Aber die Geschichte hat nur derart Sinn ergeben, dass Emma Tom rettet – und das konnte sie natürlich noch nicht als Baby tun. Und wer weiß, vielleicht wird es irgendwann noch mal einen Roman mit ihr geben, in dem wir mehr über die anderen Zirkel erfahren und darüber, wie ihr Leben mit der alten Magie verläuft. Schreibt mir gerne, ob euch eine solche Fortsetzung gefallen würde. Vielleicht mit Emma in der Hauptrolle oder sogar eine Geschichte zu Tom – okay, ich gebe es zu, meine Muse ist schon am Erzählen. Aber erst einmal warten andere Figuren darauf, dass ich ihre Geschichte aufschreibe.

Wenn ihr mehr zu meinen Ideen erfahren wollt, Lust habt auf Kurzgeschichten, exklusive Gewinnspiele und Vorabinformationen, könnt ihr euch gerne auf meiner Website www.jennyvoelker.com in meine Lesergruppe eintragen. Außerdem erwarten euch tolle Aktionen zu den Weltenfalten und anderen Figuren meiner Bücher.

Von Herzen wünsche ich euch alles Gute und dass ihr niemals die Hoffnung aufgebt! Ich danke euch für eure Treue und freue mich über Nachrichten und ebenso über Rezensionen. Egal wie kurz die Rezension ausfällt, ihr würdet mir damit sehr helfen. So, genug gebeten. Ich muss mich an das nächste Abenteuer setzen, damit ich euch schon bald wieder in märchenhafte und fantastische Welten entführen kann.

Alles Liebe

Eure Jenny

Leseprobe zu

Im Bann der verwunschenen Zeit

Kapitel 1

vor vielen, vielen Jahren

irabelle lag mit offenen Augen auf ihrem Bett. Sie war ganz allein in ihrem Zimmer. Die Vorhänge vor den großen Fenstern waren zugezogen und die strahlende Frühlingssonne vermochte nicht durch die schweren Samtvorhänge zu dringen. Düster und kalt war der Raum, in dem schon lange kein Lachen mehr erklungen war.

Jeder einzelne Spiegel war mit einem Tuch verhangen. Der große goldene, in dem sie und ihre Kammerzofen sie stets in ihren neuesten Kleidern bewundert hatten; der in dem Messingrahmen, vor dem sie sich immer gedreht hatte, um zu überprüfen, ob der Rock weit genug schwang; und die beiden kleinen auf ihrer Kommode, in denen sie sich immer selbst zugelächelt hatte, während ihre Mutter oder eine der Bediensteten ihr langes, goldenes Haar gekämmt hatten.

»Sie ist entstellt auf alle Zeit!«, hörte sie ihre Mutter zum wiederholten Male den Doktor anschreien.

Entstellt auf alle Zeit. Das war sie. Sie, die schöne Mirabelle! Sie, die von allen bewundert und bereits im zarten Alter von sechs Jahren von Prinzen hofiert worden war. Gerade einmal zwölf Jahre alt und entstellt auf alle Zeit.

Noch vor wenigen Tagen hätte man meinen können, das interessiere auf diesem Landsitz keinen. Als sie in ihren

Fieberträumen gefangen, nicht ansprechbar und dem Tode so nahe gewesen war. Doch heute, da sie die Krankheit niedergerungen und ihre Kräfte zurückerlangt hatte, schien die Sorge um sie vergessen, schien das Leben an sich wertlos angesichts dessen, was die Krankheit aus ihr gemacht hatte.

Mirabelle lag auf ihrem Bett und starrte an die Decke. Was hatte sie getan? Womit hatte sie das verdient? Immer wieder kehrte die Erinnerung an jenen Tag zurück, an dem sie erkannt hatte, was aus ihr geworden war. Der Tag, der ihre Träume zerplatzen ließ wie Seifenblasen und der ihr alle Hoffnung auf die Zukunft genommen hatte.

Es war fünf Tage her. Sie hatte das erste Mal seit Wochen die Augen bewusst geöffnet und jemanden an ihrem Bett sitzen gesehen. Aber es war nicht ihre Mutter, die an ihrer Seite wachte, sondern ihre Schwester Annabelle. Das Lächeln der kleinen Schwester war so lieblich, dass Mirabelle zunächst keinen Verdacht schöpfte, irgendetwas könnte sich geändert haben. Doch dann nahm sie die Blicke der Diener wahr. Und als die Kammerzofen, die sie stets umschwärmt und geherzt hatten, an diesem Tag auf Abstand blieben, regte sich in ihr der Verdacht, etwas könnte sich geändert haben. Etwas könnte mit ihr geschehen sein.

An jenem Tag spürte sie es zum ersten Mal: Das fürchterliche Jucken. Ihr Arm kribbelte und prickelte entsetzlich. Während sie den Ärmel des Spitzennachthemdes hochzog und ihr Blick zunächst nur beiläufig auf ihre Hand und ihren Arm fiel, entfuhr ihr ein entsetzter Aufschrei. »Was ist mit meiner Haut?«

Unzählige Aufschürfungen, schuppige Haut und große rote Flecken, auf denen eine hässliche Kruste festsaß, zogen sich über ihre Hände und Arme. Sofort schlug sie die Bettdecke zur Seite und entdeckte die gleichen Zeichen der vergangenen Krankheit auf ihren zierlichen Füßen und schlanken Fesseln. »Bringt mir sofort einen Spiegel!«

Die Eltern hatten den Dienern ausdrücklich verboten, ihr einen zu reichen, und sie zogen sich an jenem Tag beschämt in den Hintergrund zurück. So sehr Mirabelle auch flehte und bettelte, forderte und drohte, keiner von ihnen reichte ihr einen Spiegel. Wieso durfte sie nicht nachschauen, wie ihr Gesicht aussah?

Ihre Mutter stürmte in das Zimmer. Der Blick, mit dem sie ihre Tochter bedachte, sprach mehr als tausend Spiegel. Mit zitternder Hand reichte sie ihr einen winzigen Klappspiegel in Muschelform, sodass Mirabelle sich kaum in Gänze erkennen konnte. Es reichte aus.

Der Moment, in dem sie ihr Gesicht erblickte, war der Moment, in dem etwas in ihr brach. Ihre Schönheit, ihr einziges Gut, ihre Absicherung, verloren für immer …

Ihr Arm fiel kraftlos auf das Bett, der Klappspiegel glitt aus ihrer schlaffen Hand und schlug mit einem dumpfen Ton auf den Teppich. Als schämte sich der Spiegel dafür, was er angerichtet hatte, zerbrach er in tausend Stücke.

Kapitel 2

annah schlug entschieden mit den Handflächen auf den Holztisch. »Was halten Sie davon: Sie kümmern sich ab jetzt um gar nichts mehr. Wir dekorieren das Vereinshaus für ihren großen Tag.«

Die Blonde kratzte mit ihren unechten Fingernägeln über das kleine Loch in dem alten Holztisch und zog die Stirn kraus. »Ich dachte, sie sind nur ein einfacher Blumenladen. Bieten sie diesen Service denn an?«

Hannah drehte sich zu ihrer Chefin Ines um, die gerade einen Strauß aus Sonnenblumen band und ihr zunickte, und wendete sich wieder ihrer Kundin zu. »Selbstverständlich. Wir sind die Blumenfachleute. Wenn nicht wir, wer sonst könnte diese alte Hütte in eine märchenhafte Hochzeitslocation verwandeln?!«

Die Kundin strahlte sie an und wenig später war das Geschäft unter Dach und Fach. Während sich die Zukünftige mit dem Klingeln der Ladenglocke verabschiedete, humpelte Ines zu Hannah an den Verkaufstresen und strich sich eine graue Strähne aus dem Gesicht. »Mensch, wie ist dir das denn gelungen? Schon wieder so ein Großauftrag! Das ist ja fabelhaft!«

Hannah zuckte mit den Schultern. »Ich kann mich noch erinnern, wie sehr man sich als Braut an diesem großen Tag stresst.« Den mitleidvollen Blick verbarg Ines hinter einem halbherzigen Lächeln.

»Aber das ist ein Samstag. Da hast du frei wegen der Kinder und ich muss den Laden hüten.«

»Ach, das wird schon. Marco und Emi können alleine zuhause bleiben und Leon nehme ich einfach mit.«

»Bist du dir sicher?«

»Klar. Das letzte Mal hat es auch super geklappt.« Hannah trank ihren Kaffee aus und stellte die Tasse in die kleine Spüle.

»Blumenladen und Dekorateur in einem – dass ich da nicht schon früher draufgekommen bin! So kann sich das Blatt wenden. Noch vor knapp zwei Jahren habe ich mich gefragt, ob ich denn verrückt sei, dir den Aushilfsjob anzubieten, wo ich kaum selbst über die Runden komme. Und jetzt hast du meinen versteckten Blumenladen in einen Kundenmagneten verwandelt.«

Hannah zwinkerte ihr zu. »Ich würde sagen, das schreit nach einer Gehaltserhöhung.«

Ines' Mundwinkel wanderten nach unten. »Ich sehe, was ich tun kann, Liebes. Du weißt ja, wie knapp es auch bei mir ist. Bis vor kurzem dachte ich, wir müssten den Blumenladen schließen! Aber wenn du willst, kannst du etwas mehr als zwanzig Stunden die Woche arbeiten. Bei deinem Engagement, wenn du hier im Laden bist, spülst du dir dein Gehalt direkt selbst in die Kasse.«

»Nein, ich will nachmittags bei den Kindern sein. Sie sind noch so klein, besonders Emi und Leon. Und auch Marco ist mit seinen zehn Jahren noch lange nicht selbstständig.«

Ines lachte. »Lass das den jungen Mann nicht hören.«

Hannah band sich die grüne Schürze ab, hängte sie an den Haken und griff nach ihrer Handtasche. »So, jetzt muss ich aber los und Leon vom Kindergarten abholen. Wenn ich noch einmal zu spät komme, verlängern die Erzieher eigenmächtig den Vertrag und ich muss hundert Euro mehr im Monat bezahlen.«

»Alles klar. Wenigstens fangen nächste Woche die Sommerferien an.«

Hannah nickte und winkte Ines noch einmal zu, während die Ladenglocke bereits bimmelte.

∞

»Wo sind meine Stutzen und mein Trikot?« Marco stapfte durch Hannahs Schlafzimmer, wo sie inmitten alter Kinderkleider auf dem Teppich hockte und die kleinen Stücke begutachtete. Als wäre das Chaos nicht bereits vollständig, durchwühlte Marco die Wäsche und schmiss achtlos die T-Shirts und Socken durch die Gegend. »Ich hab gleich Training. Hast du das vergessen, Mama?«

»Natürlich nicht! Vielleicht suchst du mal gründlich in deinem Schrank danach?!«

Marco polterte wieder hinaus und Emi kam gleichzeitig hineingestürzt, dicht gefolgt von Leon. Beide richteten ihre großen braunen Kinderaugen, die denen ihres Vaters so ähnlich waren, auf den ungeordneten Kleiderberg. »Warum hast du meine Babysachen rausgeholt, Mami?«

Hannah band sich ihre langen dunkelblonden Haare zu einem unordentlichen Dutt. »Wir sind heute auf Lenas Babyparty eingeladen und dafür brauchen wir ein Geschenk!«

»Du hast doch nicht ernsthaft vor, gebrauchte Sachen zu verschenken?!«, hörten sie Marco aus seinem Zimmer rufen.

»Ich habe ja auch einen süßen rosa Body gekauft. Aber dieses Kleid von dir, Emi, hat Lena damals schon geliebt und du hast es nur einmal angehabt.«

Emi sah erschrocken auf das rosa Kleid, das mit weißen Blumen bestickt war, riss es ihrer Mutter aus der Hand und drückte es an ihre Brust. »Du kannst doch nicht mein süßes Kleidchen hergeben, Mami!«

»Nur der Body ist aber zu wenig!«

»Wieso kaufst du nichts?«, erklang Leons hohes Stimmchen.

»Weil wir am Monatsende nie für etwas Geld übrig haben!«, hörten sie Marcos Kommentar.

»Haben wir etwa kein Geld mehr?«, erschrak Emi.

Hannah zog ihre Tochter auf den Schoß und strich ihr über die schulterlangen blonden Haare. »Mach dir keine Gedanken, mein Schatz. Mami schafft das schon.«

Es klingelte an der Tür. Hannah verdrehte die Augen, während Leon und Emi bereits zum Eingang rannten.

»Mama, es ist unsere Nachbarin!«

»Wer auch sonst.« Hannah verdrehte erneut die Augen, erhob sich vom Boden und lief zur Wohnungstür, wo die korpulente alte Frau bereits von ihren Kindern begrüßt wurde. Sie trug wie immer eine rote Strickjacke und strich sich mit der Hand durch ihre großen grauen Locken, die sie nachts gewiss auf Lockenwickler drehte.

»Hallo Frau Meyer, da sind Sie ja. Was machen Sie bei dem schönen Wetter denn zuhause? Wollen Sie mit den Kleinen nicht mal auf den Spielplatz gehen?«

Hannah verdrehte innerlich ein weiteres Mal die Augen. Sie wäre auch lieber mit den Kindern draußen im Grünen. Aber die alte Nachbarin hatte natürlich keine Ahnung, wie anstrengend es alleine mit drei Kindern war, die alle andere Bedürfnisse und unterschiedliche Schul-, Kindergarten- und Trainingszeiten hatten.

»Wir gehen nachher raus«, antwortete sie ihr ausweichend. »Was gibt es denn?«

»Ich war gerade beim Einkaufen und da habe ich für die Kleinen etwas mitgebracht!«

Leon und Emi hopsten im Flur.

»Das ist sehr nett, aber Sie brauchen wirklich nicht jeden Tag ...«

»Ach, das mach ich doch gerne.« Bei den Worten zauberte die alte Frau hinter ihrem Rücken drei Tafeln Schokolade hervor.

»Das ist so großzügig von Ihnen, aber es reicht wirklich auch eine Tafel.«

»Da gibt es doch nur Streit, liebe Frau Meyer. Das weiß ich noch, als ich so klein war.« Sie zwinkerte den beiden Kleinen zu und legte ihnen die drei Tafeln in die ausgestreckten Hände. »Danke!«, riefen die Kinder im Chor.

»Wenn mal etwas ist, kann ich ruhig auf Ihre Engelchen aufpassen, Frau Meyer. Ich weiß doch, wie schwer das alleine mit drei Kindern ist.«

»Das ist sehr freundlich, Frau ...«

»Sie sollen mich doch Frieda nennen!«, ermahnte die Nachbarin mit erhobenem Zeigefinger und lächelte über die Halbmondgläser ihrer Brille. Ihre großen Vorderzähne rutschten dabei über die Unterlippe und verliehen ihrem spitzen Gesicht etwas Mausartiges.

Hannah seufzte innerlich auf. »Das ist sehr freundlich, Frieda, aber ich schaffe das schon.«

»Wollen Sie nicht mal ausgehen? Sie sind noch so jung. Vielleicht ergibt sich ...«

»Nein, ich gehe nicht aus! Und nun entschuldigen Sie uns, wir haben noch einiges zu tun.«

»Ja, aber selbstverständlich, liebe Frau Meyer. Falls etwas sein sollte, ich bin nebenan!«

Mit einem Augenrollen schloss Hannah die Wohnungstür.

»Zum Glück ist die liebe Frieda neben uns eingezogen!«, rief Leon, während er erfolglos versuchte, seine Tafel zu öffnen.

»Die ist viel netter als der Mann, der da früher gewohnt hat und immer so genuschelt hat!«, bekräftigte Emi und steckte sich bereits das erste Stück Schokolade in den Mund.

Hannah pflichtete ihr bei, auch wenn Frieda mehr als aufdringlich war. Sie hatten mit ihr großes Glück gehabt. In der Gegend, in der sie wohnten, gab es selten freundliche und anständige Nachbarn – der Mann, der zuvor in der Wohnung gelebt hatte, war die meiste Zeit betrunken gewesen und hatte herumgebrüllt, sowohl in seiner Wohnung als auch im Hausflur und unten auf der Straße. Sie war stets mit einem mulmigen Gefühl mit ihren Kindern vor die Tür gegangen, immer hoffend, nicht von ihm überrascht zu werden.

Sie nahm die zwei Tafeln, deren Verpackungen noch nicht aufgerissen waren, den beiden Kleinen aus der Hand. »Ihr könnt euch eine teilen!«

»Aber Emi gibt nie ab!«, schrie Leon sofort auf.

»Gib mir auch mal ein Stück«, kam Marco angeschlurft. Mit einer lässigen Kopfbewegung schüttelte er sich seine dunkelblonden Haare aus der Stirn und zog seiner kleinen Schwester die Nascherei aus der Hand. Er teilte die Tafel in drei gleich große Stücke und gab seinen kleinen Geschwistern brüderlich davon ab.

Hannah verstaute die restlichen Schokoladentafeln in dem Fach, das überquoll von all dem Süßkram, den die Nachbarin täglich ablieferte. Vielleicht sollte sie anfangen, auf den Spielplätzen Süßigkeiten zu verkaufen – Lieferprobleme hätte sie keine.

∞

Nachdem Hannah Marco zu seinem Fußballtraining gefahren hatte und nun mit ihren beiden Kleinen auf dem Weg zu der Babyparty ihrer alten Kindergartenfreundin Lena war, schielte sie bei jeder roten Ampel auf das hübsch verpackte Geschenk, das auf dem Beifahrersitz lag. Darin verbarg sich unter dem winzig kleinen rosa Babybody das süße Kleidchen, das ihre Tochter zur Taufe getragen hatte.

Hannah erinnerte sich, als wäre es gestern gewesen. Wie süß hatte die kleine Emi darin ausgesehen und wie sehr hatte Andreas sie darin bewundert. Stolz hatte er sie auf seinem Arm gehalten und kaum aus der Hand gegeben, so sehr hatte er seine kleine Tochter vergöttert.

Ob es ein Fehler war, das Kleid herzugeben? Es sah so zauberhaft aus und barg so viele Erinnerungen.

Aber genau aus diesem Grund hatte Hannah es wählen müssen. Andreas war nicht mehr da, seit über fünf Jahren. Anziehsachen brachten ihn auch nicht wieder zurück. Außerdem würde sich Lena sehr über das Babykleid freuen. Auf Emis Taufe hatte sie immer wieder betont, wie wunderschön das Kleidchen war und dass Hannah es auf keinen Fall wegwerfen durfte.

Als würde sie jemals Kinderkleidung wegwerfen! Nun gut, die abgetragenen und löchrigen Teile hatte sie in den Altkleidercontainer geschmissen, aber alles, was noch hübsch aussah, verkaufte sie über das Internet. Das brachte zwar mehr Arbeit als Geld, aber jeder Cent zählte. Es war nicht leicht, alleine für drei Kinder zu sorgen.

Hannah durfte sich keine Sentimentalitäten leisten. Außerdem hätte sie tatsächlich kein größeres Geschenk für Lena kaufen können. Mit dem letzten Zehner, der noch in ihrem Portemonnaie gewesen war, hatte sie auf dem Weg zu ihrer Freundin tanken müssen – sonst hätte sie gar nicht zu der Babyparty fahren können. Und mal ehrlich, ihrer Freundin war es doch gewiss viel wichtiger, dass sie auf die Feier kam, anstatt dass sie ein teures, großes Geschenk überreichte, oder?

Während sie am Straßenrand parkte und ihre Kinder aus dem Auto zog, fuhr ein riesiger blitzender Mercedes vor. Der Fahrer hupte lautstark, und Emi und Leon sprangen erschrocken neben ihre Mutter. Aus dem Wagen stieg eine hochschwangere Frau, die ein überdimensionales Geschenk auf ihren Armen balancierte.

Hannah hielt inne. Die ging doch nicht etwa auch auf die Party?!

Bevor die Frau ihren Blick bemerkte, klemmte Hannah das süß verpackte Präsent unter den Arm und eilte mit ihren beiden Kindern an der Hand über die Straße zu Lenas Haus – direkt hinter sich die hochschwangere Huperin.

»Bist du auch eine Freundin von Lena?«

Während Emi klingelte, drehte sich Hannah halbherzig um. Natürlich stand die Hochschwangere hinter ihr und natürlich war auch sie auf dem Weg zu Lena und ihrer Babyparty!

»Ja, wir kennen uns noch aus dem Kindergarten!«

»Das ist ja putzig. Wir sind Arbeitskolleginnen seit zwei Jahren.« Sie stöhnte auf und wies mit den Augen auf das monströse Geschenk in ihren Armen. »Ist ganz schön schwer. Hab es extra importieren lassen.«

Hannah versuchte ein Lächeln, das ihr nicht gelang, als endlich die Tür aufging und eine strahlende Lena vor ihnen stand.

»Hannah, Emi, Leon, wie toll, dass ihr da seid! Schön, dass du die beiden mitgebracht hast!« Sie begrüßten sich herzlich und Hannah wollte ihr das Geschenk überreichen, doch Lena wandte sich bereits an die Hochschwangere hinter ihnen. »Charlotte, was soll das?« Sie wies auf das riesige Geschenk. »Ich habe gesagt, nur etwas Kleines!« Dann lachten sie so laut, als wüssten beide, dass das nur ein Scherz gewesen war.

»Für unseren Nachwuchs nur das Beste!« Bei den Worten strich sich besagte Charlotte mit einer Hand über den gigantischen Babybauch. So schwer konnte das importierte Geschenk also doch nicht sein!

Hannah schob die Kinder ins Haus und stockte. Alles war rosa. Rosafarbene Ballons, rosafarbene Tischdecken, selbst die Gläser, Tassen und Teller waren rosa. Daneben war ein Büffet angerichtet, das Hannah sofort das Wasser im Mund zusammenlaufen ließ. Rosa Petit Fours, Marmorkuchen, Torten mit rosa Zuckerperlen, Salate, Aufläufe und Grillspieße. Lecker!

Und neben diesen Gaumenfreuden war ein Tisch aufgebaut, auf dem sich die Geschenke stapelten. Aber was für riesige Pakete dort lagen. Wie viel Geld gaben die Leute für eine Babyparty aus?

Hannah wurde etwas rot, während sie verstohlen ihr kleines Geschenk neben die anderen legte. Zum Glück gab es einen Geschenketisch. Bestimmt packte Lena die Präsente am Abend alleine aus. Ich sollte mich nicht schämen, schalt sie sich. Aber ein wenig tat sie es nun doch.

Hätte sie lieber ohne Geschenk kommen sollen? Behaupten, sie hätte es vergessen, und nächste Woche, wenn das Gehalt kam, etwas Größeres kaufen sollen?

Nein, der Body war zuckersüß und das Kleid tadellos. Und Lena hatte es quasi bei ihr bestellt. Die Freundin würde es doch gewiss wertschätzen!

O wie sie es hasste, immer so knapsen zu müssen! Sie war nicht geizig und wusste von dem Spruch, kleine Geschenke erhalten die Freundschaft. Aber während ihre Geschenke dem Spruch gemäß klein blieben, brachten die Anderen immer größere Präsente mit und schienen das als normal zu empfinden. Hannah wäre auch gerne großzügiger, doch es ging einfach nicht. Mit ihrem kleinen Gehalt musste sie alleine sämtliche Kosten stemmen – an Urlaub war nicht einmal zu denken!

Natürlich übertrieben die Anderen maßlos mit ihren großen Gaben, dennoch wäre auch Hannah gerne einmal diejenige, die für ein freudiges »Wow« sorgte. Aber es war nicht möglich.

Seit sie alleine für ihre Kinder sorgen musste, hatte sie ihre eigenen Ansprüche mehr und mehr zurückgeschraubt und alltägliche Abläufe verändert, um Geld zu sparen. Und noch waren die Kinder klein, sie brauchten nicht viel. Doch bei Marco fing es bereits an, dass er sich mit seinen Freunden nicht mehr auf dem Fußballfeld, sondern im Kino treffen wollte. Sie fragte sich, wie sie das alles in Zukunft stemmen sollte.

Aber wer wusste schon, ob die Zeiten nicht auch für sie irgendwann mal wieder besser werden würden. Womöglich konnte sie Ines' Blumenladen noch mehr zum Laufen bringen und die freundliche Chefin würde ihr dann gewiss mehr

Gehalt zahlen. Sie hatte zwar ursprünglich immer etwas Eigenes aufbauen wollen, aber die Zeit der Träumereien war vorbei.

»Lecker!«, riefen Emi und Leon im Chor und stürmten auf den Kuchen zu. »Dürfen wir, Mami? Bitte!«

Die Babyparty nahm ihren Lauf. Immer mehr Frauen trudelten mit immer größeren Geschenken ein und da sie sich alle zu kennen schienen, verzog sich Hannah mit den Kindern in den gepflegten Garten zurück, um den Schwatzereien der Gäste zu entkommen.

Erschöpft von der arbeitsreichen Woche ließ sie sich auf einen der bequemen Gartenstühle sinken und genoss eine Tasse Kaffee, während ihre Kinder über die perfekt gemähte Wiese und an den prächtigen Rhododendren vorbeirannten.

Wäre alles anders gekommen, hätte sie sich dann wohler unter den vielen Gästen gefühlt? Wäre sie eine von ihnen? Würde sie mit ihnen reden und lachen, ihre Gesellschaft genießen und mit einem ebenso großen Geschenk ihre Aufwartung machen, wenn sie nicht alleinerziehend wäre und die Lasten alleine schultern müsste?

Sie beobachtete ihre Kinder beim Spielen und es beruhigte ihre aufwühlenden Gedanken.

»Hannah, da bist du ja!« Lena kam nach draußen, stützte sich auf die Lehnen des Gartenstuhls neben ihr und ließ sich vorsichtig darauf nieder. »Ich bin erledigt.« Sie strich sich liebevoll über ihren Babybauch.

»Das kann ich mir vorstellen. Es sind ganz schön viele Leute da! Sind das alles deine Kolleginnen?«

»Die meisten, ja. Ein paar von ihnen sind Nachbarinnen und Bekannte aus dem Schwangerschaftsvorbereitungskurs. Obwohl wir erst seit ein paar Wochen hier wohnen, haben wir schon so viele Leute kennengelernt. Fast alle in dem Wohngebiet sind schwanger oder haben bereits kleine Kinder!« Lena lächelte selig. »Ihr flieht doch nicht etwa vor ihnen?«

»Entschuldige, Lena, ich bin erledigt von der Woche. Der Trubel ist mir etwas viel und die Kinder können hier draußen besser spielen – und ich bekomme sie mal von all den Naschereien weg.« Sie zwinkerte ihrer Freundin zu und trank einen Schluck aus ihrer Tasse.

»Wie läuft es denn im Blumenladen? Macht die Arbeit Spaß?«

»Es ist ok. Ines ist sehr nett und sie hat Verständnis, dass ich in den Schulferien viel weniger arbeite oder wenn ich nicht kommen kann, weil die Kinder krank sind.«

»Aber bist du zufrieden? Du hast doch immer von etwas Eigenem geträumt. Wolltest du nicht immer ein Büchercafé eröffnen?«

Hannah betrachtete die rote Tasse in ihren Händen. »Vielleicht wenn die Kinder größer sind und auf eigenen Beinen stehen. Solange ich alleine für sie verantwortlich bin, kann ich kein Risiko eingehen.«

Lena nickte verstehend und beobachtete Emi und Leon, die über ein Gänseblümchen gebeugt auf der Wiese hockten und einen Marienkäfer begutachteten. Sie tuschelten miteinander und kicherten, als würden sie sich eine lustige Geschichte über ihn ausdenken. »Sie sehen so glücklich aus. Ich bin froh, dass es euch besser geht!«

Hannah versteifte sofort. Sie mochte es nicht, darüber zu reden. Erst recht nicht, wenn alle anderen so glücklich waren. »Wir sind wohlauf! Aber jetzt zu dir. Euer Haus und euer Garten sind ein Traum geworden!«

»Ja, Stefan arbeitet sehr viel, damit ich unserem kleinen Krümelchen ein traumhaftes Nest bauen kann! Und ich bin so froh, nicht mehr in einer kleinen Wohnung leben zu müssen! Kinder brauchen Platz! Gut, dass er das Haus für uns gekauft hat!« Sie lachte und strich sich erneut glückselig über den gewölbten Bauch.

Hannah blockierte alle Gefühle, die bei den Worten in ihr aufzusteigen drohten. Sie hatte bis vor wenigen Jahren auch in einem hübschen Haus in einer ruhigen Wohngegend gelebt, mit einem großen Garten, hilfsbereiten Nachbarn und einem Parkplatz vor der Tür. Kälter, als sie es wollte, antwortete sie: »Das ist schön für dich.«

»Entschuldige, Hannah, ich wollte nicht …«

»Hast du nicht. Alles gut!«

Deshalb ging sie nicht mehr gerne zu Freunden. Sie wusste nicht, ob es an ihr lag, aber jedes Mal gab es diese Situation, in der die Vergangenheit sie einholte und sie selbst spürte, wie sie – meist durch ihre Reaktion – eine dunkle Wolke über die ausgelassene Stimmung schob. Sie wollte gar nicht wie ein rohes Ei behandelt werden! Niemand konnte etwas dafür, dass die Dinge nun einmal so waren, wie sie waren.

Sie wusste nicht, ob es soeben ihre Tonlage gewesen war, die für schlechte Stimmung sorgte, oder sich Lena über sich selbst ärgerte, sie an die vergangenen Jahre erinnert zu haben. Und so erging es ihr mit all ihren Freundinnen. Mit keiner konnte sie sich mehr ausgelassen unterhalten. Wann hatte sie zuletzt mit Lena ungezwungen geplaudert? Sie wusste es nicht.

Lena hielt verschämt den Blick auf ihren Bauch gerichtet, weshalb Hannah ein schlechtes Gewissen bekam. Sie hätte gar nicht kommen sollen. Sie wollte ihr diesen schönen Tag nicht verderben.

Manchmal fragte sie sich, weshalb sie überhaupt noch zu ihren alten Freundinnen ging. Jedes Mal dachte sie sich im Vorfeld, auf diese Weise würde sie sich weniger alleine fühlen, doch wenn sie bei ihren Freundinnen war und die von ihrem umwerfenden Leben erzählten, fühlte sie sich stets einsamer als zuvor.

»Was ist gut?«, hörten sie eine kichernde Kollegin von Lena hinter sich. Offenbar war Lenas Abwesenheit aufgefallen! Drei Frauen ließen sich neben ihnen auf die freien Gartenstühle sinken, darunter auch Charlotte mit dem Riesenbauch.

Hannah atmete erleichtert auf. Nun würde Lena wieder auf andere Gedanken kommen. Innerlich zog sie sich aus der Gruppe zurück, froh darüber, dass die dickbäuchige Charlotte sofort alle Aufmerksamkeit auf sich zog. »Ich wünschte«, begann diese lautstark, als wollte sie auch die Nachbarn an ihren Erzählungen teilhaben lassen, »ich hätte es auch schon geschafft und hätte zwei so entzückende Kinder in dem Alter. Da hast du es doch schon viel leichter als wir!«

»Hannah hat noch ein Kind. Drei Kinder!«, ergänzte Lena, offenbar erleichtert, das Thema wechseln zu können, woraufhin Charlotte und die anderen beiden Hannah ansahen, als hätte sie damit eine Vereinbarung gebrochen.

»Drei Kinder? Ist das nicht etwas viel?«

»Drei ist das neue zwei!«, konterte Hannah mit einem Augenzwinkern. Von so einem selbstgefälligen Tuschkasten ließ sie sich bestimmt nicht kleinreden!

»Klar, wenn man es sich leisten kann. Und wo ist dein Mann? Auf der Arbeit?«

Lena stockte und warf Hannah einen bangen Blick zu, die unter ihrer heiteren Maske versteifte. Wieso ging es nicht auch einmal, ohne dass das Thema angeschnitten wurde?

»Nein, ich bin alleinerziehend!«

»Alleinerziehend mit drei Kindern?«, japste Charlotte. »Da ist es bestimmt nicht leicht, einen neuen Kerl zu finden!«

»Darauf lässt sich kein gescheiter Mann ein!«, setzte eine der anderen noch oben drauf.

Was bildeten die beiden sich eigentlich ein? Sollten Frauen nicht immer zusammenhalten, insbesondere Mütter – egal woher sie kamen oder was sie arbeiteten oder in welchem Beziehungsstatus sie sich befanden?

Hannah fixierte die beiden mit einem Blick, in dem sich Flapsigkeit und Angriff die Hand gaben. »Wer weiß, ob nicht auch auf mich noch irgendwo ein Märchenprinz wartet!«

Die drei lachten laut, wahrscheinlich auf Hannahs Kosten, doch sie stand darüber. Was fand Lena nur an diesen aufgeblasenen Gänsen? Verstohlen linste sie auf die Uhr. Wann konnte sie gehen, ohne unhöflich zu sein?

»Hoffentlich sind sie wenigstens alle von demselben Mann!?« Charlotte beobachtete Hannahs Miene, als erhoffte sie sich einen hübschen Skandal.

Wie oft schon hatten die Leute abwertend reagiert, wenn sie erfuhren, dass sie eine alleinerziehende Mutter von drei Kindern war. Ihr Fell war dick geworden. Sehr dick.

Hannah zwinkerte übertrieben selbstbewusst in die Runde. »Ich weiß nicht einmal, von welchen drei Männern!«

Keine der Frauen reagierte, bis sich Lena einschaltete. »Das war nur ein Scherz! Natürlich sind alle drei Kinder von demselben Mann!«, woraufhin die drei in ein hyänenhaftes Lachen ausbrachen.

»Apropos, wie geht es Matthias?«, versuchte Lena das Gespräch in eine andere Richtung zu lenken.

»Er ist viel am Arbeiten – das kennst du ja. Seine Kanzlei wird erfolgreicher und erfolgreicher. Übrigens«, wandte sich Charlotte schon wieder an Hannah, »wenn dir dein Ex nicht ordentlich Unterhalt zahlt, die Kanzlei meines Mannes hat auch eine Abteilung für Familienrecht. Die können dir weiterhelfen!«

In dem Moment kamen Emi und Leon zu ihnen gerannt. »Mami, der Marienkäfer hatte drei Punkte. Heißt das, er ist drei Jahre alt?«

»Richtig, mein Schatz.«

Charlotte beugte sich ein wenig zu ihnen vor. »Gott, seid ihr zwei süß. Und ihr seht den Papa doch bestimmt trotzdem ganz oft, nicht wahr?«

Hannahs Herz klopfte schneller und schneller. Ihr Puls raste. Das war der Punkt, vor dem sie gerne davonlief, weswegen sie gar nicht mehr auf solche Veranstaltungen ging und weshalb ihr Fell doch nicht so dick war, wie sie es sich immer einredete.

Emis eben noch so fröhlich lachendes Gesicht mit den goldigen Grübchen sackte in sich zusammen und Leon schaute unbeholfen drein. »Ich hab den Papa noch nie gesehen«, hörte sie sein hohes Stimmchen und es schnürte ihr wie am ersten Tag die Brust zusammen.

»Andreas ist gestorben«, flüsterte Lena ihren Freundinnen zu, deren betroffenen und mitleidigen Mienen alles nur noch schlimmer machten. Wenn nur nicht alle Leute immer so gucken würde, als verstünden sie! Als fühlten sie auch nur im Entferntesten, was sie durchgemacht hatten! In solchen Momenten war es beinahe so schlimm wie am ersten Tag.

Hannah hatte gehofft, sie gewöhne sich daran, aber spätestens, wenn ihre Kinder traurig aussahen, weil sie daran erinnert wurden, dass ihr Vater sie nie wieder in den Arm nehmen konnte, glaubte sie, daran zerbrechen zu müssen.

Nur für sie blieb sie stark. Nur für sie stand sie jeden Morgen auf. Ohne sie hätte nichts mehr einen Sinn. Die Kinder glaubten, sie brauchten ihre Mutter? In Wahrheit war es umgekehrt. Hannah brauchte ihre Kinder, um all das durchstehen zu können.

»Und ihr könnt euch gar nicht mehr an euren Papa erinnern?«, fiel prompt die schlimmste Frage an Leon und Emi gerichtet. Wie viel Feingefühl brauchte es, um zu wissen, dass man Kindern eine solche Frage niemals stellen sollte?!

»Ich kann mich nicht mehr an ihn erinnern und vor Leons Geburt war Papa schon tot«, antwortete Emi tapfer. »Aber Mami hat ganz viele Fotos von Papa für uns aufgestellt, damit wir ihm jeden Abend Gute Nacht sagen können.«

»Emi, Leon, schaut mal«, lenkte Hannah die beiden ab. »Ich glaube, ich habe dort drüben einen Drachen landen gesehen und auf seinem Rücken saß eine Fee!«

»Wo?«

Hannah zeigte auf das Erdbeerbeet. »Dort!«

Sofort rannten die zwei in die angewiesene Richtung.

»Habt ihr jetzt alle Antworten, die ihr haben wolltet?«, blaffte Hannah die drei an, nachdem ihre Kinder außer Hörweite waren.

»Ich wusste doch nicht, dass …«, verteidigte sich Charlotte entrüstet.

»Und es geht euch auch nichts an!«

»Hannah, sie wollte euch doch nicht verletzen! Niemand will das. Ich weiß doch, was du durchgemacht hast.« Lena strich ihr über den Arm und sie ließ es zu. Niemand meinte es je böse. Die Leute dachten nicht nach, konnten sich in ihre Lage nicht hineinversetzen.

Sollte sie bleiben? Sollte sie versuchen, es hinter sich zu lassen und mit den anderen Gästen so tun, als wäre das Leben wundervoll?

Nein, sie hatte schon genug schlechte Stimmung verbreitet. Wenn sie blieb, würde Lena ihre Party gar nicht mehr genießen können. Und nach der Unterhaltung war ohnehin der letzte Drang, zu bleiben, entflohen!

Sie sah auf die Uhr und übertrieben erschrocken schlug sie die Hand vor den Mund. »Oh, schon so spät? Ich muss jetzt los, Marco vom Fußball abholen. Danke für die Einladung. Emi, Leon, kommt, wir gehen!«

Und bevor sie irgendjemand zurückhalten konnte, saß Hannah mit ihren zwei Kindern im Auto und fuhr davon.

Wie würdest du reagieren, wenn du eine Einladung bekommst von einem König, von dem du noch nie etwas
gehört hast?

Begleite Hannah auf ihrer spannenden Reise in ein längst
vergessenes Königreich!

Im Bann der verwunschenen Zeit
ISBN: 978-3750-441217

Möchtest du märchenhafte Post erhalten? Erfahren, ob dein Seelentier eine Katze, eine Eule oder eine Krähe ist? Dann trage dich gerne auf www.jennyvoelker.com in meine Lesergruppe ein. Ich freue mich auf dich!